Markus Steiner

Nur für eine Nacht

... wenn wenige Stunden auf einer Berghütte das ganze Leben verändern …

Markus Steiner

Nur für eine Nacht

… wenn wenige Stunden auf einer Berghütte
das ganze Leben verändern …

Rediroma-Verlag

Bibliografische Information der Deutschen
Nationalbibliothek:
Die Deutsche Nationalbibliothek verzeichnet diese
Publikation in der Deutschen Nationalbibliografie;
detaillierte bibliografische Daten sind im Internet über
http://dnb.ddb.de abrufbar.

ISBN 978-3-96103-503-8

Aquarell Titelseite: Peter Lenhart
Covergestaltung: Andrea Stocker
Handschrift Simons Brief: Astrid Steiner

www.rediroma-verlag.de
12,95 Euro (D)

Für alle Menschen, welche die für dieses Buch notwendige Empathie in sich tragen …

Vorwort

Bestimmte Fragen werden uns immer wieder einmal im Leben gestellt, oder wir stellen sie uns selber. Scheinbar bedeutungslose Phrasen werden vor dem Hintergrund dieses Buches jedoch zu fundamentalen Fragen: „Was bedeutet Freundschaft?", „Wie weit würdest du für Freundschaft gehen?", „Was würdest du alles aus Liebe tun?" – Oft stellen wir uns diese Fragen und haben Angst vor den Konsequenzen einer offenen, ehrlichen Antwort. Schicksalshafte Aussagen wie „Aus Liebe wurde Hass" mahnen uns eindringlich. Wir alle wissen, dass es einen schmalen Grat zu bewältigen gilt, wenn es darum geht, geschickt zwischen abgöttischer Liebe und abgrundtiefem Hass zu wandeln. Wir alle wissen, was es bedeutet, tiefe Freundschaften zu pflegen, genauso, wie wir wissen, wie schmerzhaft es sein kann, wenn Freundschaften mit jener Intensität, mit der sie geführt wurden, zusammenbrechen. Die folgende Geschichte ist eine mit scheinbar gewöhnlichen Zutaten. Sie handelt von Freundschaft und Liebe, von Trauer, Eifersucht und Hass, von mutigen Entscheidungen und bedingungsloser Hingabe. Doch manchmal werden gewöhnliche Zutaten in zauberhafter Mixtur zu einem außergewöhnlichen Rezept. So wie die folgenden Zeilen, die mit all ihren menschlichen Facetten zu einer außergewöhnlichen Geschichte werden. Eine Geschichte, die uns einmal mehr vor Augen führt, dass ein einziger Moment, eine einzige Nacht, das weitere Leben für immer verändern kann. Eine Nacht, deren Folge auch das Vermögen hat, alles Bisherige in Frage zu stellen und alles, was an Grundfesten da war, bis ins Letzte zu erschüttern. Und dennoch wä-

ren wir nicht Menschen, wenn wir es nicht immer wieder schaffen würden, aufzustehen und mit aller Kraft weiterzumachen. Als Belohnung steht die Weisheit des Lebens und im Mittelpunkt wohl auch meist die tiefe Erkenntnis, dass alles im Leben seinen Sinn hat ...

Björn und Emma

Man kennt sie, diese Filme, in denen ein durchtrainierter Mann im Holzfällerhemd mit dem Image des netten Jungen von nebenan auftritt. Immer ein Lächeln auf den Lippen, das vermuten lässt, dass alle Probleme dieser Welt scheinbar spurlos an ihm vorübergehen. Was das Äußerliche anbelangt, wäre das wohl die perfekte Beschreibung für Björn, der mit seinem sympathischen Lächeln immer der erklärte Frauenschwarm an der Schule war. Auch später an der Universität galt Björn als „Everybody's Darling" unter den Studenten. Keine Party ohne ihn und im Sport, im Besonderen bei der Handballmannschaft der Universität, war Björn der Star schlechthin. Wenn Björn die Spielfläche betrat, trafen ihn immerzu die schmachtenden Blicke der weiblichen Fangemeinde und die Mädchen auf der Tribüne flüsterten und tuschelten verzückt mit vorgehaltener Hand. Alles, zumindest von außen betrachtet, hatte den Anschein, als führe Björn das Leben eines richtigen „Machos", der vor lauter Zuspruch aus dem Freundeskreis wohl schon den Kopf hoch im Himmel tragen musste.

Doch der genaue, nicht oberflächliche Blick auf diesen blonden Hünen ließ eine ganz andere Persönlichkeit zum Vorschein kommen. Allein, was das Liebesleben von Björn anbelangte, war er alles andere als ein „Womanizer", ganz im Gegenteil. Seit vielen Jahren hatte er nur Augen für ein Mädchen. Emma. Ein Mädchen, das nie zu einem seiner Spiele kam und auch nicht errötete, als Björn sie zu Beginn des letzten Studienjahres auf dem Campus ansprach. Genaugenommen zeigte Emma ihm gegenüber nicht das geringste Anzeichen von Interesse. Nicht aus Kalkül, um den smarten Björn auf sich aufmerksam zu machen, sondern einfach deswegen, weil ihre wahren Interessen so viel Platz einnahmen. Emma war gegen die Machthabenden in der Politik, die aus ihrer Sicht immer nur aus reiner Gier handelten, sie trat lautstark für die Emanzipation der Frau ein, und wenn irgendwo ein Tierleid zu beklagen war, ließ Emma buchstäblich alles stehen und liegen. Als sie einmal einen Professor sah, wie dieser am Hof der Universität seinen Hund kräftig schlug, weil dieser nicht auf sein Kommando reagierte, stellte sie den Professor am Ende einer Vorlesung zur Rede.

„Sie wissen schon, Herr Professor, dass man gute Menschen daran erkennt, dass sie ihre Machtposition gegenüber Schwächeren nicht ausüben … und das gilt auch für Tiere. So gesehen sollten Sie sich schämen!"

Von dem Professor, der sich bloßgestellt fühlte, hörte sie noch etwas von „mangelndem Anstand und untragbares Benehmen", doch Emma hatte sich längst umgedreht und verließ den Vortragssaal. Für den letzten Teil ihres Studiums sprach sie mit dem Professor übrigens nur mehr das Allernotwendigste. Jener Professor, der beim Anblick Emmas immer wieder mal seine dicken Augenbrauen hochzog, zeigte fortan in den Vorlesungen Emma gegenüber, trotz des Vorfalls, einen gewissen respektvollen Umgang. Wahrscheinlich war das seine unbewusste Angst, Emma würde ihn wegen anderer, banaler Vergehen vor allen Studenten neuerlich zurechtweisen.

Wahrscheinlich war es gerade diese außergewöhnliche, unnahbare Art, die Björn an Emma so anziehend fand. So sehr er es gewöhnt war, von anderen bewundert zu werden, so sehr schien Emma seine beginnenden Avancen ihr gegenüber völlig zu ignorieren. Die Blicke, die Björn ihr zuwarf, wurden genauso wenig erwidert wie eine SMS, die er ihr schrieb, „ob sie sich vorstellen könne, mit ihm an einem dieser lauen Sommerabende essen zu gehen". So verbrachte Björn, die wenigen lauen Abende, die es diesen Sommer in der Mozartstadt Salzburg gab, eben ohne Emma im Beisein vieler Freunde, die sich das ein- oder andermal am Wochenende so richtig volllaufen ließen. Björn, der damals knapp vor seinem 27. Geburtstag stand, war, was Emma betraf, eigentlich schon dabei, aufzugeben, doch insgeheim wusste er, dass man eine „außerirdische" Frau, wie er Emma seinen Kumpeln gegenüber immer nannte, auch nur mit außergewöhnlichen Mitteln erobern konnte. Sein mühsam verdientes Geld, das sich Björn als Nachhilfelehrer und Aushilfskellner erarbeitete, investierte er in den wohl letzten Eroberungsversuch dieser zierlichen, außergewöhnlichen, doch scheinbar eigensinnigen Frau. So wurde Hugo von Hofmannsthals „Jedermann", im wahrsten Sinne des Wortes zu Björns letzter Hoffnung. Er erwarb zwei Karten für die Aufführung im Rahmen der weltberühmten Salzburger Festspiele. Und es waren keine Verlegenheitskarten, jene, wo man mit Blick von ganz hinten die Schauspieler nur erahnen konnte. Nein, es waren tolle Plätze, dennoch brauchte Björn eine ganze Weile, bis er den Mut aufbrachte, Emma zu fragen. Dachte er zunächst, ihr die Karten als verlockendes Angebot mittels Brief zu schicken, ließ er sich von seinen Kumpeln, die ihn, was Emma betraf, einen Feigling nannten, weichklopfen und fand sich eines Tages unverhofft direkt vor Emmas Antlitz wieder.

Björns Puls raste, als er sich in der Universitätsaula unmittelbar vor Emma aufplusterte wie ein Pfau, doch seine Worte waren durchdacht und wohl gewählt. Nicht umsonst hatte sich Björn zigmal diese Situation durch den Kopf gehen lassen: „Hallo Emma, ich weiß, du stehst nicht auf Sportler und Handball schon gar nicht, aber ich würde dir gerne zeigen, wer ich wirklich bin. Und so möchte ich dich fragen …"

Emma konnte ihr Lächeln, das zu einem handfesten Lachen wurde, nicht mehr unterdrücken. Es war kein Lachen, welches sich über jemanden lustig macht, sondern jenes, das sagt, wie unheimlich süß das gerade ist. „… einfach fragen, ob du mit mir zu den Salzburger Festspielen kommst", fuhr Björn fort.

Emmas Lachen erstarrte und sie hielt sich vor Staunen den Mund zu. Sie murmelte noch Dinge, wie „das kann ich doch nicht annehmen", aber nachdem Björn ihr in Erinnerung gerufen hatte, dass ihr „ein Abendessen an einem lauen Sommerabend" ja nicht genüge, nahm Emma die Einladung an. Was an dem Abend der Aufführung folgte, war für Emma und Björn etwas Magisches, nie Erträumtes. Zum einen war es die Aura des „Jedermann", der sich über alle Anwesenden am Salzburger Domplatz legte, zum anderen waren es diese besonderen Momente, welche die beiden an diesem besonderen Juliabend erlebten. Nicht nur, dass die Gespräche von tiefen Blicken begleitet wurden, die Vertrautheit, die sich zwischen den beiden binnen weniger Stunden entwickelte, war wie ein Zauber. Und das, was Emma tags zuvor wohl nicht im Traum zugelassen hätte, geschah an diesem erwachenden Morgen am Ende dieser wunderbaren Nacht, auf einer kleinen Anhöhe am

Rande der Stadt, mit Blick auf die Dächer Salzburgs. Björn streichte Emma zärtlich über die Wangen, gestand ihr, dass es der schönste Abend seines bisherigen Lebens war, und küsste sie mit einem Gefühl, wie er wohl noch nie jemanden geküsst hatte.

Die nächsten Tage und Wochen waren für Emma gefühlsmäßig absolutes Neuland. Klar hatte sie sich in ihrem Leben schon einige Male verliebt, auch eine längere Beziehung hatte sie in ihrer bayrischen Heimat gehabt, aber dieses tiefe Gefühl von innerer Verbundenheit hatte sie wahrlich noch nie erlebt. Vielmehr kannte sie, die auf einem großen Bauernhof mit zahlreichen Geschwistern aufgewachsen war, solche Gefühle nur aus Hollywood-Filmen, die so kitschig wirkten, dass es so etwas in der Realität gar nicht geben konnte. Und nun saß sie vor dem Fenster ihrer Salzburger Studentenwohnung, die sie sich mit einer anderen Studentin teilte, und konnte die Ereignisse der vergangenen Nacht gar nicht in Worte fassen. Für sie wurde Björn in dieser Nacht zu einem fast vollkommenen Geschöpf. Es war nicht nur die äußere Schönheit, die Emma imponierte, vielmehr war es seine innere Haltung, seine Einstellung zu vielen Dingen und seine ihm gegebene Art, auch die ernsten Dinge des Lebens mit einem gewissen Maß an Humor zu sehen.

Die kommenden Wochen und Monate waren für Emma und Björn die wohl intensivste Zeit ihres bisherigen Lebens. Björn bezeichnete diese Zeit immer wieder als die Basis und das standhafte Fundament ihrer besonderen, innigen Beziehung.

Bereits zwei Monate nach ihrem Kennenlernen wollten Emma und Björn nur eines – das Leben gemeinsam verbringen. So packte Emma ihre wenigen Sachen, die sie in ihrer Studentenwohnung hatte und zog in Björns größere Wohnung am Rande der Stadt. Fortan lebten sie nicht nur zusammen, Björn unterstützte seine neue Liebe in allen Belangen. Ihr zuliebe ging er auch von Haus zu Haus, um für eine Tierschutzorganisation Geld zu sammeln. Zum Wohlgefallen seiner Freunde, die ihren rauen Handballspieler wegen seiner Wandlung zum tierliebenden Haustür-Spendensammler auch schon mal verulkten.

Nachdem sich die Studentenjahre dem Ende zuneigten und Björn seinen Master in Informatik in der Tasche hatte, dauerte es nicht lange, bis er ein Angebot eines Unternehmens am Land annahm. Nicht in der Stadt, wie er anfangs vorhatte, sondern in der Nähe eines alten, kleinen Bauernhofs, den die beiden liebevoll renovierten. Es war immer Emmas Traum gewesen, wie früher in Kindheitstagen auf einem Bauernhof zu leben. Nachdem auch Emma ihr Studium absolviert hatte, war sie es, die mit dem ihr gegebenen Ehrgeiz Ausschau nach einer bäuerlichen Bleibe hielt. Als die beiden nach zahlreichen Besichtigungen eben diese sahen, fiel die Wahl sofort auf dieses alte Bauernhaus, wo anfangs die Türen knarrten und das wohlige Feuer des Kamins die Bauernstube wärmte. Und es war genau an solch einem Abend am Kamin, als Emma mit ihrem emanzipierten Wesen die Initiative übernahm und Björn im Lichte des knisternden Feuers die Frage stellte, ob er sie heiraten möchte um damit ihrer Liebe „die Krone aufzusetzen", wie Emma es nannte. Während Emma die Sätze formulierte, bemerkte sie, dass Björn mit jedem ihrer ausgesprochenen Wörter immer nachdenklicher wurde. Noch bevor Emma eine Antwort erwartete, stoppte sie ihr mutiges Vorpreschen mit den Worten, „das ist dir sicher noch zu früh".

Doch Björn nahm Emmas Hand und hielt diese fest umschlossen, so als wollte Björn sie nie mehr loslassen.

„Schatz, ich möchte dir gerne eine Antwort auf deine Frage geben, doch zuvor musst du noch etwas wissen, was mich schon seit langer Zeit bedrückt, ich jedoch noch nicht den Mut aufgebracht habe, es dir zu sagen, ich habe es immer vor mir hergeschoben."

„Nun sag schon, bitte", entgegnete Emma mit der Angst der Ungewissheit.

„Schatz, ich kann dir meine Liebe zu Füßen legen und ich werde dich immer lieben, solange ich lebe, aber ich kann dir keine Kinder schenken, ich bin unfruchtbar ..."

Simon und Greta

„Ist bei euch alles bestens?", schallte es bei der Tür herein, als Greta mit Simon das Haus betrat. Die beiden kamen gerade vom Kino nach Hause. Nachdem ihre beiden Töchter Anna und Rosa, zwölf und zehn Jahre alt, schon halbwegs selbstständig waren, hatte sich das Ehepaar vorgenommen, öfters wieder etwas zusammen zu unternehmen. Überhaupt waren die letzten Jahre für die ganze Familie mehr als stressig gewesen. Jahre des Aufbaus und des Schaffens. Zudem wurde damit begonnen, das in die Jahre gekommene, elterliche Wohnhaus zu sanieren. Greta hatte gleichzeitig wieder angefangen, als freischaffende Journalistin bei einem Wochenmagazin zu arbeiten, und Simon hatte den Aufbau seines Sportartikelgeschäftes vorangetrieben. Mittlerweile tummelten sich bereits vier Mitarbeiter in den mit Artikeln vollgestopften Räumen des Fachgeschäftes, das sich in der Nähe eines großen Salzburger Schigebietes befand. Simon hatte überhaupt seine Passion zum Beruf gemacht. Für ihn war Sport von Kindesbeinen so etwas Selbstverständliches wie Spielen und Süßigkeiten vernaschen. Simons Vater war dabei immer die treibende Kraft im Leben des schlaksigen, durchtrainierten Enddreißigers gewesen, er war aber auch Vorbild und Leitfigur. So war es nur verständlich, dass der schlimmste Tag im Leben Simons jener war, als sein Vater als Passagier eines Segelflugzeuges verunglückte. Simon konnte den sinnlosen Tod seines Vaters nie verstehen, dem Piloten, der das Segelflugzeug zu nahe an die Felsen steuerte, schon gar nicht verzeihen. „Wer hunderte schwierige Bergtouren überlebt hatte, der kann doch nicht unverschuldet so zugrunde gehen", war Simons Ansicht. Auch vier Jahre nach dem Unglück hielt Simon verbissen an dieser Einstellung fest. Gerade in den ersten Jahren nach dem Tod seines Vaters hatte Simon, was seine eigenen sportlichen Ambitionen betraf, an Antrieb und Ehrgeiz zugenommen. Es war fast so, als müsse er das Andenken seines verstorbenen Vaters hochhalten und ihm mit jedem Gipfelsieg einen Beweis erbringen, dass seine sportliche Erziehung alles andere als umsonst gewesen sei. Zum Glück hatte Simon noch seine liebevolle Mutter, die immer das „Basislager", wie der Vater sie oftmals liebevoll nannte, war. Sie hatte ihr ganzes Leben immer nur Liebe gegeben. Zuerst Simon, der als Einzelkind ohnehin alle Aufmerksamkeit auf sich zog und dann Greta, die Simon bei einer von ihm geführten Bergtour kennenlernte. Simon war damals, wie zuvor öfters mit dem Vater, in den Schweizer Bergen unterwegs gewesen. Er führte als junger Bergführer eine Gruppe von bergbegeisterten Managern, Selbstständigen und Zeitungsleuten, auf die Piz Bernina, den mit 4.049 Metern Höhe einzigen Viertausender der Ostalpen. Vielmehr war es eine herausfordernde, mehrtägige Überschreitung über den berühmten Biancograt. Dieser Grat, der auch „Himmelsleiter" genannt wird, führte Simons Herz tatsächlich in den siebenten Himmel, so stark war er von Gretas „Performance" am Berg begeistert. Richtig gefunkt hatte es bei beiden dann am Ende des zweiten Tages dieser Bergtour, auf der Marco-&-Rosa-Hütte. Wenn die beiden von diesem besonderen Abend erzählten, dann sprachen sie jedoch immer wieder von der Simon-&-Greta-Hütte, denn es war dieser Ort, wo der Grundstein für die Vertrautheit und Liebe der beiden gelegt wurde. Greta, die für ein Sportmagazin die Tour fotografierte und dafür einen Tourenbericht lieferte, war von Simon, mit dem sie damals auf der Hütte bis weit in die Nacht über Gott und die Welt plauderte, mehr als nur beeindruckt. Zusammen mit dem gewaltigen Bergpanorama und den unzähligen Eindrücken dieser dreitägigen Tour entstand im Weiteren eine besondere Liebe, die nur zwei Jahre später mit dem ersten Kind, Tochter Anna, gekrönt wurde. Kurz bevor zwei Jahre danach auch Tochter Rosa das Licht der Welt erblickte, gaben sich Simon und Greta in einem kleinen Standesamt in der Schweiz in der Nähe der Piz Bernina das Jawort vor Gott und der Welt.

Die junge Familie lebte fortan im oberen Stockwerk des elterlichen Hauses nahe Salzburg, dessen Decke vor allem Simon immer wieder einmal auf den Kopf zu stürzen drohte. Zum Glück gab es dann die Familienfahrten in das schweizerische Davos, zu Gretas Eltern, die dort eine kleine Pension betrieben, in der Greta bis zum Zeitpunkt, an dem sie Simon nach Österreich folgte, auch zu Hause war. Der erste Schritt, damals Davos zu verlassen, fiel Greta ziemlich schwer, doch sie wäre Simon nach ihren Worten „überall hin gefolgt", und wäre es „das Ende der Welt" gewesen. Überhaupt war Gretas Leben eines mit zahlreichen Wendungen. So hatten die Eltern schon gehofft, dass Greta einmal groß in den heimischen Tourismus einsteigen würde. Gretas Studium für Tourismus an der Universität in Chur hätte ihr wahrscheinlich alle diesbezüglichen Wege geebnet, aber mit dem Abschluss des Studiums schien Greta auch geistig vom Gedanken eines Berufs in der Tourismuswirtschaft Abschied zu nehmen. Greta, die mit ihrer jüngeren Schwester selbst jahrelang in der elterlichen Pension mitgeholfen hatte, hatte schier die Nase voll von diesem Metier, das sie in der Folge liebend gern ihrer Schwester überließ.

Sie war vielmehr begeistert von den Bergen und wollte sich in diesen austoben, wollte Menschen, die diese einzigartige Möglichkeit nicht hatten, an ihren Erlebnissen teilhaben lassen. Dieser Esprit, den Greta in dieser Hinsicht hatte, schwappte auch auf ein großes Sportmagazin über, für welches sie bereits kurz nach Studienabschluss zu schreiben begann. Ihrem Bewerbungsschreiben legte sie damals auch ein persönliches Statement über die Besteigungsgeschichte der Eiger Nordwand bei. Dies war dermaßen beeindruckend, dass das Sportmagazin dieses gleich in der nächsten Auflage druckte. Ein mit Bravour gelungener Einstieg für Greta, die fortan Artikel über die imposante Schweizer Bergwelt verfasste. Der letzte Artikel war übrigens jener von der Überschreitung der Piz Bernina. Verdächtig oft fand sich auf den Fotos ein braungebrannter Bergführer aus Österreich.

Emma und Björn – das Leben

Das Beil krachte mit derartiger Wucht auf den Holzstock, dass das Holz in weitem Bogen förmlich auseinanderspritzte. Björn liebte es, vor dem Bauernhaus das Holz für den kommenden Winter zu hacken, denn auch die Gedanken daran, wie das Holz die lodernden Flammen im Holzofen nährte und die angenehme Wärme in der Stube verteilte, begleiteten Björn in seinem Tun. Und so lag ein riesiger Haufen kleingehackten Holzes vor jenem Bauernhaus, dessen dunkles Holz sich vor dem strahlenden Blau des Herbsthimmels wie in einem Prospekt präsentierte und das Emmas und Björns ganzer Stolz war. In zahlreichen Alben finden sich die Bilder des Umbaus wieder, der mehrere Monate gedauert hatte und eigentlich noch immer andauerte. Für Emma hörte die Verschönerung des alten Bauernhauses wohl nie auf. Dort eine kleine Vase, ein schönes Bild, in die eine Ecke eine schöne Holztruhe, in die andere wunderschönes Grün, man hatte den Eindruck, Emma pflegte das Haus mit jener Liebe, die sie auch Björn entgegenbrachte. Eine Liebe die wohl nie aufhörte, die aber nach einem „großen Fehler", wie Emma es immer wieder nannte, auf der Kippe stand.

Nach ihrem Germanistik-Studium widmete sich Emma zunächst ganz der Renovierung des Bauernhauses. Von der Früh bis spät in die Nacht werkte sie mit Björn an ihrem gemeinsamen Traum, von den Böden über das Dach bis zu den Fenstern, nahezu alles wurde erneuert, und damit das notwendige Geld für den Umbau vorhanden war, entschloss sich auch Emma notgedrungen, den längst fälligen Brotberuf anzugehen. Nachdem sie nahezu zeitlich mit

Björn ihr Studium in Germanistik abgeschlossen hatte, war ein Lehramt naheliegend, und so begann Emma an einer höherbildenden Schule, Deutsch zu unterrichten. Anfangs war ihr die Nervosität, vor den Jugendlichen zu stehen und zu unterrichten, deutlich anzusehen. Stefan, ein gleichaltriger Kollege, stand Emma anfangs unterstützend zur Seite, aber dessen hilfreiche Unterstützung war nach einiger Zeit nicht mehr nötig. Schon bald hatte sich Emma in ihrem Beruf eingelebt und durch ihr Engagement und ihre unorthodoxe Art hatte sie bald den Ruf der „coolsten" Lehrerin an der Schule. Sie ging in ihrem Job förmlich auf, wohl auch ob ihres Talentes im Umgang mit jungen Menschen. Und gerade diese nahezu tägliche Auseinandersetzung mit den Jugendlichen war es, die Emma immer wieder mit dem Gedanken konfrontierte, nie eigene Kinder haben zu können, zumindest war dieser Wunsch mit Björn nicht möglich. In ihrem Kollegen Stefan fand sie nicht nur einen interessanten Menschen, der nahezu die ganze Welt bereist hatte, in ihm fand sie auch einen guten Zuhörer, der anscheinend auf alle offenen Fragen eine Antwort parat hatte.

Bei einer gemeinsamen Fortbildungsveranstaltung gingen Emma und Stefan abends gemeinsam Essen. Die beiden diskutierten bis spät in die Nacht und nach dem einen oder anderen Gläschen Wein kam es zu einem Kuss zwischen den beiden, nicht mehr, aber auch nicht weniger. Dieser Kuss jedoch brachte Emmas Welt ins Wanken. Zwar hegte sie nie mehr als gutfreundschaftliche Gefühle für Stefan, doch die Tatsache, dass Emma sich öfters bei dem Gedanken erwischte, wie es wäre, mit Stefan zusammen zu sein und mit ihm eine Familie zu gründen, brachte Emmas Gefühlswelt völlig durcheinander. Die Angst, der Wunsch nach eigenen Kindern könnte irgendwann größer als die Liebe zu Björn sein, schlug um sich und dieser Kuss war für Emma so gesehen ein deutliches Signal, ihre Gefühlswelt genauer zu erforschen. Als Emma von der Fortbildung nach Hause kam, hatte sie nicht einmal noch ihre Schuhe ausgezogen, schon rief sie Björn ein „wir müssen reden" zu.

Björn wusste bei diesen Worten gleich, dass es etwas Wichtiges sein musste. Dieses „wir müssen reden", kannte er von Emma nur, wenn es um fundamentale Entscheidungen ging. Das letzte Mal hörte er den Satz, als Emma ihre neue Stelle an der Schule überdachte. Aufgrund der ernsten Mine, die sich über Emmas Gesicht ausgebreitet hatte, war Björn, dessen Optimismus schier unerschütterlich schien, richtiggehend besorgt. Diese Wahrnehmung offenbarte sich auch im folgenden Gespräch. Emma erzählte gleich zu Beginn, dass sie und Stefan sich geküsst hätten, dass sie aber keinerlei Gefühle für ihn hege, dass er zwar ein interessanter und weltoffener Mensch sei, sie sich den Kuss aber nicht erklären könne. Die offene Art, die Björn von Beginn an an Emma so schätzte, wurde nun zur schonungslosen und undiplomatischen Wahrheit, die verdammt weh tat. Emma erzählte Björn von „ihrer Angst, dass vielleicht der unbewusste Kinderwunsch zu diesem Kuss geführt hatte, sie zwar von Anfang an gesagt hätte, sie brauche keine Kinder zum perfekten Liebesglück, aber in Wahrheit habe sie sich mit diesem Thema nie wirklich auseinandergesetzt, vielleicht auch aus Angst vor der Wahrheit, weil diese doch anders aussehen würde". Nahezu stoisch folgte Björn Emmas Ausführungen, ehe ein lautes und bestimmtes „vielleicht darf ich auch einmal etwas dazu sagen"

Emmas Wortschwall unterbrach. „Der Zeitpunkt ist jetzt da", setzte Björn mit dominanter Stimme fort.

„Was meinst du damit?", hakte Emma nach.

„Es war alles zu perfekt. Unsere Liebesgeschichte. Wie wir zusammengekommen sind. Unsere besondere Liebe. Unser gemeinsamer Traum von unserem Bauernhaus. Alles perfekt. Bis auf dieses Thema, das nur ein einziges Mal zur Sprache kam. Nämlich damals, als du mich gefragt hast, ob ich dich heiraten möchte. Ich habe dir von Anfang an erzählt, dass ich dir keine Kinder schenken kann, und was machst du? Küsst bei erster Gelegenheit irgendeinen Idioten, der dir angeblich nichts bedeutet, nur um endlich auf jenen Punkt zu kommen, der schon seit vielen Jahren auf deiner To-Do-Liste steht. Nämlich wie du damit klar kommst, dass du mit mir nie eigene Kinder haben wirst, ob du an Adoption denkst, künstliche Befruchtung und was es noch an Möglichkeiten gibt. Jetzt ist der Zeitpunkt da. Mach dir darüber Gedanken und sei dir und mir gegenüber so ehrlich wie wir es verdient haben!" Björn wurde mit jedem gesagten Satz immer lauter und lauter. Schlussendlich verließ er den Raum und knallte die Stubentür hinter sich zu. Emma hatte zwar eine heftige Reaktion von Björn erwartet, aber die Entschlossenheit, mit der Björn ihr begegnete, machte ihr bewusst, dass Björn tatsächlich geahnt hatte, dass dieser Zeitpunkt kommen würde.

Emma folgte Björn ins Nebenzimmer, wo er sich mit seinen großen Händen am Fensterbrett abstützte und durch das Fenster in die Weite des Tals blickte. „Schatz, du hast mit jedem Wort recht. Das Geschehene tut mir unendlich leid. Bitte gib mir die Chance, mir darüber klar zu werden, welche Tragweite es für mich hat, dass wir zusammen keine Kinder haben können. Lass mir Zeit, Überlegungen darüber anzustellen, welche Optionen es gibt und ob diese für uns in Frage kommen. Ich brauche mir keine Gedanken über meine Liebe zu dir zu machen, aber gib mir diese Zeit, mir über meine Gefühlswelt in dieser besagten Frage klar zu werden. Ich fahre ein paar Tage nach Bayern heim, wenn dir das recht ist?"

So als schien Björn erleichtert über Emmas Worte zu sein, umarmte er sie. Emma kullerten die Tränen über ihre Wangen und Björn unterbrach die Stille: „Nimm dir die Zeit, die du brauchst. Finde eine ehrliche Antwort auf deine Fragen. Wenn du dich belügst, belügst du uns und das haben wir nicht verdient."

Björn küsste Emmas Stirn und wischte ihr die Tränen aus dem Gesicht. Er tat dies wahrscheinlich auch, um von seinen eigenen Tränen abzulenken, und ging neuerlich aus dem Zimmer.

Die folgenden Tage zog sich Björn in sein Arbeitszimmer zurück, welches gleich neben dem Zimmer mit dem grünen Kachelofen und dem dunklen Zirbenholz lag. Es war ein Riesenkontrast zu den übrigen Zimmern des Bauernhauses. Vollgesteckt mit Computern und modernster Technik, hatte sich Björn die Arbeit quasi nach Hause geholt. Für das Internetunternehmen, für das Björn seit vielen Jahren tätig war, musste er lediglich an zwei Vormittagen in der Woche in die nahegelegene Niederlassung, wo er sich mit Kollegen absprach und den einen oder anderen Termin vereinbarte, alles andere konnte bzw. durfte Björn aus seinem „Bauernhof-Rechenzentrum", wie er seinen Arbeitsplatz immer wieder liebevoll nannte, in Heimarbeit erledigen.

Daneben hatte sich der studierte Informatiker aber auch in geringem Ausmaß selbstständig gemacht. Er beriet nach entsprechenden Aufträgen Unternehmungen in Sachen IT und gestaltete deren Webseiten-Auftritte. Ein Spezialgebiet Björns war dabei das sogenannte „E-Commerce", der Versand- und Internethandel. Er war in der Lage, den Kunden jeglichen Wunsch in Programmiersprache zu übersetzen und machte sich so über die Zeit einen hervorragenden Ruf in der Branche. Björns Arbeitgeber freute die zunehmende Selbstständigkeit wenig, er ließ ihn aber gewähren, so unverzichtbar war er für das Unternehmen geworden. Zudem war auch die Angst groß, man würde den Informatikspezialisten bald gänzlich an die Selbstständigkeit verlieren. Das kam aber für Björn, zumindest für die nahe Zukunft, nicht in Frage. Zu viel Zeit nahm das Bauernhaus samt Restauration in Anspruch. Jetzt, wo Emma nach Hause zu ihren Eltern ins benachbarte Bayern gefahren war, flüchtete sich Björn förmlich in seine Arbeit. Bis spät in die Nacht flimmerte der Computerbildschirm und tauchte den Raum in bläuliches Licht. Dann, wenn Björn zu Bett ging und es still um ihn wurde, konnte er seinen Gedanken nicht mehr davonrennen und dachte besorgt an seine große Liebe.

Auch Emma löschte das Licht in ihrem Zimmer, wo sie ihre Kindheit verbracht hatte, mit dem Unterschied zu Björn, dass sie nicht erst dann zu grübeln begann, sondern vor lauter Gedanken, die sie sich den Tag über machte, erschöpft einschlief. Sie hatte ihre Eltern nicht in ihre Probleme eingeweiht, damit sie sich keine unnötigen Sorgen machten. Das Verständnis der Eltern und die heimische Luft beruhigten Emma mit jedem Tag etwas mehr. Auch die Zeit mit Jugendfreunden tat ihr gut. Sie machte sich in

Büchern zum Thema schlau und sie machte sich auch über jegliche Alternativen gründliche Gedanken. Sie folgerte für sich, dass eine künstliche Befruchtung jeglicher Art nicht in Frage kam. In Emmas Gedankenwelt war dies schlichtweg kein Kind von Liebe, sondern eher Mittel zum Zweck und vielmehr ein Ausdruck davon, was heute mit Hilfe von High-Tech-Medizin möglich ist. Einem Kind, dem es nicht so gut geht, welches keine Eltern hat oder welches zur Adoption freigegeben wurde, gute Eltern zu sein, das passte Emma schon eher in ihre humane Weltanschauung. Diese Option wollte sie sich jedenfalls offen halten. Doch die zentrale Frage, ob Emma auch ohne eigenes Kind glücklich werden konnte, stand auch nach Tagen noch im Raum. Bis zu jenem Tag, an dem sich Emma mit ihrer damaligen Jugendfreundin Sophia auf einen Kaffee verabredete. Emma wollte kurz nach der Begrüßung dazu ansetzen, Sophia ihre ganze Geschichte und von ihren Bedenken zu erzählen. Noch bevor sie dazu kam, ließ Sophia ihren Tränen freien Lauf. „Es tut mir so leid, Emma. Jetzt haben wir uns Jahre nicht gesehen und jetzt sitze ich da wie ein Häufchen Elend. Es war alles so perfekt. Das Haus. Die Kinder. Die Arbeit. Es hat nie etwas zu beklagen gegeben und von heute auf morgen ist mein Mann ausgezogen!"

Emma versuchte noch so gut es ging Sophia zu trösten ehe sie sich anschickte, sich von ihr zu verabschieden.

„Aber wie geht es dir?", wollte Sophia noch wissen.

„Sophia, mir geht es gut und ich bin einfach froh, dich wiedergesehen zu haben", gab Emma noch zur Antwort.

Emma eilte nach Hause, packte so schnell sie konnte ihre Sachen, ein kurzes „Danke für alles" galt noch den Eltern und schon saß sie im Auto auf dem Weg nach Salzburg.

Gut zwei Stunden später umarmte sie den Mann, den sie so sehr liebte, im Gepäck das Wissen darüber, was wirklich wichtig für ihr Leben war. Und Björn war einfach nur froh, dass jenes Damoklesschwert, welches über ihrer Beziehung hing, dem Anschein nach abgewendet war.

Nach diesen Tagen in Bayern sprachen Emma und Björn über das Thema Kinderwunsch in der Weise, dass beide sich eine Adoption vorstellen konnten, irgendwann einmal, wenn der Wunsch wirklich so groß ist, die Hürden einer Adoption anzugehen.

Stefan, der Auslöser der gedankenvollen Tage war, verließ die Schule an der Emma arbeitete, weil dieser „mit den Gefühlen zu Emma nicht klar kam". Emma war froh darüber, weil sie nun ihrem „großen Fehler" nicht mehr mit Mühe aus dem Weg gehen musste. Nach diesen reinigenden Tagen in Bayern genoss sie fortan, offenbar unbeschwert, ihr Leben mit Björn.

Simon & Greta – Das Leben

Das Sportartikelgeschäft war zum Bersten mit Menschen gefüllt. Ein Kunde rief Simon mit einem Augenzwinkern noch ein „Das Geschäft blüht aber ganz schön, was!" zu. Simon hatte höchstens Zeit, die rhetorische Frage mit einem Lächeln zu goutieren, und schon bediente er weiterhin eine Kundin, die sich einfach nicht entscheiden konnte, welche Schuhe sie den Herbst über am Berg tragen sollte.

Ab und zu halfen auch Greta und Anna, deren ältere Tochter, im Geschäft mit. Greta überließ die Kundenkontakte gänzlich Simon und seinen Mitarbeitern, aber bei den Bestellungen, vor allem wenn es um die gängigen Modetrends ging, war Greta im wahrsten Sinne des Wortes die Chefin. Greta war selbst eine modebewusste Frau, das konnte man unweigerlich an ihrem Stil sehen. Simon nannte seine Frau nicht nur aus diesem Grund im Anbetracht ihrer Herkunft liebevoll „swiss beauty" – Schweizer Schönheit. Anna mühte sich meistens damit ab, leere Schachteln auseinanderzureißen und fein säuberlich auf einen Stapel zu schichten, während Rosa mit ihren zehn Jahren seelenruhig an einem Computer saß, um ihre Kinderspiele „abzuarbeiten". Aber nicht nur Simon konnte beruflichen Erfolg für sich verbuchen. Gretas Arbeit beim Bezirksblatt war im Vergleich zu ihrer früheren Rubrik im Sportmagazin zwar nur ein kleiner Fisch, doch die beachtliche Aufmerksamkeit, die Greta aufgrund ihrer Artikel erntete, konnte sich mehr als nur sehen lassen. Als sie einmal einen spitzfindigen und kritischen Artikel über ein großes, ortsansässiges Industrieunternehmen und dessen achtlosen Umgang mit der Umwelt und Mitarbeitern verfasste, gab es neben den üblichen Schulterklopfern auch jene, die trotz massiver Kritik des Unternehmens öffentlich den Mut und die Zivilcourage der Schweizerin lobten. Und dann gab es die anonymen Attacken, die auf die zweifache Mutter herabprasselten. Auch eine versteckte Morddrohung fand sich einst unter den anonymen Mails. Greta kommentierte dieses Schreiben zynisch: „Jetzt werde ich als Journalisten endlich ernst genommen." Diese Bemerkung hatte Greta von ihrem damaligen Professor im Rahmen ihres Studiums in Chur übernommen, der einst scherzhaft in einer Vorlesung gemeint hatte, dass man in seiner kritischen Meinung erst dann richtig ernst genommen werden würde, wenn man anonyme Morddrohungen erhielte.

Greta fühlte sich jedenfalls in Ihrem Tun wohl. Es gefiel ihr, Artikel mit Akribie zu recherchieren, und die Reaktionen, ob positiver oder negativer Natur, zeigten Greta nur einmal mehr, dass ihre Artikel auch tatsächlich gelesen wurden. Simon unterstützte Greta, wo er nur konnte, und wenn er sich auch mal nur für ein Foto, das Greta für einen Artikel brauchte, mit dem Auto auf den Weg machte. Simon bewunderte Greta noch immer für ihren mutigen Schritt, ihre Heimat für ihn aufgegeben zu haben, und er mochte es, wie seine Frau sich in der Gemeinde und bei Bekannten eingefunden hatte. Nachdem das Unglück von Simons Vater tiefe Narben bei ihm hinterlassen hatte, musste der braungebrannte Bergführer bei einem seiner letzten Bergabenteuer neuerdings hautnah miterleben, wie gnadenlos und unbarmherzig das Schicksal zuschlagen konnte. Mit sechs Mitgliedern einer internationalen Expedition machte sich Simon im September des Vorjahres auf den Weg, den 6543 Meter hohen „Shivling" im Himalaya zu besteigen. Nicht nur für Simon wohl einer der formschönsten Berge der Erde. Seine Ähnlichkeit zum schweizerischen Pendant im Wallis, hatte ihm zudem den Namen das „indische Matterhorn" eingebracht. Mehr als einen Monat lang war Simon auf dieser Expedition unterwegs gewesen und die Reise war ein Geschenk Gretas sowie der gesamten Belegschaft des Sportgeschäftes zu Simons 40. Geburtstag gewesen. Jahre zuvor schwärmte Simon schon von diesem Gipfel und er nahm dieses Geschenk bei der Überreichung nur an, nachdem ihm seine engsten Mitarbeiter versprochen hatten, den Laden in seiner Abwesenheit perfekt zu schaukeln.

Einer der Expeditionsteilnehmer hatte zudem vor, es einem Russen, dem dieses Kunststück zuvor gelungen war, gleich zu tun, und einen BASE-Jump vom Gipfel zu wagen. Schon im Basislager wurde dieses Vorhaben von dem jungen Deutschen aufgrund zu erwartender schwieriger Winde verworfen und dennoch wünschte sich Simon, der Abenteurer hätte seinen BASE-Jump gewagt, denn dann hätte sich seiner Meinung nach wohl diese Tragödie beim Abstieg nicht zugetragen.

Nachdem sich Simon mit den anderen Expeditionsteilnehmern nach tagelangem Trekking ins Basislager bei einem Schönwetter-Fenster drei Tage lang auf den Gipfel quälte und die Freude über das Gipfelglück riesengroß war, war es der verhinderte Basejumper, der sich beim Abstieg trotz wiederholter Warnungen auf ein altes Fixseil verließ und daraufhin in den Tod stürzte. Die geschockten Kameraden trösteten sich gegenseitig und einige waren der Meinung, dass es wohl ein unabwendbares Schicksal war –

hätte der junge Bergsteiger den BASE-Sprung gewagt, wäre er wohl dabei genauso ums Leben gekommen. Der schlimmste Augenblick war für Simon jener gewesen, als den Angehörigen am Flughafen die verbliebenen Ausrüstungsgegenstände des Verunglückten übergeben wurden. „Du schaust in die fragenden Gesichter der tief betroffenen Menschen, und du hast einfach keine Antworten, weißt auch gar nicht, was du sagen sollst", beschrieb Simon diese Situation als er von seiner Shivling-Besteigung zurückkam. Die Feiern anlässlich seines Gipfelglücks fielen angesichts des tragischen Unglücks ebenfalls gemäßigt aus, dennoch war Simon stolz auf seine bergsteigerische Leistung. Davon zeugte auch ein großes Foto, das im Wohnzimmer hing und Simon mit erhobenem Eispickel am Gipfel des Shivling zeigte. Nach den Ereignissen dieser Expedition war für Simon dennoch klar, dass ein derartig schwieriger und risikoreicher Berg nie mehr als Ziel feststehen sollte. Greta war nicht unerfreut über die Tatsache, dass Simon fortan nicht mehr auf die schwierigen Berge wollte, zumal die beiden Töchter während der Abwesenheit von Simon wohl am meisten gelitten hatten.

Rosa, die jüngere Tochter des Paares, war die Ruhigere von den beiden. Ihren Charakter könnte man fast schon als nachdenklich bezeichnen. Es schien, als würde Rosa, bevor sie „Kindes-Neuland" erkundete, zuerst gründlich nachdenken, ob es klug wäre, auf die Rutsche, Leiter oder ähnliches zu kraxeln, sie wägte quasi die Gefahren sorgfältig ab. Ganz anders war es bei Anna. Man hätte dieses Energiebündel, als sie noch kleiner war, am besten an einer „Kindsleine" angebunden.

Einmal, als die Familie in einer belebten Einkaufsstraße unterwegs war, band ihr Simon tatsächlich einen Bergsteigerstrick an den Gürtel. Die verwunderten Blicke, als Simon mit Anna an der Leine durch die Geschäftslokale lief, waren ihnen jedenfalls sicher. Es kam jedoch nur selten vor, dass sich Greta und Simon mit ihren Kindern im Trubel der Stadt aufhielten, viel öfters, nahezu jedes Wochenende, waren sie auf den Bergen unterwegs, ließen sich mit dem Schlauchboot einen ruhigen Fluss hinuntertreiben oder man hielt sich auf der gemütlichen Terrasse zu Hause auf. Im Garten waren zudem zahlreiche Spielgeräte aufgestellt. Die Mutter Simons war jedenfalls froh über das muntere Treiben. Ihre Enkelinnen bezeichnete sie immer wieder als ihren persönlichen Jungbrunnen und so waren Simon und Greta auch in der glücklichen Lage, dass die Kinder immer wieder einmal von ihrer Großmutter beaufsichtigt wurden und so Simon und Greta auch alleine etwas unternehmen konnten. Meistens gingen die beiden zum nahegelegenen Italiener und tranken im Kerzenlicht ein gutes Glas Wein. Es wurde über die Umsätze des Sportgeschäfts genauso diskutiert wie über Gretas kommende Artikel, darüber, wie die Mädchen in der Schule vorankamen und wohin im kommenden Winter die Schiausflüge führen sollten. Ja, Schifahren war die große Liebe der gesamten Familie. Die Kinder „matchten" sich im heimischen Schiklub um die ersten Plätze und Simon und Greta liebten es, die heimischen Berge mit Ski und Rucksack zu besteigen und mit ihren Brettern die tief verschneiten Hänge hinunter zu carven. Kurzum, alles in allem war es ein schönes, zufriedenes Leben, das die Familie führte.

Simon meinte dennoch des Öfteren, dass es erst so richtig perfekt wäre, wenn sein Vater noch leben würde und er mit ihm dieses Glück hätte genießen können. Aber mit dem „wenn das wenn nicht wäre" wollte Simon spätestens nach den Vorkommnissen am Shivling aufhören. Damals beim Heimflug aus dem Himalaya blickte er aus dem Flugzeug und dachte darüber nach, ob es wirklich so etwas wie ein unabwendbares Schicksal gebe. „Ja, es musste wohl so sein", kam Simon nach langem Grübeln mit sich überein. Fortan tat Simon sich sogar etwas leichter, das Segelflugzeugunglück, welches Simons Vater das Leben gekostet hatte, mit seinem neu gefundenen Verständnis von Schicksal zu akzeptieren. „So ist es wohl, wenn das Leben Regie führt" war immer wieder ein Satz, den man aus Simons Munde hörte. Damals wusste Simon noch nicht, dass das Schicksal auch für ihn etwas Einzigartiges bereit hielt – eine Begegnung, die sein und das Leben seiner Familie fortan prägen und verändern sollte.

Die Begegnung

Emma kramte tief in ihrem Rucksack und kontrollierte nochmals, ob sie auch wirklich nichts vergessen hatte. Der Wetterbericht hatte am Nachmittag gewittrige Regenschauer gemeldet und Emma wollte am Berg einfach gut ausgerüstet sein. „Schatz, hast du schon alles gepackt?", rief sie Björn zu, den sie in seinem High-Tech-Büro vermutete. Doch Björn saß schon eine Zeit lang auf der knarrenden Holzbank neben der Eingangstüre und ließ sich die ersten Sonnenstrahlen ins Gesicht scheinen.

Emma kam völlig gestresst aus dem Haus gelaufen und Björn zeigte beim Anblick seiner aufgelösten Frau wieder einmal sein bekannt verschmitztes Lächeln. „Wenn du am Vortag einer Bergtour deinen Rucksack packen würdest, hättest du vielleicht nicht so einen Stress am Morgen", neckte Björn seine Partnerin, die das alles andere als witzig fand.

„Hauptsache, ich habe wieder die gesamte Jause zusammengestellt, nur damit der Herr dann am Berg etwas zu essen hat", konterte Emma.

Björn, der seine Frau so eigentlich nicht kannte, sprang von der Bank auf und umarmte Emma, die das Kuscheln zu genießen versuchte. „So, komm jetzt, andere sind schon lange am Berg unterwegs und wir haben es wieder mal gar nicht eilig", forderte Emma Björn auf, sich endlich hinter das Steuer des Wagen zu begeben und sich auf den Weg zu machen.

Im Auto fragte Björn seine Frau des Öfteren, warum sie heute an einem so schönen Tag gar so gestresst wirke. Emma hatte darauf nur ein Schulterzucken parat. Jahre später dachte Björn immer wieder auch an diesen Morgen zurück. Seine Frau war an diesem Morgen anders als sonst, so als würde das Schicksal damals von ihr unbedingt verlangt haben, dass sie zu dieser Wanderung aufbricht.

Hochtourig dröhnte Björns Wagen, der sich die engen Bergstraßen hinaufquälte. Der Vormittag war mittlerweile schon fortgeschritten und noch wenige Kehren fehlten bis zum Parkplatz, von wo es fortan zu Fuß auf einen wunderschönen Gipfel der Salzburger Bergwelt weiterging. Björn hatte den Wagen noch nicht einmal abgestellt, schon sprang Emma aus dem Fahrzeug und konnte es kaum mehr erwarten, die Tour in Angriff zu nehmen. Björn schnappte ebenfalls hastig seinen Rucksack. „Bei dem Tempo, das meine Frau heute drauf hat, könnte ich leicht den Anschluss verpassen", dachte sich Björn. Wenige Augenblicke später, hatte er auch schon Emmas Hand genommen und die beiden wanderten in flottem Tempo ihrem Tagesziel entgegen. Björn nutzte die ruhige Zeit, während die beiden durch den herbstlich gefärbten Hochwald wanderten, um Emmas Gefühlswelt genauer zu erkunden.

„Gibt es irgendetwas, das du mir sagen möchtest oder über das du reden möchtest?", fragte Björn sein stressgeplagtes Gegenüber.

„Aber nein, wie kommst du darauf, Schatz? Es ist alles in Ordnung. Es ist nur jetzt, wo die Schule wieder angefangen hat, gerade auch für uns Lehrer etwas turbulent. Die Stundenpläne und so weiter. Irgendwie sind am Anfang eines Schuljahres alle nervös und umso mehr freue ich mich, wenn ich dann in die Natur zum Ausspannen komme."

Björn konnte Emmas Verhalten unter diesen Gesichtspunkten nachvollziehen und war nun einigermaßen beruhigt. „Ich dachte schon, du hast wieder einen deiner Kollegen geknutscht", kam es aus Björns Mund, der in dem Moment, als er den Satz aussprach, diesen am liebsten schon wieder zurückgenommen hätte. Emma kommentierte Björns Ansage mit einem kühlen Blick, der Björn zu verstehen gab, dass seine Ansage gerade mehr als nur unangebracht war. Die weiteren zwei Stunden vergingen jedoch in trauter Zweisamkeit und Björn und Emma hatten es in all den Jahren des Zusammenseins nicht verlernt, über Gott und die Welt zu sprechen, über Politik, die Umwelt und natürlich Emmas Lieblingsthema rund um die Tierwelt zu diskutieren. Emma konnte sich bei letzterem Thema, wenn es um das schreckliche Leid von Tieren ging, noch immer immens aufregen und dabei machte sie noch immer den gleichen, grimmigen Gesichtsausdruck wie vor vielen Jahren an der Universität in Salzburg. Auch dafür liebte sie Björn unendlich. „Ihr Lächeln und Ihr Gesichtsausdruck, wenn Sie sich ärgert", so beschrieb Björn immer wieder das, was ihm an Emma am meisten gefiel.

Als die beiden sich dem letzten steilen Anstieg vor dem Gipfel näherten, begann Emma unverhofft über das Thema Adoption zu reden. Björn war zunächst überrascht, dass Emma dieses sensible Thema in diesem entspannten Moment ansprach, aber er lauschte gespannt, welche Idee sie in dieser Hinsicht verfolgte. „Ich habe über dieses Thema nochmals eingehend nachgedacht. Wir haben ja gesagt, wir lassen es offen, ob wir uns vielleicht für eine Adoption entscheiden ..."

„Ja, und was meinst du?", unterbrach Björn Emma, um gespannt ihren weiteren Ausführungen zu lauschen. „Es ist halt so, dass ich mich, so sehr ich auch darüber nachdenke, mit diesem Gedanken einfach nicht wirklich anfreunden kann. Ich weiß, es ist ein oft gegangener und ja auch legitimer Weg kinderloser Paare, aber für mich ist es halt so, dass ich da irgendwie das Gefühl habe, dass ich mir da jetzt ein Kind besorge oder quasi kaufe. Ja, ich kaufe mir ein Kind, weil ich selbst keines haben kann. So ist es einfach auf den Punkt gebracht. Für mich ist es so", schluchzte es förmlich aus Emma heraus.

Ja, da war es wieder, dieses Mädchen mit ihren eigentümlichen, unpopulären Entscheidungen und Ansichten, genau das, was Emmas Wesen ausmachte und wofür Björn seine Frau seit dem ersten Augenblick ihres Kennenlernens auch so liebte.

„Schatz, ich respektiere deine Ansicht und solange du dieses Gefühl hast, kommt auch für mich keine Adoption in Frage. Es muss sich für uns beide gut anfühlen und ich stehe in jeder Hinsicht hinter dir."

Björns Worte waren Balsam für Emma und sie kuschelte sich ganz nah an ihren Hünen. Man konnte Emma förmlich die Erleichterung dieses Gesprächs ansehen.

Der Gipfel, den die beiden gegen die Mittagszeit erreichten, war dieses mal ein ganz besonderer. Erstens war niemand anderer auf dem höchsten Punkt des Berges zugegen und die Stille dort oben war nach den vielen Gesprächen auf dem Weg hierher eine mehr als willkommene Abwechslung. Björn und Emma brauchten sich in diesem Moment auch überhaupt nichts zu sagen. Es brauchte keine Worte, um dem anderen zu vermitteln, wie wohl sich jeder gerade in seiner Haut fühlte und wie sehr man in diesem Moment mit dem anderen verbunden war.

Nach der Zeit der innigen Stille hörte man plötzlich Stimmen, die aus dem Hochwald unter dem Gipfel emporkrochen. Für Björn und Emma war das das eindringliche Signal, wieder abzusteigen, man wollte sich schließlich die stille Gipfelzeit nicht mit zig Bergheil-Grüßen, Lautheit und Gelächter zunichte machen. Im Handumdrehen waren die wenigen Sachen, die man zur Jause ausgepackt hatte, wieder im Rucksack verstaut und die beiden wieder unterwegs. Keine halbe Stunde später trafen die beiden Absteigenden auf den Grund für das laute Gelächter, das sich bis zum Gipfel hinaufstahl. Eine Gruppe von rund 20 Wanderern hatte wahrscheinlich noch nie davon gehört, wie man sich im Wald oder in ruhiger Natur verhalten sollte. Der vermeintliche Anführer der Gruppe war anscheinend auch gleich der Hauptgrund für das durchgehende Gelächter. Einen Witz nach dem anderen erzählte der „Herr Bergführer", der trotz eines gehörigen Bierbauchs nicht schlecht bei Kondition sein durfte. Bei der vielen Luft, die er alleine zum Erzählen seiner Witze verbrauchte, schlug er dennoch ein gehöriges Tempo an. Bevor Emma und Björn die Gruppe erreichten, konnten die zwei bereits den einen oder anderen Witz vernehmen und obwohl man sich über das laute Verhalten der Gruppe eigentlich ärgern musste, konnten sich die beiden den einen oder anderen Lacher nicht verkneifen, zumal der bayrische Dialekt des Witzeerzählers absolut kabarettreif war. Als Björn und Emma den Anführer auf gleicher Höhe erreichten, schrie dieser plötzlich wie von der Tarantel gestochen: „Gruppe halt, zur Meldung an die erfolgreichen Gipfelbezwinger – habt acht!"

Emma und Björn, aber auch viele der anderen Wanderer konnten sich in diesem Moment vor Lachen einfach nicht halten. Diejenigen, die in diesem Moment noch nicht lachten, taten dies spätestens, als Emma in ihrem perfekten bayrischen Dialekt, den sie seit Jahren der österreichischen Sprache unterordnete, meinte: „Melde, der Gipfel ist nunmehr in bayrischer Hand!"

Man unterhielt sich noch kurz, Emma erzählte von ihrer bayrischen Heimat und ob der vielen sympathischen Menschen, die zugegen waren, vergaß man sehr schnell, dass man sich noch kurz zuvor über die lauten und ungehobelten Bergsteiger geärgert hatte. Nach einer freundlichen Verabschiedung stiegen Emma und Björn weiter ab. Die Heiterkeit der Truppe war förmlich ansteckend und vergessen war die Gestresstheit, mit der vor allem Emma in den Tag gestartet war. Björn versüßte Emma den weiteren Abstieg, indem er gekonnt den bayrischen Dialekt veralberte und immer wieder mal ein „Der Gipfel ist in bayrischer Hand" von sich gab. „Jetzt, wo wir beide unseren Gipfel haben und in so guter Stimmung sind, wie wärs, wenn wir, bevor wir nach Hause fahren, noch in die Hütte über dem Parkplatz einkehren?", schlug Emma vor. „Die gemütlichen Bänke und die Aussicht hinunter ins Tal haben mir schon beim Aufstieg imponiert, was meinst du, Schatz?"

„Ja, klar, und auf den bayrischen Gipfelsieg müssen wir mit einem Maß Bier anstoßen", unkte Björn, dessen Bayrisch wohl nur ein echter Urbayer als Parodie aufdecken konnte.

Es war früher Nachmittag und auf der Hütte waren gerade weniger Leute zugegen. Die meisten waren wohl zu den Gipfeln der umliegenden Berge unterwegs oder sonnten sich auf dem unendlichen Grün der weitläufigen Alm, wo das Läuten der Kuhglocken das vermeintlich einzig hörbare Geräusch war. Bei den vielen freien Bänken war es natürlich das sonnigste und windstillste Plätzchen, das sich die beiden für Ihr Verweilen aussuchten. Emma trank ihre geliebte frische Buttermilch und Björn gönnte sich ein kühles Bier. Beide saßen so richtig zufrieden auf ihrer Bank und ließen den Blick über das breite Tal schweifen, das sich vor ihnen auftat. Leider konnte Björn nicht alle Berge benennen, nach denen Emma ihn fragte, aber diesem wunderschönen Tag und der innigen, gemeinsamen Zeit konnte dies keinen Abbruch tun. Schön langsam strömten die Bergabenteurer von den Gipfeln auf die Hochalm und immer mehr Wanderer verirrten sich auch auf die Hütte, um ihren Bergtag mit einem Getränk und einer Jause zu krönen. Binnen kürzester Zeit waren die Bänke im Freien gefüllt und damit alle in der Sonne ihren Platz im Freien finden konnten, hieß es, wie auf der Alm oft üblich, zusammenrücken.

Björn und Emma waren noch alleine auf ihrem Tisch, wahrscheinlich wollte niemand das verliebt wirkende Paar in seiner trauten Zweisamkeit stören, als plötzlich von der Seite eine Stimme fragte: „Entschuldigen Sie, ist bei Ihnen noch frei und dürfen wir hier Platz nehmen?"

„Natürlich", willigten Björn und Emma einhellig ein und räumten ihre Rucksäcke auf die Seite. Die Neuankömmlinge setzten sich zu den beiden auf den Tisch und nach anfänglichem Smalltalk stellten sich Emma und Björn vor.

„Freut mich sehr", sagte ihr Gegenüber. „Ich bin Simon und das ist meine Familie, meine Frau Greta und meine Kinder Anna und Rosa!"

Das Kennenlernen

„Wir haben gerade versucht, die Berge an der anderen Seite des Tales zu benennen, das ist uns leider beim besten Willen nicht gelungen", meinte Björn fragend gegenüber den dazugesellten Gästen.

„Da haben Sie aber Glück, ich bin nicht nur am Ende dieses Tales aufgewachsen, als Bergführer darf ich meinen Gästen immer wieder mal die Namen dieser wunderschönen Berge aufzählen", antwortete Simon und begann die Berge der Reihe nach zu benennen. Nebenbei gab es von Simon gleich die eine oder andere Besteigungsinformation dazu. Man merkte den beiden Paaren an, dass sich mit jedem ausgetauschten Wort die anfängliche Schüchternheit legte. Björn erzählte, dass er von Simons Sportgeschäft, das im Nebenort stand, schon oft gehört habe, plauderte über seinen Beruf als Informatiker und versuchte mit seiner freundlichen Art, auch Simons Töchter in das Gespräch miteinzubeziehen. Irgendwie hatte es den Anschein, als würde Björn gegenüber Emma immer wieder einmal den Beweis erbringen wollen, welch guter Familienvater er doch wäre. Emma war ihrerseits bei den anfänglichen Gesprächen sehr zurückhaltend. Die beiden Männer hatten ohnehin viel zu erzählen und tauschten sich eifrig aus. Emma beobachtete Simon bei seinen Ausführungen ganz genau. Ihr Gegenüber war so ganz anders als ihr Mann. Björn war der blonde Hüne, bei dem alles irgendwie riesig wirkte. Simon dagegen war um einiges kleiner, sehnig, drahtig und durchtrainiert. Seine sonnengegerbte Haut passte harmonisch zu seinen dunklen Haaren und Augen. Andererseits wusste der braungebrannte Bergführer genau um seine Anziehungskraft bei Frauen und nahm den einen oder anderen Blick einer Frau mit einer gewissen Selbstverständlichkeit entgegen. Björn selbst war zwar nicht mehr dieser durchtrainierte Mann wie zu Universitätszeiten, wo ihm die Damenwelt vor allem am Rande des Handballfeldes zu Füßen lag, dennoch stand Björn Simon wohl in Fragen der Anziehung auf Frauen in nichts nach. Björn war dieser Umstand nur bei weitem nicht so bewusst wie Simon. Der Nachmittag schritt voran und während Anna und Rosa bereits mit anderen Kindern rund um die Hütte herumtollten, kamen auch die beiden Damen immer besser ins Gespräch. Emma hatte zuerst gedacht, diese modisch gestylte Frau passe irgendwie nicht in die Berge, doch als die beiden sich näher kamen, revidierte Emma ihren ersten Eindruck. Da Greta ab und an in ihren leicht schweizerisch angehauchten Dialekt verfiel, erzählte sie alsbald von ihren heimatlichen Wurzeln. Emma sah sofort Parallelen zu ihrer Geschichte, auch sie hatte für Björn ihre Heimat aufgegeben und fühlte sich so Greta, die in gewisser Weise eine Leidensgenossin war, verbunden. Auch Emma erzählte, dass ihr das heimatliche Dorfleben oft fehlte, sie ihre Eltern vermisste und sich dennoch glücklich in ihrem jetzigen Bauernhaus fühlte. Beim Thema Bauernhaus waren alle ganz Ohr, denn Simon und Greta, die ihr Haus ebenfalls dringlich sanieren mussten, zeigten sich bei den Erzählungen über die unterschiedlichen Sanierungsarbeiten hochinteressiert.

Als die vier am Tisch ganz vertieft diskutierten, schallte es plötzlich im Bereich des Hütteneinganges. „Zur Meldung an den Hüttenwirt! – habt acht!"

„Oh Du meine Güte", kam es auch von Emma, die sich zugleich eine Hand auf ihren lockigen Kopf hielt. „Das sind meine Landsleute, die wir beim Abstieg kennengelernt haben."

Kaum hatte Emma den Satz ausgesprochen, fragten einige Mitglieder der bayrischen „Bergexpedition" auch schon, ob sie am Tisch der beiden Paare Platz nehmen durften. Man bejahte und schon saß ein Teil der bayrischen Wandergruppe, kurze Zeit später auch ihr witzeerzählender „Bergführer" am Tisch. Was folgte, hatten Björn, Emma, Greta und selbst der berg- und hüttenerfahrene Simon noch nie erlebt. Ein Stunde lang unterhielt der begnadete Witzeerzähler den Tisch, wie es wohl nur ganz wenige Menschen konnten. Auch die Wanderer an den Nebentischen mussten sich dank der originellen Witze des Bayern vor Lachen den Bauch halten. Emma trieb es bereits die Tränen in die Augen und das eine oder andere Gläschen tat sein Übriges. Nachdem sich der Bayer nach großem Applaus für sein gekonntes „Berg-Kabarett-Programm" mit seinen Mitgereisten verabschiedet hatte, wurde es wieder etwas ruhiger an den Tischen. Viele mussten sich von dem Lachprogramm erst mal erholen. Simon brachte es auf den Punkt: „Normalerweise sollte es bei uns auf den Bergen ruhig zugehen, aber es gibt ohnehin wenig zu lachen, also warum nicht auch mal so?", meinte er unter den zustimmenden Blicken.

„Ich war am Anfang auch sehr skeptisch, ob der Lautheit die uns beim Abstieg entgegenkam, aber diesen Bayern kann man ja gar nicht böse sein", meinte Emma augenzwinkernd, worauf ihre Tischnachbarn wieder zu lachen begannen.

„Schatz, für unsere Kinder wird es Zeit, wir müssen", machte Greta ihren Mann schließlich aufmerksam. Die beiden holten ihre Kinder vom Spielen und wollten sich gerade verabschieden, da meinte Emma: „Wir haben ja von unseren Renovierungsarbeiten erzählt und wenn euch das wirklich interessiert, warum kommt ihr nicht einmal bei uns vorbei?"

Simon und Greta schauten sich kurz fragend an, um kurz darauf entschlossen einzuwilligen. „Ja gerne, aber nur, wenn ich einen selbstgebackenen Kuchen nach Schweizer Art mitnehmen darf", meinte Greta. Björn zückte gleich eine seiner Visitenkarten und man verabschiedete sich so, als würde man sich schon viel länger als ein paar Stunden kennen. Als Simon und Greta mit ihren Kindern zum Parkplatz gingen, unterhielten sich die beiden über die vergangenen Stunden. „Da wohnt man ein paar Autominuten entfernt und kennt diese sympathischen Menschen nicht. Jeder hat so viel um die Ohren, dass man eigentlich gar nicht mehr richtig rauskommt", sinnierte Greta.

„Du hast recht", meinte auch Simon. „Ich bin schon mit vielen Menschen zusammengekommen, auch auf den Bergen, aber so nette und sympathische Leute trifft man selten. Wahrscheinlich war es auch dieses gemeinsame Lachen, das so verbindet."

Auch Anna und Rosa erzählten ihren Eltern beim Nachhausefahren von ihren Spielkameraden und man hatte den Eindruck, als hätte sich genau an diesem Nachmittag mit der Sonne auch ein heller, leuchtender Strahl aus Sympathie und Vertrautheit auf die gesamte Alm gelegt.

Zuhause, nachdem Simon und Greta die Kinder ins Bett gebracht hatten, unterhielten sich die beiden noch lange über den vergangenen Tag. Vor allem das Kennenlernen von Björn und Emma stand dabei im Mittelpunkt des Rückblicks. „Sie ist sehr hübsch, was?", meinte Greta und schaute dabei Simon mit fragendem Blick an.

„Ja das ist sie, zum Glück habe ich aber eine mindestens genauso hübsche Frau", antwortete Simon und nahm seine Frau in die Arme. „Björn ist aber auch ein attraktiver Bursche, außerdem ist er mindestens einen Kopf größer als ich … und du bist dir auch wirklich sicher, dass du keinen größeren Mann als mich willst?", grinste Simon seine Frau an, die sich durch seine Gegenfrage geneckt fühlte und ihren Mann in der Folge aufforderte, sich sofort mit ihr ins Ehebett zu kuscheln. Und so fand ein für die gesamte Familie rundum schöner Tag ein knisternd-erotisches Ende.

Björn und Emma lagen ebenso in ihrem Bett und Björn tippte noch auf seinem Laptop herum. „Schau mal, Schatz, das ist das Sportgeschäft der beiden, die wir heute kennengelernt haben", sagte Björn.

Emma, die eigentlich schon am Einschlafen war, wurde durch ihr Interesse nochmals wachgerüttelt, ließ sich von Björn die Homepage von Simons Sportgeschäft zeigen und meinte: „Die haben sicher ganz schön zu tun. Ich hoffe, ich habe die beiden mit der Einladung nicht überrollt. Ich dachte halt nur, weil wir uns zuerst so gut unterhalten haben und dann die Bayern in unser Gespräch geplatzt sind, dass es schade wäre, weil sie ja auch ganz in der Nähe wohnen und …"

„Schatz, du brauchst dich für eine Einladung doch nicht rechtfertigen", unterbrach Björn seine Frau. „Ich finde es total nett, dass du die beiden eingeladen hast. Warum auch nicht? Eine gute Unterhaltung gibt es ja auch nicht so oft. Außerdem haben die beiden unsere Visitenkarte bekommen. Es liegt an ihnen, ob sie die Einladung annehmen wollen. Wahrscheinlich werden sie sich ohnehin nicht melden, die haben ja auch so viel zu tun. Aber vielleicht ja doch. Wir sollten uns gar keine Gedanken darüber machen. Wenn es sein soll, dann soll es so sein", meinte Björn weiter, löschte das Licht und küsste Emma zärtlich, die am Ende dieses ereignisreichen Tages die Zärtlichkeit ihres Partners sichtlich genoss.

Der Wecker klingelte. Es war Montagmorgen und Simon drückte schlaftrunken auf die Taste des Radioweckers, damit dieser nervige Summton endlich aufhörte. „Montagmorgen, das schönste Wetter und ich muss wieder ins Geschäft", jammerte er Greta ins Ohr.

„Tröste dich, ich muss auch in die Redaktion, Schatz, aber erst um 10 Uhr. Ich bringe die Kinder zur Schule. Nimm dir noch was zum Frühstücken mit", forderte Greta ihren Mann auf. Simon stieg noch in die Dusche, föhnte sich kurz durchs Haar, schnappte sich noch einen Apfel und schloss die Haustüre hinter sich. Simon war immer der erste, noch bevor die Angestellten im Geschäft waren. Als Chef trank er genüsslich einen Kaffee, ging dabei durchs Geschäft und kontrollierte die Warenregale. Einige Kunden hatten es an diesem Tag scheinbar besonders eilig. Sie standen schon vor dem Geschäft, als dieses noch geschlossen war. Pünktlich um 08.30 Uhr sperrten die Angestellten das Sportgeschäft auf und bis zum mittleren Vormittag füllte sich das Geschäft kontinuierlich mit Kunden. Das geschäftige Treiben war am Höhepunkt, als plötzlich eine

Mitarbeiterin in Simons Büro rief: „Chef, da möchte ein Kunde von Ihnen persönlich bedient werden."

Simon vermutete einen Kameraden der örtlichen Bergrettung, die sich immer wieder einmal von ihm bedienen ließen, und ging ins Geschäft. „Hallo Simon, jetzt sehen wir uns schon früher als gedacht wieder." Es war Björn der Simon schon von weitem entgegenrief. „Nachdem meine alten Bergschuhe schon fast auseinanderfallen, dachte ich, unser gestriges Treffen als unweigerliche Aufforderung des Schicksals zu sehen, um mir endlich neue Bergschuhe zu kaufen!"

Simon musste lachen, freute sich aber über den neugewonnenen Kunden, dem er allerhand neue Bergschuhe zeigte, zumindest jene, in die des Kunden große Füße passten. Björn entschied sich relativ schnell für ein Paar, was auch seiner Unkompliziertheit zu verdanken war. Simon lud Björn daraufhin noch auf eine Tasse Kaffee in sein Büro ein und die beiden diskutierten nahezu mit der Intensität des Vortages weiter. Björn war vor allem von Simons Bergsteigerfotos begeistert. Besonders das Foto vom Gipfel des Shivling interessierte Björn sehr, und Simon kam nicht umhin, seinem Gegenüber auch den tragischen Teil seiner Besteigung zu erzählen. „Wir reden aber immer nur von meiner Bergsteigerei und von meinem Geschäft. Was machst du eigentlich so in deiner Freizeit?", forderte Simon seinen Gesprächspartner auf, etwas von sich zu erzählen.

„Das lässt sich relativ schnell aufzählen. Renovieren, sprich Bauernhaus in Schuss halten, und arbeiten. Ich arbeite von zuhause aus und bin auch teilselbständig. Ich programmiere für Firmen und bin besonders im Bereich Onlinevermarktung tätig", meinte Björn.

Für Simon klang das alles sehr interessant und er wollte mehr wissen, schlussendlich zogen einige seiner Kunden, wohl aus Preisgründen auch immer wieder mal den Internethändler vor und kamen erst wieder zu ihm, wenn das dort erworbene Sportgerät nicht so funktionierte, wie es sollte, oder wenn das Fahrrad und Ähnliches zu warten waren, was Simon dem Grunde nach ärgerte. „Wenn dich das interessiert, habt ihr ja einen weiteren Grund, uns wirklich mal besuchen zu kommen. Wir wollen auf keinen Fall aufdringlich sein. Ich sag's ganz ehrlich, meine Frau Emma hat gestern am Abend dahingehend Bedenken geäußert, aber wir würden uns einfach sehr freuen, wieder mal mit euch zu plaudern!", brachte es Björn auf den Punkt.

Die beiden verabschiedeten sich und Simon war von der unkomplizierten und sympathischen Art Björns einmal mehr begeistert. So etwas kannte der smarte Geschäftsmann eigentlich bis dahin gar nicht. Simon hatte zwar viele gute Kumpel, mit denen er sich traf oder die er auch mal zu sich einlud. Einen quasi „besten Freund", mit dem er über alles reden konnte bzw. wollte, das hatte Simon aber nicht. Einer seiner Jugendfreunde, der wohl diesen Rang hätte erreichen können, zog gleich nach der Hauptschule in die Stadt und der Kontakt ging wie so oft einfach verloren. Björn hatte zudem eine Art, andere an seiner Begeisterung teilhaben zu lassen. Er war alles andere als oberflächlich. Wenn er zuhörte, hörte er wirklich zu, schaute nicht auf die Uhr und er stellte auch keine nichtssagenden Standardfragen des Typs: „Wie geht's?!" Umgekehrt hatte er, nachdem er an der Universität so viele Freunde hatte, schon seit vielen Jahren eigentlich gar keine Zeit mehr für eine gute Freundschaft. Er saß oft bis spät abends in seinem „Bauernhof-Rechenzentrum" und die restliche Zeit verbrachte er mit Emma bzw. war mit Arbeiten am Bauernhaus beschäftigt. Zu vielen seiner ehemaligen Freunde hatte er zudem den Zugang verloren, da die meisten Kinder hatten und eher etwas mit jenen Freunden unternahmen, die selbst Kinder hatten. Doch Kinder konnten ja augenscheinlich überhaupt keinen Grund darstellen, ob man mit jemandem befreundet ist oder nicht. Das hatte auch dieser unkomplizierte Nachmittag auf der Alm bewiesen. Anna und Rosa hatten sich dort so richtig ausgetobt. Sie waren eigentlich nur an den Tisch gekommen, wenn sie etwas trinken wollten oder schnell einen Bissen vom Kuchen schnappten. Wenn sie am Tisch saßen, lachten sie mit und besonders Björn versuchte mit Simons Töchtern ins Gespräch zu kommen. Simons und Gretas gute Erziehung war sicher mit ausschlaggebend, dass mit den Kindern immer alles so gut funktionierte, dennoch war sich Greta sicher: „Warte nur, wenn die Pubertät über sie hereinbricht, dann wird es mit Sicherheit komplizierter!"

Als Simon zu Mittag nach Hause kam, erzählte er sofort von Björns überraschendem Besuch.

„Eigentlich hab ich mir gedacht, wir werden nicht so aufdringlich sein und uns melden, aber die beiden scheinen wirklich ganz nett zu sein", antwortete Greta. Simon musste lachen, weil, wie Björn erzählt hatte, auch Emma in punkto Aufdringlichkeit dieselben Gedanken hatte, und er meinte: „Weißt du was, wenn wir am Wochenende nichts vorhaben, dann rufen wir an und schauen uns wirklich ihr

Bauernhaus an. Björn hat mir auch etwas über seine Arbeit erzählt und das klingt ebenso spannend!".

Zeitgleich zeigte Björn zuhause stolz seine neuen Bergschuhe her und erzählte Emma, dass er von Simon, trotz vollen Geschäfts, auf einen Kaffee eingeladen worden war, und schwärmte: „Das Geschäft musst du dir echt mal anschauen, wir sind schon so oft vorbeigefahren, aber da drinnen ist wirklich alles top."

„Na klasse, jetzt bist Du endlich wieder gut ausgerüstet, das wurde bei deinen ausgelatschten Bergschuhen auch Zeit. Und kommen sie mal zu Besuch?", fragte Emma neugierig.

„Das weiß ich nicht, aber vielleicht melden sie sich. Wenn nicht, haben sie keine Zeit oder keine Lust!", antwortete Björn in seiner für ihn typischen Manier.

Es war keinesfalls so, dass Emma und Björn krampfhaft auf der Suche nach Freunden waren, ganz im Gegenteil, sie genossen die Zweisamkeit und die Stille am Bauernhof. Dennoch hatte dieses Treffen auf der Alm ein ganz besonderes Flair besessen, das die beiden, aber auch Simon und dessen Frau Greta, nicht losließ. Zu diesem Zeitpunkt wusste noch niemand, dass sich die flüchtige Bekanntschaft zu einer ganz besonderen Freundschaft entwickeln sollte.

Der Besuch

„Schatz, dein Telefon im Büro läutet, ich bin grad am kochen", rief Emma, doch von Björn hörte man gar nichts. Sie schob schnell den Topf vom Herd, rannte in Björns Büro und hob den Hörer ab: „Ja. Hallo, Moment ich werde gleich schauen, wo Björn ist … einen Mom…"

„Emma?", fragte eine Stimme am anderen Ende der Leitung „Emma, hier ist Simon, die Berg-Bekanntschaft vom letzten Wochenende … ähhmm … ist es ungelegen?"

„Nein, überhaupt nicht, hallo Simon, das freut mich sehr, dass du dich meldest", gab Emma fast ein wenig nervös zur Antwort.

„Ich wollte nur fragen, ob das mit der Einladung ernst gemeint war", fragte Simon. „Wir wollen nicht aufdringlich sein, aber ich hab letztens nochmals Björn getroffen und wir würden uns wirklich gerne euer renoviertes Bauernhaus ansehen."

„Das freut uns sehr, Simon. Björn ist ganz stolz auf seine neuen Bergschuhe, die du ihm verkauft hast, und außerdem freuen wir uns ebenfalls, euch wiederzusehen. Würde es euch vielleicht am Wochenende passen?", meinte Emma vorsichtig fragend.

„Ja, das wäre toll!", antwortete Simon.

„Wenn ihr Samstagnachmittag gegen 15 Uhr nichts vorhättet, würden wir …"

„Das würde perfekt passen", unterbrach Emma ihren Gesprächspartner und man spürte förmlich, dass man sich auf beiden Seiten auf das Treffen freute. In der Zwischenzeit war Björn aufgetaucht und fuchtelte ständig mit einem „Daumen hoch" herum.

„Also, Emma, wir freuen uns. Wir sehen uns Samstag …
und Greta will es sich nicht nehmen lassen, eine selbstgebackenen Kuchen mitzunehmen!", sagte Simon noch.

„Alles klar, Simon. Dann schon mal vielen Dank. Wir sehen uns. Bis dann!" Emma legte den Hörer auf und Björn
stand noch immer mit dem Daumen nach oben neben ihr
und fragte: „Und?"

„Ja, sie kommen wirklich", bestätigte Emma.

„Wusste ich doch, dass das keine Leerschwätzer sind",
meinte Björn, dem die Freude über den anstehenden Besuch ins Gesicht geschrieben war.

Der restliche Teil der Arbeitswoche verstrich und als
Björn und Emma Samstagmorgen wach wurden, waren die
ersten Worte, die Björn über die Lippen kamen: „Heute
kriegen wir Besuch!"

„Was du nicht sagst, hätte ich ganz vergessen", antwortete Emma scheinheilig, grinste und warf sich mit ihrem gesamten Körper auf Björn, um ihn liebevoll zu knutschen.

Indessen waren Greta und Simon schon lange wach. Simon rannte am Samstagmorgen seine obligatorische Mor-
genrunde, wo er meist noch einmal die vergangene
Arbeitswoche gedanklich Revue passieren ließ, und Greta
stand schon in der geräumigen Küche des Hauses, wo sie
für den nachmittäglichen Besuch zwei Kuchen buk. Einer
allein, das wusste sie, würde allein schon wegen der Kinder, die richtige Naschkatzen waren, sicher nicht reichen.
Als Simon nach Hause kam und sich in die Dusche auf-
machte, versicherte sich Greta, dass die Kinder noch tief
und fest schliefen, und schlich sich ins Badezimmer, um zu
Simon unter die Dusche zu steigen.

Schon bald war aber keine Zeit mehr für Zweisamkeit. Die Kinder mussten geweckt, das Frühstück hergerichtet werden und außerdem hatte Greta am Vormittag noch einige Artikel für ihr Wochenmagazin zu tippen. Danach war auch noch Simons Mutter, die im Erdgeschoss des Hauses wohnte, zum Mittagessen geladen und schon bald nach dem Essen und einer gemütlichen Zeit vor dem Fernseher war es so weit, sich auf den Weg zu machen. Björn und Emma waren nur wenige Kilometer entfernt, in einem naheliegenden Ort zu Hause. Das letzte Stück ging es einen Berg hinauf, dessen Ziel, das Bauernhaus der beiden, erst nach einer letzten Kuppe zu sehen war. Der Ausblick, der sich Simon, Greta und den Kindern schon im Auto auftat, war überwältigend.

„So etwas Schönes, kennt man eigentlich nur aus den kitschigen Fernsehserien", meinte Greta. Björn und Emma waren bereits vor dem Haus und winkten ihrem Besuch schon von weitem zu. Als Simon mit seiner Familie ausstieg, begrüßten sich alle herzlich und Björn hatte für die Kinder eigens eine Schaukel am Baum vor dem Haus angebracht. „Damit euch ja nicht langweilig wird", meinte er. Von den Kindern hörte man nur noch ein kurzes „Danke" und schon stritten sich Rosa und Anna, wer von den beiden als erstes schaukeln durfte.

„Ich würde sagen, wir zeigen euch einmal, wie wir so wohnen, und dann setzen wir uns in den Garten auf einen Kaffee", bat Emma ihre Gäste in das Bauernhaus herein. Simon und Greta staunten über das Ambiente, wo Altes mit Modernem wunderbar kombiniert war. Zwischen wunderschönen weißen Wänden waren immer wieder dunkle, alte Holzbalken zu sehen, jenes Holz das vom alten Bauernhaus bei der Sanierung in das neue Wohnhaus integriert worden war. Die Küche, eine Mischung aus alter bäuerlicher Tradition und geschmackvoller Moderne, das Schlafzimmer, das Badezimmer, in welchem die Badewanne und das Waschbecken in wunderschönes altes Holz eingearbeitet war, bis hin zu den liebevoll eingerichteten Gästezimmern, alles war ein architektonischer Traum. Simon und Greta waren begeistert, nahezu überwältigt, mit welchem Geschmack und welcher Liebe das alte Bauernhaus saniert worden war.

„Das ist ja ein absoluter Traum", meinten Simon und Greta einhellig. „Aber jetzt erst kommt das Herzstück dieses Hauses", grinste Björn und führte die beiden in das „Bauernhof-Rechenzentrum". Simon und Greta mussten aufgrund des komplett konträren Anblicks schmunzeln, weil der Wechsel von gediegenem Stil zu einem Raum mit Computern und hochelektronischem Zeug fast einem Kulturschock gleichkam. Während die Kinder im Freien herumtollten, gingen die vier auf die Terrasse, von wo sich der wundervolle Blick über das Tal erst so richtig auftat. Emma hatte schon den Kaffeetisch gedeckt. Simon und Greta überschlugen sich förmlich vor Komplimenten. „Da sieht man, was man alles mit viel Geduld und Liebe machen kann! So ein geschmackvoll eingerichtetes und schönes Haus sieht man wirklich selten", meinte Greta.

Emma und Björn fühlten sich geehrt und nach anfänglicher allgemeiner Schüchternheit kam man bei Kaffee und Kuchen immer besser ins Gespräch. Emma und Björn erzählten unter anderem von ihrem Studium in Salzburg. Die wachsende Vertrautheit, welche sie gegenüber Simon und Greta aufbauten, zeigte sich auch in jenem Umstand, dass die beiden die Geschichte, wie sie sich kennengelernt hatten, bis in jede Einzelheit schilderten. Dazwischen streute Björn immer mal einen Schwank aus seiner Glanzzeit beim Handballteam der Universität ein. Als Emma ihm attestierte, dass er der Frauenschwarm schlechthin gewesen sei, gefiel ihm das sichtlich, er wurde aber auch etwas rot dabei. Auch Simon und Greta hielten mit ihren Erzählungen aus der Vergangenheit nicht hinter dem Berg. Greta erzählte von ihrer Kindheit in der Schweiz, von jenem Bergführer, der ihr den Kopf verdrehte und der sie nach Österreich geholt hatte, und natürlich von ihren beiden Kindern, auf die sie besonders stolz war. Simon war anfänglich etwas ruhiger, weil er mit Erzählungen schon immer etwas zurückhaltender war. Nachdem Björn nochmals von Simons Bergsteigerfotos im Büro erzählt hatte, kam Simon aber nicht umhin, über die Expedition zum Shivling mit all seinen schönen aber auch schrecklichen Momenten zu erzählen. Emma hörte gespannt zu. Auch sie zog es immer wieder in die Berge, zwar immer nur zum Wandern, aber irgendwann würde sie auch gerne mal eine richtige Klettertour wagen, erzählte sie.

„Dann mach deinen Traum wahr", forderte Simon sie auf. „Bei nächster Gelegenheit führe ich dich und Björn, wenn ihr wollt, auf eine leichte Klettertour, was meint ihr?"

Björn und Emma waren ohne lange nachzudenken hellauf begeistert. Wahrscheinlich hatte auch der Schluck Wein, den die beiden gemeinsam mit Simon und Greta auf der Terrasse zwischen kleinen Bäumen und Sträuchern mit diesem herrlichen Blick ins Tal tranken, ein wenig mutiger gemacht. Man unterhielt sich zudem so gut, als hätte man die gute Laune und die Gesprächsintensität auf der Alm vor einer Woche eingepackt und hierher mitgenommen. Greta und Emma fühlten sich allein schon durch die Tatsache verbunden, dass sie beide aus Liebe ihre Heimat verlassen hatten. Emma nahm Greta auch in die Küche mit und die beiden bereiteten für die zwei Kinder, die mittlerweile gespannt vor dem Fernseher saßen, eine Kleinigkeit zu essen. Auch die Jause für die Gäste hatte Emma schon vorbereitet, liebevoll verziert mit Blümchen garniert, wie sollte es bei Emma auch anders sein!? Die Zeit verging wohl allen viel zu schnell, nur Rosa wurde abends schon langsam müde und es war daran, sich von den überaus freundlichen Gastgebern zu verabschieden. Nach diesem wunderschönen Nachmittag wussten alle, dass dieses Treffen sicher nicht das letzte war. Man spürte, dass sich eine gute Freundschaft anbahnte. Die Charaktere passten allesamt so wundervoll zusammen wie in einem Puzzle, wo ein Stück genau zu einem Gegenstück passte. Das Reden, Zuhören, Lachen, die Interessen und vieles mehr, alles schien perfekt zu harmonieren. Simon nahm Rosa auf seinen Arm und es folgte eine herzliche Verabschiedung. „Also entweder das nächste Mal bei uns, oder, wenn das Wetter passt, schon vorher zu eurer ersten Klettertour", meinte Simon noch, bevor er ins Auto einstieg. Rosa war schon eingeschlafen und Anna erzählte noch voller Elan, was sie am Bauernhof in der Scheune nebenan alles entdeckt und welche Spielabenteuer sie erlebt hatte. Nachdem Greta die Kinder zuhause ins Bett gebracht hatte, ließen Simon und seine Frau noch den Tag bei einem Glas Wein ausklingen.

„Es tut gut, wenn man jemanden hat, mit dem man sich so gut austauschen kann und mit dem man so gute Gespräche führen kann. Ich bin froh, die beiden getroffen zu haben, und dass wir ihrer Einladung gefolgt sind", sagte Greta zu ihrem Mann und strich ihm dabei zärtlich über die Wangen. Simon sah es etwas praktischer. „Was ich heute alles auf ihrem Bauernhof gesehen habe, da würde ich am liebsten gleich morgen auch bei uns mit dem Renovieren anfangen."

„Ach Schatz", lächelte Greta ihren Mann an und küsste ihn, ehe sie im Schlafzimmer verschwanden.

Björn und Emma schliefen zu der Zeit schon tief und fest. Auch sie hatten den ganzen Abend noch über die Einladung gesprochen. Die vielen Komplimente über ihr schönes Zuhause und die guten Gespräche gaben ihnen ein wunderschönes Gefühl. Mit diesem Gefühl und der Freude über die vereinbarte Klettertour schliefen die beiden eng umschlungen ein. Seit langem ließ Björn seinen Laptop an diesem Tag ausgeschaltet. Er hatte verstanden, dass es noch viel schönere Dinge gab, als ständig vor dem Computer zu sitzen.

Die Tour

Mittlerweile waren zwei Wochen seit dem letzten Treffen vergangen. Simon war mitten in der Herbstsaison, wo sein Geschäft besonders in der Bergsteiger-Abteilung gerammelt voll war. Greta war neben ihrer Arbeit auch ziemlich mit dem Kindern beschäftigt, die sich beide eine ordentliche Grippe in der Schule eingefangen hatten, und bei Björn und Emma war es keinesfalls weniger stressig. Björn versuchte als Programmierer das Beste für seine Firma und seine Kunden herauszuholen und Emma hatte neben dem anstrengenden Unterricht einen Haufen Schularbeiten und Tests zu korrigieren. Insgeheim war aber jeder hie und da mit den Gedanken bei der neuen Bekanntschaft und stellte sich die Frage, wann es wohl wieder zu einem weiteren Treffen kommen würde. Nachdem weitere Zeit vergangen war und der Herbst sich mit seinen goldenen Farben in einem wunderschön sanften Licht präsentierte, war es wieder Simon, der sein Versprechen wahr machte und sich neuerlich bei Björn meldete. Diesmal war Björn in seinem Büro und nahm den Anruf entgegen. Simon lud die beiden ein, sich mit ihm auf eine schöne Klettertour auf den Untersberg in der Nähe von Salzburg zu begeben.

„Oh Mann, ich freu mich schon richtig darauf, ich sag's aber gleich, Simon, wir sind noch nie geklettert!", meinte Björn leicht besorgt.

Simon konnte ihm die aufsteigenden Ängste aber sogleich nehmen. „Wir machen eine schöne Einsteiger-Klettertour. Keine Angst, ich pass schon auf euch auf. Sonntag 09.00 Uhr. Ihr schaut, dass ihr passendes Schuhwerk für leichte Klettertouren habt, den Rest an Ausrüstung hab ich parat."

Björn ulkte noch, dass, sollte er kein passendes Schuhwerk finden, er ein gutes Sportgeschäft ganz in seiner Nähe kenne.

Der Sonntag rückte näher und Björn und Emma hatten am Vorabend alles parat. Auch Emma hatte aus der Vergangenheit gelernt und verzichtete auf das morgendliche Packen und den dadurch aufkommenden Stress. Es war aber nicht Emma, die am nächsten Tag nicht bestens gerüstet war, vielmehr kam Björn etwas gehörig dazwischen. In der Nacht wälzte er sich immer mehr. Bauchkrämpfe und Erbrechen erschütterten ihn und raubten ihm den Schlaf. Am Morgen fühlte sich Björn zwar schon etwas besser, er ärgerte sich aber, weil ihn anscheinend derselbe Virus, wie er auch in seiner Firma kursierte, erwischt hatte. Er bestand aber darauf, dass Emma die Klettertour mit Simon durchzog, zumal sich gerade Emma die letzten Tage schon unheimlich freute. Für Björn war dieser Sonntag aufgrund seines Zustandes gelaufen, er munterte aber Emma auf: „Bitte, Schatz, wenn Simon mit dir allein die Tour macht, dann bitte lass den Tag nicht unverrichteter Dinge vorübergehen. Ich komm schon klar. Wer weiß, für was es gut ist, vielleicht wäre ich mitten in der Wand steckengeblieben", versuchte Björn auch in dieser Situation, Emma ein Lächeln abzuringen. Emma ließ sich von Björn nach einigem Hin und Her überzeugen und nahm das Telefon. „Hallo Simon, hier ist Emma, Björn muss leider heute wegen eine Bauchgrippe, die auch in seiner Firma grassiert absagen ... Er meint ich solle auf jeden Fall diesen Tag ausnutzen, weil ich ja ohnehin im Moment nichts für ihn tun kann, außer ihm eine Kanne Tee ans Bett zu stellen. Ich weiß ja nicht, ob du …"

„Du meinst, dass wir beide die Klettertour in Angriff nehmen?", unterbrach Simon und meinte weiter: „Ja klar. Dann kannst du Björn am Abend zumindest erzählen, was er versäumt hat!"

Emma willigte ein, versorgte Björn mit Tee und Zwieback und wartete, bis Simons Auto auf dem Hof einfuhr. Als sie zusammen zum Untersberg fuhren, erzählte Simon interessante Dinge über das Klettern, versicherte Emma, dass sie in keinem Fall Angst haben müsse, sondern sich an der Schönheit der Natur und der Ausgesetztheit hoch über dem Tal erfreuen solle. Emma hatte in kurzer Zeit zu Simon so großes Vertrauen aufgebaut, dass sie sich voll auf dieses Abenteuer einlassen wollte und begann all ihre ängstlichen Gedanken abzulegen.

Am Untersberg angekommen, schaute Emma die steile Wand empor und meinte: „Simon, ist das wirklich eine Anfängerklettertour?"

Simon lächelte und antwortete: „Ja das ist sie! Auch eine Anfängerklettertour ist steil, aber du hast überall schöne große Griffe und Tritte und außerdem bist du immer von mir gesichert!"

Emma spürte, wie ihr Herzschlag langsam, aber stetig kräftiger wurde und wie ihr Adrenalinspiegel anstieg.

Simon legte derweil mit gekonnten Griffen ihren Klettergurt an und verband den Klettergurt mit einem Achterknoten an einem Seil. Für Emma fühlte es sich dabei irgendwie eigenartig an, dass Simon ihr dabei so nah kam und sie mit seinen schmalen aber kräftigen Händen berührte. Für ihn waren diese Handgriffe jedoch mittlerweile reinste Routine. Er hatte wohl schon hunderte Male seine Kunden auf dieselbe Art angeseilt, wenngleich es ihm natürlich gefiel, dass er mit Emma am anderen Seilende eine wirklich hübsche Kletterpartnerin hatte. Simon erklärte Emma die Kommandos und gab ihr Tipps, wie sie die Hände und Füße einsetzen sollte, damit sie sicher und so kraftschonend wie möglich die Wand empor kam. Simon kletterte vor und rief dann, nachdem er sich an einem Standplatz gesichert hatte: „Nachkommen!"

Emmas erste Schritte waren wirklich unsicher und ihre Beine zitterten wie Grashalme im Wind. Mit jedem ihrer Schritte fühlte sie sich jedoch wohler, auch wenn sie mit fortschreitender Höhe zunehmend ausgesetzt war. Zuverlässig spürte sie zudem das Seil, das stramm nach oben gespannt war und womit Simon ihr auch das Gefühl gab, dass sie zu jeder Zeit gesichert war. Langsam kam in Emmas Gesicht immer mehr ihr hübsches Lächeln zurück und mit jedem Schritt, dem sie Simon näher kam, entwich auch immer mehr die Anspannung aus ihren Muskeln. Beim Standplatz von Simon angekommen, sicherte sie dieser gleich an einem fixen Bohrhaken und Simon gratulierte seiner tapferen Begleitung: „Wow, du hast wirklich Talent, Emma! Aus dir könnte wirklich eine tolle Kletterin werden. Wirklich, ich seh das gleich, ob jemand talentiert ist. Klasse!"

Emma freute sich über das Kompliment und als Simon die nächste Seillänge anging, schaute sie ganz genau zu, wie er sich bewegte, wo er Hände und Beine positionierte und wie er sich elegant Meter um Meter nach oben schlängelte. Wieder hieß es „Nachkommen" und man merkte, dass Emma mit jedem ihrer Kletterschritte sicherer und sicherer wurde. Jedes Mal warf sie Simon, als sie ihm am Standplatz näher kam, ein freudiges Lächeln zu. Simon genoss Emmas ruhige, aber ehrgeizige Art und er genoss es zu sehen, mit welcher Freude Emma ans Klettern ging. Am Standplatz angekommen meinte Simon: „Schade, dass Björn das nicht sehen kann. Diese Aussicht, aber auch wie toll du kletterst. Ich bin mir sicher, Björn wäre mit seiner großen und kräftigen Statur nicht so geschmeidig am Fels wie du."

Emma lächelte etwas schüchtern, zückte ihr Handy und machte ein Foto nach unten in die Tiefe und auch ein gelungenes Selfie von ihr und ihrem Bergführer. Nach einigen flotten Seillängen, hieß es von Simon wieder „Nachkommen" und Emma nahm die kommenden Klettermeter neuerlich in Angriff. Mittlerweile hatte sich in ihr so etwas wie Euphorie breitgemacht. Ihre Gedanken galten nicht mehr nur den Felsen, auf denen sie sich empor arbeitete, sie dachte auch daran, wie es wohl Björn zuhause ergehen würde und dass sie ihn am Gipfel gleich anrufen würde. In diesem Augenblick passierte etwas, das Emma in Angst und Schrecken versetzte und ihr fortan ein Lehre sein sollte. Bei einem hastigen Schritt setzte sie ihren Fuß auf einen Tritt, der alles andere als sicher aussah. Ein Stück dieses Tritts brach plötzlich aus und mit einem kräftigen Ruck fiel Emma aus der Wand, vielmehr nur ein kurzes Stück ins Seil, das, von Simon bedient, ständig auf Zug war.

„Ich hab dich, Emma. Bleib ganz ruhig und versuche wieder einen guten Halt zu bekommen!"

Emma atmete hastig und versuchte mit tiefen Atemzügen nicht in Panik zu verfallen. Ihre Gedanken daran, dass ihr Leben gerade an diesem Seil hing, dass Simon sie hielt, ließen ihr förmlich das Blut in den Adern gefrieren. Die Sicherheit, mit der sich Emma vor kurzem noch bewegt hatte, war buchstäblich von einer Sekunde auf die andere verloren gegangen. Neuerlich am Standplatz angekommen, versuchte Simon Emma zunächst zu beruhigen. „Ich weiß, wie es ist, ins Seil zu fallen. Überhaupt ist das erste Mal wirklich eine angstvolle Erfahrung. Aber das Seil hält so viel mehr als dein Gewicht. Du kannst ihm vertrauen und du kannst mir vertrauen, voll und ganz!"

Die gewählten Worte lösten bei Emma den ersten Schrecken. Sie atmete durch und während Simon sich an die letzte Seillänge machte, versuchte sie nochmals, ganz genau ihren Bergführer zu beobachten, wie er seine Schritte wählte und wie er sich vollkommen auf das, was er tat, konzentrierte. Emma wollte es Simon gleichtun. Weg waren die Gedanken an andere Dinge. Emma konzentrierte sich ganz auf die Schritte, die vor ihr lagen. In diesem Moment gab es nur sie und den Fels. Sie konzentrierte sich auf jeden ihrer Schritte, wie sich der Fels in ihrer Hand anfühlte, auf welchen Tritt sie ihren Fuß setzte. So sicher kletternd kam Emma zum Ausstieg ihrer ersten Tour und Simon wartete schon lächelnd auf seine hübsche und tapfere Kletterpartnerin. Kaum erreichte Emma die flache Wiese beim Ausstieg, jubelte sie und umarmte Simon überschwänglich. „Ich danke dir für diesen Tag, für dieses Erlebnis. Ich werde diese Tour mit dir nie vergessen!"

Auch wenn Simon schon oft dieses Gipfelgefühl miterlebt hatte, so war diese Tour auch für ihn etwas Besonderes. Das hatte vor allem mit Emma, ihrer Ausstrahlung, ihrer grundehrlichen Euphorie, ihrer spürbaren Angst, aber auch ihrem Mut zu tun. Die beiden setzen sich ins warme

Gras und ließen sich unter tiefen Atemzügen die Sonne ins Gesicht scheinen. „Davon werde ich heute Nacht träumen", schwärmte Emma.

„Versuch, das Positive aus dieser Tour für dich mitzunehmen. Es geht immer weiter, auch wenn man glaubt, es geht nicht mehr, man Angst hat ... und wenn man fällt, es gibt immer jemanden der einen auffängt. Klettern ist wie das Leben", philosophierte Simon.

Emma war angetan von Simons Worten. „Gibt es eigentlich irgendetwas im Leben, das dich nicht aus der Fassung bringt, du wirkst immer so ruhig und besonnen", fragte sie und Simon sprach über ein Kapitel in seinem Leben, das er nur mit sehr wenigen Mensch teilte: „Ich habe mich einmal wirklich hilflos in meinem Leben gefühlt. Das war damals, als mein Vater bei einem Segelflugzeugabsturz ums Leben gekommen ist. Ich habe nachts des Öfteren geträumt, dass ich ihn beim Absturz mit dem Seil retten wollte. Ich habe im Traum versucht, ihm ein Seil zuzuwerfen. Uns hat am Berg immer ein Seil verbunden und dieses Mal gab es keine Rettung. Ich war so hilflos wie nie in meinem Leben."

Emma vernahm die Trauer in Simons brüchiger Stimme und sagte selbst kein Wort. Sie legte einfach ihren Arm auf Simons Schulter, sie blickten in die weite Ferne und beide sprachen bis zum Abstieg über einen einfachen Steig so gut wie kein Wort. Beim Heimfahren zeigten sich die beiden jedoch wieder richtig entspannt und glücklich über den schönen Tag. Emma freute sich über ihre erste Klettertour und Simon darüber, dass er die Liebe und Freude für die Berge an jemand anderen vermitteln konnte. Von diesem Tag an spürten Emma und Simon jedoch auch eine besondere Verbundenheit, genährt durch die tiefsinnigen Gespräche und das wunderschöne Erlebnis. Waren sich die beiden beim Wegfahren noch fremd, so kamen sie mit einer besonderen Vertrautheit nach Hause. Eine Vertrautheit, die nicht auf lang andauerndem Bestehen, sondern auf intensivem Erleben gegründet war.

Zuhause angekommen schaute Emma gleich nach Björn, dem es schon viel besser ging. Sie erzählte voller Begeisterung von ihrer ersten Klettertour, ihren Ängsten, die sie am Anfang hatte, dass sie einmal ins Seil gefallen war und über ihr Glück, als sie nach der letzten Seillänge auf der Gipfelwiese ausstieg. Sie erzählte Björn jedoch nicht über das Unglück, das ihr Simon nach der Klettertour schilderte, zu vertraut erschien ihr dieser Moment auf dem Gipfel. Sie dachte sich, Simon würde irgendwann auch Björn von seinem Schicksal erzählen, aber da oben waren sie ganz allein und all das, was Simon erzählte, war in diesem Moment nur für Emma bestimmt. Björn freute sich riesig für seine Frau, war aber auch sehr traurig, dass er aufgrund seiner Erkrankung nicht mit auf die Tour konnte. Er rief noch am Abend Simon an und bedankte sich dafür, dass er Emma augenscheinlich so einen wunderschönen Tag bereitet hatte.

Simon erzählte Greta beim Abendessen von dem Kletterausflug. Davon, wie Emma sich zuerst fürchtete, wie sie sich überwunden hatte, und darüber, wie sie, nachdem sie ins Seil stürzte, beinahe im Schock erstarrte und Simon sie erst kräftig motivieren musste, damit Emma sich überwand und weiter den steilen Fels emporkletterte. Greta kannte diese Gefühle von ihren eigenen ersten Klettertouren, die sie in der Schweiz absolviert hatte. Zudem hatte sie auch überhaupt kein Problem damit, dass Simon mit Emma notgedrungen alleine unterwegs war. Schon oft war Simon als Bergführer mit Frauen am Berg unterwegs gewesen. Vielmehr sah Greta in Emma ihre eigene Begeisterung, die sie selbst als Jugendliche in den Schweizer Bergen erfahren hatte. Umso mehr konnte sie Emmas Aufgeregtheit und Enthusiasmus nachvollziehen. Für Greta war auch klar, dass mit der Bergtour ein weiterer Schritt getan wurde, dass die beiden Paare, auch wenn Björn nicht dabei war, noch näher an eine gute Freundschaft heranrückten, denn sie wusste um dieses verbindende Gefühl, gemeinsam am Seil dem Gipfel entgegen zu klettern.

Am nächsten Tag rief sie Emma an und gratulierte ihr zu ihrem ersten Klettererfolg. Emma, die ansonsten eher zu den ruhigeren Typen gehörte, konnte gar nicht aufhören, von ihrem Bergerlebnis zu erzählen. Auch Greta erfreute sich an Emmas herzerfrischendem Enthusiasmus und meinte: „Weißt du was, wir sollten darauf anstoßen, dass du jetzt zum Kreise der erlauchten Kletterinnen zählst. Ich würde mich freuen, wenn ihr nächste Woche einmal zum Abendessen vorbeikommt. Dann können wir ja weiterquatschen!"

Emma freute sich über die Einladung und nahm diese dankend an.

Es dauerte noch einige Tage bis Emma und Björn tatsächlich der Einladung folgen konnten. Björn laborierte doch noch etwas länger an seiner Erkrankung und bis er so richtig wieder beim Essen zulangen konnte, dauerte es. Emma neckte ihren Mann, indem sie ihm sagte, dass ihm in den letzten Tagen der Hintern aus der Hose geronnen war, aber Björn verstand es vorzüglich, diesen Rückstand binnen weniger Tage wieder auszugleichen. Als die beiden an der

Klingel ihrer Gastgeber läuteten, waren sie voller Vorfreude, insgeheim freute sich besonders Emma, ihren Bergführer wiederzusehen, und zu Greta, ihrer „Leidensgenossin", hatte sie ohnehin einen wunderbaren Draht.

Als Simon und Greta die Tür öffneten, begrüßten sie die beiden erstmals auch mit einer Umarmung. Es war dies Ausdruck der wachsenden Vertrautheit. Anna und Rosa liefen schon aufgeregt mit dem Nachtkleid herum und als alle am Tisch saßen, war es vor allem Björn, der die beiden Mädchen mit seinem „Schmäh" immer wieder zum Lachen brachte. Als man da so am Tisch saß, erzählte, zusammen aß und trank, machte es vielmehr den Eindruck, dass eine einzige große Familie da saß. Es wurde gelacht, geredet und wie immer machte sich diese spezielle Harmonie breit. Ein besonders vertrautes Lächeln gab es auch immer wieder zwischen Emma und Simon. Das besondere Gespräch am Gipfel war wie ein unsichtbares Band zwischen den beiden und Simon war sich zudem sicher, dass Emma es als Vertrauensbeweis verstand, indem er ihr über das traurige Schicksal seines Vaters erzählt hatte.

Als Rosa die ersten Anstalten machte, müde zu werden, und immer wieder gähnte, meinte Simon: „So, meine Damen, es ist Zeit, ab ins Bett. Sagt tschüss und dann geht's zum Zähneputzen!"

Artig, wie die beiden waren, huschten sie ins Badezimmer und kurz darauf bettelten sie um ihre Gute-Nacht-Geschichte, die üblicherweise Greta erzählte. Plötzlich kam es von Björn wie aus der Pistole geschossen. „Mein Vater hat mir immer so eine tolle Geschichte erzählt, ich würde euch diese so gerne erzählen … ich meine, wenn ich darf?"

Die Kinder freuten sich sichtlich und Björn schaute fragend zu Greta und Simon. „Wenn ihr versprecht, dass ihr danach wirklich brav einschlaft, dann erzählt euch Björn die Geschichte", meinte Greta mit erhobenem Finger in Richtung ihrer beiden Kinder. Björn sprang von seinem Sessel, Rosa nahm ihren neuen Geschichtenerzähler an der Hand und führte ihn in das Kinderzimmer. Die beiden Mädchen hüpften in ihre Betten, schauten gespannt in Björns Gesicht und warteten auf die Geschichte, die Björn angekündigt hatte.

„Wisst ihr, in meiner Geschichte geht es um einen kleinen Drachen, der sich nie traute seine Flügel zu benützen. Sein Vater bat ihn, ihm zu vertrauen und so begann er, seinem Drachensohn Flugstunden zu geben ..."

Björn war der geborene Geschichtenerzähler. Die Kinder staunten mit großen Augen, wie Björn die Drachengeschichte ausführte. Er stand dabei auf und schwang mit seinen Händen, um die Flügelschläge des Drachens nachzuahmen. Zwischendurch schnaubte Björn wie ein feuerspeiender Drache und die Kinder kicherten unter ihren Decken. Björn verstand es, die Kinder zu begeistern. Er hatte sie mit seiner Erzählung, die er mit Händen und Füßen untermalte, völlig in den Bann gezogen, und nachdem Björn das Ende seiner Geschichte erzählt hatte, fragte Rosa ihn, ob er sich noch bisschen zu ihr ans Bett setzen würde. Björn setzte sich noch kurz auf Rosas Bettkante und meinte: „So, ihr Mäuse, jetzt schlaft aber schön, so wie ihr es eurer Mama versprochen habt, und wenn das wirklich so ist, dann darf ich euch vielleicht wieder einmal eine Geschichte erzählen. Also gute Nacht und träumt schön von dem tapferen Drachen!" Björn streichelte noch kurz über

Rosas Wange, löschte das Licht und ging ins Esszimmer, wo Emma und ihre Gastgeber gespannt auf das Ergebnis von Björns Versuch, die beiden Kinder zu bändigen, warteten. „Sie schlafen schon … fast!", verlautbarte Björn sichtlich stolz.

Simon, Greta und Emma staunten mit offenem Mund darüber, dass Björn es tatsächlich geschafft hatte, wobei Björn besonders Emmas Reaktion beobachtete, schlussendlich wollte er ihr immer wieder einmal beweisen, welch toller Vater er wäre. Simon und Greta attestierten ihm ein wirkliches Talent für den Umgang mit Kindern. Keiner der beiden traute sich aber, die Frage, die sich förmlich aufdrängte, warum Emma und Björn keine Kinder hatten, zu stellen. Wahrscheinlich, weil eben diese Frage im Raum stand, erklärte Björn: „Dieses Glück eigener Kinder bleibt uns beiden leider verwehrt."

Björn und Emma ernteten dabei tröstende Blicke ihrer Gastgeber und Greta nahm Emmas Hand. Keiner wusste in diesem Moment so recht, was er sagen sollte. „Es gibt Schlimmeres", versuchte Björn dieses Schicksal zu beschwichtigen, um im nächsten Moment von diesem Thema abzulenken: „So und jetzt stoßen wir auf Simon als Bergführer und Emma zu ihrer Debüt-Kletterei an, was meint ihr?"

Simon erhob sogleich das Glas und meinte: „Das hast du wirklich toll gemacht, Emma!"

Den restlichen Abend über wurde gelacht und erzählt und wäre der nächste Tag nicht ein Arbeitstag gewesen, wären die Gespräche wohl noch bis in die frühen Morgenstunden gegangen. So verabschiedeten sich die Freunde gegen Mitternacht und nachdem sich die beiden Männer während der letzten Stunde auch über die Geschäftsmöglichkeiten mittels Internet unterhielten, versprach Björn in der kommenden Zeit einmal im Sportgeschäft vorbeizuschauen und mit Simon darüber zu reden. Für alle war ein wunderschöner Abend zu Ende gegangen, und Rosa und Anna schliefen tief und fest und träumten wahrscheinlich von einem Drachen, der seine Ängste besiegte und das Fliegen lernte.

Björn selbst war beim Nachhause fahren ruhig und nachdenklich. Das erste Mal war ihm wirklich bewusst, was es für ihn bedeutete, keine Kinder haben zu können. Immer hatte er nur daran gedacht, welche Auswirkungen dieser Umstand auf seine Partnerin hatte bzw. wie es das Zusammenleben mit ihr beeinflusste. Als er Anna und Rosa die Gute-Nacht-Geschichte erzählte, hatte er das erste Mal so richtig das Gefühl erfahren, wie es wäre, Vater zu sein. Nicht fremde Gefühle waren es diesmal, die ihn beschäftigten, sondern die eigenen. Er dachte über dieses schöne Gefühl nach, den Kindern ein guter Vater und Vorbild zu sein und darüber, wie die Beziehung zu Emma wäre, wenn ihre Liebe mit einem Kind gekrönt werden würde, „wahrscheinlich vollkommen", sinnierte Björn im Stillen und wagte es nicht, Emma in seine Gedanken einzuweihen. Wohl weil er vermutete, dass Emma schon selbst genug ähnlicher Gedanken hatte.

Dennoch brauchte es keine Worte, Emma spürte natürlich, was dieser Abend besonders bei Björn ausgelöst hatte. Nicht nur, dass die Freundschaft zu Greta und Simon weiter gefestigt wurde, vor allem hatte Björn heute viel über einen Menschen erfahren, der ihm am nächsten stand, nämlich über sich selbst.

Geschäftspartner

Björn machte sich bereits seit einigen Tagen an die Arbeit, um Simon ein wohldurchdachtes Modell eines Sport-Online-Shops präsentieren zu können. Simon hatte sich beim letzten Treffen im Bezug auf dieses Thema sehr interessiert gezeigt. Schon bevor er Björn kennengelernt hatte, hatte sich Simon schon allerlei Gedanken zu diesem Thema gemacht, zumal es sich schon in der Vergangenheit abgzeichnet hatte, dass viele seiner Kunden auch immer wieder mal auf den Online-Sporthandel zurückgriffen. Mit seinem Know-how und seiner jahrelangen, guten Reputation in Sachen Bergsport konnte sich Simon gut vorstellen, dass dieser Geschäftszweig auch für ihn künftig eine entscheidende Rolle spielen könnte. So gesehen war es auch in dieser Hinsicht eine Ironie des Schicksals, dass Simon auf Björn traf, denn bislang hatte Simon niemanden in seinem Bekanntenkreis, der ihm dieses Thema professionell näherbringen konnte.

Mit seinem Laptop unter der Hand marschierte Björn zum vereinbarten Termin in Simons Büro. Dieser freute sich einerseits, Björn wiederzusehen, andererseits war er schon gespannt auf die fachmännischen Ausführungen des erfahrenen Programmierers. Nach anfänglichem Smalltalk kam Björn zur Sache und präsentierte Simon einen perfekt designten Vorschlag einer Webseite, wo es darum ging, Sportartikel anzupreisen und den Interessierten schmackhaft zu machen. Er zeigte zudem praxisnah wie der Bestellvorgang mit anschließender Lieferung ablief, auf was man als Betreiber eines Online-Versandhandels besonders aufpassen musste, kalkulierte die Kosten für die Lagerung und Beschäftigen. Kurzum, Björn war in punkto Programmierung ein wahrer Meister seines Fachs, aber auch im Hinblick auf das Internet-Business war er kaufmännisch bestens geschult. Simon blieb bei den Erklärungen oftmals der Mund offen und er war zudem über die Komplexität dieses Unterfanges überrascht. Simon überraschte aber vor allem Björn, als er ihm im Sinne einer Gegenfrage einen Vorschlag machte, der Björn, und das passierte ihm nicht oft, zunächst sprachlos machte: „Du hast so viel Wissen in diesem Bereich, ich habe Know-how im Sporthandel, einen guten Namen bei Kunden und Firmen. Ich denke, wir haben in letzter Zeit zwischen uns auch eine gute Vertrauensbasis aufgebaut, warum gehen wir die Sache nicht gemeinsam an?"

Björn staunte mit demselben offenen Mund, wie es zuvor noch Simon getan hatte. „Ähhhmmm … ich bin auf alle möglichen Fragen vorbereitet, auf diese war ich es ehrlich gesagt nicht", antwortete Björn perplex, um kurze Zeit danach aber zu präzisieren: „Gib mir Zeit, darüber nachzudenken, bevor ich dir hier eine Antwort gebe."

Simon meinte darauf, dass Björn alle Zeit der Welt hätte, sich hierüber Gedanken zu machen und dass er sich hier in keinster Weise irgendwie verpflichtet fühlen müsse und Simon ihn auch nicht überrumpeln wolle. Nachdem das Thema gewechselt wurde und Björn bereits an seiner dritten Tasse Kaffee schlürfte, meinte Simon, dass seine beiden Kinder am nächsten Tag ihres Treffens von nichts anderem redeten als über Björns Gute-Nacht-Geschichte von dem fliegenden, vielmehr fliegen lernenden Drachen. Björn freute das so richtig und ein breites Grinsen machte sich über seinem Gesicht breit, dennoch war Björn im Laufe des weiteren Gesprächs zunehmend unkonzentriert. Allzu oft schweifte er mit den Gedanken zur vorhin von Simon gestellten Frage. Björn malte es sich aus, wie es wäre, in diesem Bereich selbstständig zu sein, Simon als Partner zu haben und wie es sich wohl anfühlen würde, ein erfolgreiches Geschäft zu betreiben. Björn machte keinen Hehl daraus und meinte zu Simon, dass es in punkto Geschäftspartnerschaft in seinem Kopf gerade drüber und drunter ginge und dass er sich nun verabschieden müsse, weil er damit beginnen möchte, in Ruhe darüber nachzudenken. Auch wolle er das mit seiner Frau besprechen, weil diese ihm immer mit Rat und Tat zu Seite stand. Simon verabschiedete sich herzlich von Björn, bedankte sich für seine umfassenden Informationen und meinte schlussendlich: „Und vergiss nicht, das war nur eine unverbindliche Anfrage!"

Als Björn in seinem Auto auf dem Weg nach Hause saß, begann es in seinem Kopf erst so richtig zu rattern. In erster Linie freute er sich über den enormen Vertrauensbeweis, den Simon ihm entgegenbrachte, andererseits wusste Björn nicht, ob er diesen Job mit seinem Angestelltenverhältnis vereinbaren konnte. Würde er mit Simon in die Geschäftspartnerschaft starten, würde das wohl auch bedeuten, dass Björn bei seiner Firma kündigen müsse. Andererseits wusste Björn um die Chance, die sich ihm auftat. Simon hatte im Bereich der Sportausrüstung jahrzehntelange Erfahrung, andererseits war Björn in seinem Bereich eine Koryphäe. Er wusste, welche gewaltigen Geschäftschancen sich ergeben könnten. Genauso wusste Björn, dass er sich mit 100 Prozent dieser Betätigung widmen musste, damit überhaupt die Chance bestand, dass diese zum gewünschten Erfolg führte. Natürlich hatte auch Emma ein gehöriges Wörtchen mitzureden, schlussendlich brachte ihm sein Angestelltenverhältnis monatlich eine fixe Summe ins Haushaltbudget ein und es musste, sollte sich Björn dieser neuen geschäftlichen Herausforderung stellen, auch Emma ihr OK geben. Björn wollte sich selbst noch ein paar Tage gründlicher Überlegungen gönnen und je nach Entschluss Emma in die Entscheidungsfindung einbeziehen.

Als Björn nach Hause kam, erzählte er ihr vom sehr interessanten Termin mit Simon, ließ aber den Teil, wo es um die Geschäftsbeteiligung ging, wohlüberlegt aus, zumindest vorerst.

Emma ihrerseits erzählte, dass sie währenddessen mit Greta einen Spaziergang mit den Kindern vereinbart hatte, auf den sie sich schon sehr freute.

Als Björn am kommenden Tag in die Arbeit fuhr, beschlich ihn ein befremdliches Gefühl. Er stellte sich die berechtigte Frage, ob die Tage bei dem Unternehmen, dem er schon über so viele Jahre diente, nicht eigentlich schon lange gezählt waren. Bereits als er damals seiner Firma mitgeteilt hatte, dass er sich als Internetberater eigenständig machen würde, war wohl insgeheim der erste Schritt in Sachen Selbstständigkeit getan. Vom Gefühl und von seinem Verstand her wusste er, dass, auch wenn noch keine Einzelheiten mit Simon geklärt waren, er sich diese Chance nicht entgehen lassen konnte.

So vergingen nur wenige Tage, als er Emma beim Abendessen ansprach und ihr von Simons Angebot erzählte. Emmas erste Reaktion war kurz und bündig: „Was sagt dein Bauchgefühl?"

„Ganz ehrlich gesagt, habe ich schon im ersten Moment, als Simon mich fragte, innerlich ja gesagt, ich meine, es ist eine riesengroße Chance, die sich da für mich auftut, andererseits, jetzt kenne ich Simon erst ein paar Monate. Darf man da schon jemandem wirklich gänzlich vertrauen?" Björn schaute dabei Emma fragend an.

„Weißt du", meinte Emma, „vielleicht hilft dir mein Erlebnis beim Klettern. Als ich da so in der Wand damit beschäftigt war, die passenden Tritte und Halte zu suchen, fast schon etwas übermütig war, hab ich einen kurzen Augenblick nicht aufgepasst. Kurz danach hab ich dann den kräftigen Ruck am Klettergurt gespürt. Es war Simon, der mich gehalten hat, der mir mit seiner Erfahrung und seiner ruhigen, besonnenen Art sofort das Gefühl gab, in Sicherheit zu sein. Ich habe ihm in diesem Augenblick zu 100 Prozent vertraut, so wie ich dir vertraue, und ich glaube auch, dass du ihm vollends vertrauen kannst. Das Leben stellt immer wieder neue Herausforderungen, warum sich nicht mit Haut und Haaren darauf einlassen?"

Björn war über Emmas Ausführungen ergriffen, zudem fühlten sich Emmas Erzählungen wie eine Rückendeckung für sein Tun an. Emma ließ das Sicherheitsdenken außen vor und bestärkte Björn darin, auf seine Wünsche zu hören, der dadurch angespornt meinte: „Ich werde mit Simon die Einzelheiten besprechen und wenn ich mich dann noch immer wohl dabei fühle, werde ich es tun!"

Emma nahm Björn, der sichtbar erleichtert war, in den Arm und bot ihm an, ihn bei allem, was er tun würde, bestmöglich zu unterstützen. Björn wusste in diesem Moment einmal mehr, was er an seiner Partnerin hatte und war dafür unendlich dankbar.

Schon am nächsten Tag telefonierte Björn mit Simon. „Ich würd' dich gerne zum Essen einladen und dabei einige Dinge bereden."

Simon sagte zu und bereits am selben Abend gingen die beiden zu jenem Italiener, zu dem Simon auch öfters mit seiner Frau Greta ging. Noch vor dem Essen sprach Björn Simon wegen dessen Angebot, mit ihm den Online-Shop zu betreiben, an: „Deine Frage letztens hat mich einige schlaflose Nächte und viel Grübeln gekostet. Es muss uns klar sein, dass es noch viele Einzelheiten und Dinge zu klären gibt, aber wenn auch du wirklich vorhast, dass wir gemeinsam einen Onlinestore aufbauen, dann kannst du vollends auf mich zählen!"

Simon grinste während Björns Ausführungen und sagte: „Ich habe gehofft, dass du zusagst. Es gilt natürlich noch alle Einzelheiten zu besprechen und auszuverhandeln, aber ich bin einfach froh, dass du mit an Bord bist. Ohne Dich würde ich diesen Schritt nicht wagen."

Björn fühlte sich durch Simons Worte geehrt und beide spürten, dass die Zusammenarbeit etwas Besonderes werden würde, zumal auch schon die erste Begegnung und das weitere Kennenlernen etwas Besonderes gewesen war. Den restlichen Abend über sprachen die beiden über die Eckpunkte ihrer Zusammenarbeit, erstellten erste To-Do-Listen über die nächsten Schritte und Simon und Björn kamen überein, dass sie sich demnächst ein Wochenende lang auf eine private Almhütte zurückziehen würden, um alle offenen Punkten zu besprechen.

In den darauffolgenden Tagen konzentrierten sich Björn und Simon vollends auf die bevorstehende Geschäftspartnerschaft. Simon besprach sein Vorhaben mit seinen engsten Mitarbeitern, vereinbarte Termine mit seinen Firmen und Lieferanten, versuchte die notwendigen Lagerräume aufzutreiben und machte sich auf die Suche nach einem Mitarbeiter, der eigens für den Online-Shop zuständig war. Björn hatte bereits angefangen, die neue Homepage zu programmieren, schlussendlich wollte er Simon an dem vereinbarten Wochenende auf der Hütte schon einen ansprechenden Vorschlag unterbreiten. Als man sich auf der Hütte, die einem Freund von Simon gehörte, traf, waren natürlich auch Emma, Greta sowie Anna und Rosa mit von der Partie. Während die Männer in der Stube alle Eventualitäten ihres neuen Unternehmens ausdiskutierten, waren die vier draußen in der Natur. Die Kinder tollten herum oder hielten ihre Füße in den eiskalten Gebirgsbach, während sich Emma und Greta angeregt unterhielten. Am Abend saßen alle beim lodernden Feuer des Kamins und erzählten einander von den unterschiedlichsten Erlebnissen. Wieder unten im Tal standen für Björn und Simon noch Termine mit Steuer- und Rechtsberatern an und schon bald wurde auch der Termin für die Eröffnung des Online-Shops festgelegt. Es sollte der 15. November sein. so erhoffte man sich auch noch beim Weihnachtsgeschäft mitzumischen.

Am Tag der Eröffnung des Online-Shops waren Björn und Simon gleichermaßen nervös. In Simons Geschäft waren Kunden, Geschäftspartner und Freunde geladen und alle folgten staunend den Bildern auf der großen Leinwand, an der Björn die neue Homepage mit dem Online-Shop, an der er wochenlang programmiert hatte, präsentierte. Simon bedankte sich in seiner Ansprache bei seinem neuen Geschäftspartner und Freund Björn für seine unendliche

Energie, die er in das Projekt gesteckt hatte, und bedankte sich auch bei Emma, Greta und den Kindern, die in letzter Zeit oft auf die beiden verzichten mussten. Und auch dafür, dass Emma und Greta das Buffet für den Eröffnungsabend mit so viel Liebe hergerichtet hatten.

Die Begeisterung war den Anwesenden förmlich ins Gesicht geschrieben und man tauschte sich bis in die späten Nachtstunden bei dem einen oder anderen Glas Sekt aus. Die Kinder waren schon vor langem von Simons Mutter ins Bett gebracht worden. Zu fortgeschrittener Stunde verließen schlussendlich die letzten Besucher das Sportgeschäft. Als Simon den letzten Gast verabschiedete, sperrte er die Ladentüre zu und meinte: „So, das letzte Glas trinken wir ungestört und alleine!"

Greta, Emma, Björn und Simon saßen am Tisch und führten Gespräche mit jener Intensität, wie man sie von den vieren gewohnt war. Man sprach jedoch nicht vom Geschäft, den Entbehrungen der letzten Wochen, die wenige Zeit, die man füreinander hatte, sondern vielmehr von Freundschaft und Schicksal, immerhin hatte letzteres dazu geführt, dass aus einer flüchtigen Bekanntschaft gute Freunde und letztendlich vertrauensvolle Geschäftspartner geworden waren. Weit nach Mitternacht fielen die vier schlussendlich ins Bett, zwar mit der Ungewissheit darüber, wie sich die Dinge künftig entwickeln würden, aber mit dem guten Gefühl, vom Schicksal geführt, einander gefunden zu haben.

Der gemeinsame Urlaub

Die folgenden Wochen und Monate waren wohl die betriebsamsten in Simons bisheriger Geschäftstätigkeit. Der Online-Shop hatte nichts an dem Umstand geändert, dass das Sportgeschäft zum Bersten mit Kunden gefüllt war. Darüber hinaus war das Online-Geschäft ein voller Erfolg. Nachdem dafür umfangreich Werbung in den unterschiedlichsten Medien getätigt wurde, gingen bereits die ersten Bestellungen ein und schon nach kurzer Zeit war für Simon klar, dass er für Lager und Versand noch eine weitere Person einstellen musste. Auch die bestehenden Mitarbeiter kümmerten sich je nach Verfügbarkeit um die Arbeiten rund um den Onlineshop und Simon hatte dafür zusätzlich einen Lagerraum in der Nähe des Sportgeschäfts angepachtet. Björn und Simon hatten sich von vornherein darauf geeinigt, dass man sich beim Onlinegeschäft auf den Bereich Bergsport spezialisieren wolle, und diese Rechnung schien tatsächlich aufzugehen. Greta, die nach wie vor für die Regionalzeitung arbeitete, verstand es in Zusammenarbeit mit den anderen Mitarbeitern weiterhin blendend, jene Bestellungen zu tätigen, die vom modischen Standpunkt aus beim Publikum wunderbar ankamen. Simon wusste sein technisches Know-how bei Bergschuhen, Seilen und Kletterausrüstung hervorragend einzusetzen und Björn verstand es wie kein anderer, die Produkte in höchstmodernem Layout wirkungsvoll auf der Homepage zu präsentieren und auch die sozialen Medien dafür bestmöglich zu nutzen.

Für Björn war auch der Tag gekommen, an dem sein Abschied von seinem langjährigen Arbeitgeber anstand.

Nachdem das Onlinegeschäft gut angelaufen war, hatte er sich mit seinem Arbeitgeber geeinigt, nach Ablauf seiner Kündigungsfrist das Dienstverhältnis einvernehmlich aufzulösen, was beiden Seiten bei der Verabschiedungsfeier sichtlich schwer viel. Björn, aber auch sein Chef, der immer Verständnis für Björn aufgebracht hatte, hatten beim Abschied Tränen in den Augen.

„Du kannst jederzeit wieder zu uns kommen", sagte ihm sein Chef noch, und auch wenn Björn insgeheim wusste, dass er nie mehr in das Unternehmen zurückzukehren würde, nahmen diese Worte eine große Last von seinen Schultern.

Emma war, obwohl sie auch weiterhin ihrem Lehrerjob nachging, besonders in letzter Zeit für Björn eine verlässliche Stütze gewesen. Sie kümmerte sich vermehrt um das Bauernhaus und machte Björn nicht auch nur einmal Vorwürfe, dass er in letzter Zeit so viel zu arbeiten hatte. Umgekehrt schienen die ersten Gewinne, die Simons und Björns Online-Laden abwarf, mehr als nur eine großzügige Entschädigung für die zeitlichen Entbehrungen zu sein.

Zwischen Emma und Greta kam es darüber hinaus zu einer weiteren Annährung und man konnte zurecht sagen, dass die beiden sich als Freundinnen wirklich gefunden hatten. Simon gönnte seiner Frau diese herzliche Freundschaft sehr, zumal die Freundschaft zwischen ihm und Björn um nichts nachstand. Björn hatte sich zudem als jener verlässliche Partner herausgestellt, den Simon ursprünglich in ihm zu finden hoffte. Man teilte aber nicht nur das Arbeitsleben miteinander, mittlerweile konnte man meinen, dass Björn und Emma schon quasi zur Familie gehörten. Rosa und Anna hatten an Björn einen Narren gefressen und immer wieder hieß es, wenn ein paar Tage ohne Besuch vergingen, „wann kommt Björn denn endlich wieder!".

Emma war in dieser Hinsicht etwas zurückhaltender. Sie verstand sich mit den Kindern sehr gut und verbrachte zwangsläufig auch sehr viel Zeit mit ihnen, doch insgeheim kämpfte sie auch immer wieder mit diesen dunklen Gedanken, dass sie selbst niemals eigene Kinder würde haben können. Greta konnte gut nachvollziehen, wie schwer es als Frau für sie sein musste, spürte aber auch, dass Emma, was dieses Thema betraf, nur wenig darüber reden mochte. Sie erzählte zwar von den anfänglichen Problemen, die sie mit der Kinderlosigkeit hatte, aber schloss dieses Thema immer wieder rasch mit einem „es gibt viel Schlimmeres!" ab. Als Greta sie einmal auf mögliche Alternativen ansprach, antwortete Emma noch prompter und wischte alles mit einem „das kommt für mich aus unterschiedlichsten, auch ethischen Gründen nicht in Frage" beiseite. Greta, die mittlerweile Emmas besondere Ansichten kannte, akzeptierte, dass Emma nicht wirklich über dieses Thema reden wollte und bohrte schon aus diesem Grund nie mit weiteren Fragen nach. Es war mit etwas Empathie aber unschwer zu erkennen, wie unglücklich Emma in dieser Hinsicht war. Der Mann, den Emma so liebte und der ihr jeglichen Wunsch von Ihren Lippen ablas, konnte ihr den wahrlich größten Wunsch nicht erfüllen. Emma hatte sich nach der Krise mit Björn in der Weise geäußert, sich mit diesem Schicksal abgefunden zu haben, und versuchte mit ihm ein glückliches und erfülltes Leben zu führen. Ein Leben, das durch die Freundschaft zu Simon und Greta eine wertvolle Bereicherung fand.

Nachdem der Winter durch fleißiges Treiben schneller als gewohnt vorüberging, sprach Greta abends Simon an, ob er sich vorstellen könne, ihren alljährlichen Urlaub am Meer diesmal mit Emma und Björn zu verbringen. Simon überlegte keine Sekunde und meinte: „Das wäre schön, ich würde mich sehr darüber freuen. Sag aber den Kindern noch nichts, bevor du die beiden gefragt hast. Sie hängen sehr an Björn und seinen Späßen und sie wären sehr enttäuscht, wenn er dann doch nicht mitkommen würde."

Noch am selben Abend setzte sich Greta in ihr Auto und fuhr alleine zu Emma und Björn, weil sie die beiden gemeinsam fragen wollte. Emma war zunächst überrascht, als Greta an der Tür läutete: „Greta, ist alles in Ordnung?", worauf diese Entwarnung gab: „Doch, doch, aber ich möchte euch beide noch etwas fragen und ich wollte bzw. konnte einfach nicht damit warten!"

Björn und Emma wurden richtig neugierig und als Greta sie fragte, ob sie den Urlaub mit ihnen in der Finca auf Mallorca verbringen wollten, sprang der Funke der Vorfreude richtig über und die beiden sagten sofort zu, worauf Greta meinte: „Ich hoffe, es macht vor allem dir, Björn, nichts aus, dass Rosa und Anna dich ab und zu als Spielkameraden haben wollen, aber ansonsten wirst du genug Zeit haben, dich zu erholen."

Björn lächelte und gab lediglich zur Antwort: „Du weißt, wie gerne ich mit den beiden herumalbere!"

Emma fiel Greta vor lauter Freude um den Hals und meinte mit einem Augenzwinkern: „Du weißt, als Lehrerin habe ich Sommerferien und Björn ist selbstständig. Er muss sich eigentlich nur noch mit seinem Geschäftspartner zusammenreden." Greta erzählte noch, dass sie schon seit vielen Jahren in eine paradiesische Finca in Andratx auf Mallorca reisten, um dort direkt am Meer in ruhigster Lage den Urlaub zu verbringen. Anfangs hatte auch Simons Mutter die Familie begleitet, doch in den letzten Jahren war dieser, aufgrund ihres fortgeschrittenen Alters, der Reisestress zu viel geworden und Simon und Greta flogen alleine mit den Kindern. Simon hielt die zwei Wochen am Meer immer wieder für ein wunderbares Kontrastprogramm zum bergsteigerisch-sportlichen Alltag und fühlte sich nach diesem Urlaub immer wie neu geboren. Nachdem Greta mit ihren Erzählungen den beiden den Mund wässrig gemacht hatte, verabschiedete sie sich und meinte abschließend: „Und, Emma, ich soll dir für den Fall, dass ihr zusagt, von Simon schon mal ausrichten, dass es dort wunderschöne Felsen zum Klettern gibt und du, auch wenn es noch ein paar Monate bis dahin dauert, keinesfalls deine Kletterschuhe vergessen solltest!"

„Oh ja" ,antwortete Emma erfreut. „Björn kann ja derweil auf die Kinder aufpassen, wenn wir klettern", neckte Emma ihren Mann in Anspielung auf sein großes Kinderunterhaltungs-Talent. Greta stieg mit den Worten „das machen wir dann zusammen Björn, bei Wanderungen bin ich noch mit dabei, aber meine Kletterzeit ist vorbei" in ihr Auto ein.

Björn und Emma schauten Greta noch lange nach, während sie mit dem Auto wegfuhr, und umarmten sich voll Vorfreude über den gemeinsamen Urlaub mit ihren Freunden. „Das gibt mir für die kommenden Wochen nochmals so richtig Antrieb für die bevorstehenden Arbeiten", meinte Björn noch, bevor die beiden zurück in das Haus gingen.

Emma schrieb sich, während sie anschließend vor dem Fernseher saß, nochmals alles auf, was sie für den gemeinsamen Urlaub noch brauchte und was sie noch alles besorgen musste. Ganz oben auf der Liste standen die Kletterschuhe, die Emma keinesfalls vergessen wollte. Björn saß noch voller Motivation vor dem Bildschirm in seinem Computerzimmer und gestaltete die neuesten Produktseiten für den Onlineshop. Voller Energie im Hinblick auf den bevorstehenden Sommerurlaub war das für das Computergenie ein Leichtes.

Mit diesem erholsamen Ausblick fiel auch Emma in den kommenden Wochen die Arbeit an der Schule, trotz des aufkommenden Maturastresses, dem Emma als Klassenvorstand einer Maturaklasse ausgesetzt war, besonders leicht. Die Aussicht auf 14 Tage Sommer, Sonne, Sand und Meer schien wie ein Schutzschild vor sämtlichen Anstrengungen des Tages zu sein. Simon und Greta freuten sich ebenfalls auf den ersten Urlaub mit ihren Freunden, dennoch war Simon mit dem Frühjahresgeschäft dermaßen eingedeckt, dass er abends froh war, mal keine Leute mehr zu sehen und auch mal in Ruhe auf der Terrasse zu sitzen und wortlos auf die vielen Berge vor dem Haus zu starren. Greta war hingegen stressresistent wie kaum ein anderer. Simon fragte sich immer wieder wie Greta es schaffte, Kinder, Job und die Mithilfe im Sportgeschäft anscheinend problemlos zu bewältigen, ohne zu jammern oder gar grantig zu sein. Auch in dieser Hinsicht war Simon unheimlich stolz auf seine Frau.

Der Abflugtermin zum gemeinsamen Urlaub näherte sich mit großen Schritten und die Vorbereitungen auf die zwei Wochen auf Mallorca liefen auf Hochtouren. Als es dann endlich soweit war, waren alle einfach nur mehr urlaubs-reif. Die letzten Schultage waren für die beiden Mädchen zwar schon etwas entspannter, dennoch standen fast bis zum Schluss Tests und Schularbeiten an der Tagesordnung. Simon musste noch alles organisieren, damit der Laden während der 14 Tage auch ohne ihn lief, Greta schaute, dass zu Hause alles so weit in Ordnung war, und organisierte einen Hilfsdienst, der Simons Mutter, soweit diese Hilfe benötigte, unterstützte. Emma hatte ihre Maturaklasse in das Berufs- bzw. Studentenleben verabschiedet und Björn akzeptierte wohl oder übel, dass der Laptop auch auf der Baleareninsel sein täglicher Begleiter sein würde. Kurz nach Beginn der Sommerferien ging es bereits frühmorgens los. Die Kinder schleppten sich schlaftrunken in das vollgepackte Auto, welches sich kurz darauf auf den Weg zum Salzburger Flughafen machte. Mit Björn und Emma war vereinbart, dass man sich dort um Punkt 06.00 Uhr morgens in der Abflughalle vor dem Check-in treffen würde. Björns Überpünktlichkeit war es zu verdanken, dass Emma mit ihrem Mann schon seit einer halben Stunde in der Abflughalle wartete. Kurz nach 06.00 Uhr war die Reisegruppe dann zusammengeführt und da Rosa sich vor lauter Müdigkeit nicht mehr auf den Beinen halten konnte, nahm sie Björn auf seine Schulter und stellte sich in die lange Wartschlange vor dem Check-in.

Während man darauf wartete, in das Flugzeug einsteigen zu können, löste sich bei allen die Anspannung. Man plauderte bei einem Becher Kaffee über den bevorstehenden Urlaub und kontrollierte, ob man ja nichts vergessen hatte, wobei es zu diesem Zeitpunkt ohnehin schon zu spät gewesen wäre. Emma und Björn stellten immer wieder neugierige Fragen, wie dort alles sein würde, doch Simon, Greta aber auch die Kinder hielten sich ziemlich bedeckt. Man wollte den Überraschungseffekt einfach nicht zerstören, indem man schon vorher alle Einzelheiten über den Urlaubsort und die Unterkunft erzählte. Immer wieder hieß es nur kurz und bündig: „Lasst euch einfach überraschen!"

Da Greta zuvor immer wieder schwärmend über die vergangenen Urlaube auf Mallorca erzählt hatte, war es für die Mitreisenden naheliegend, dass es damit wohl etwas besonders auf sich hatte, und so beließen es Björn und Emma trotz überschwänglicher Neugierde dabei, sich von den Eindrücken schlichtweg überraschen zu lassen. Das einzige, was die beiden erfahren hatten, war, dass die Finca in dem Ort Andratx lag.

Nach wenigen Flugstunden konnten die Reisenden aus den Fenstern bereits die Insel Mallorca unter sich erkennen. Greta weckte ihre beiden Töchter, die während des Fluges eingeschlafen waren, und zeigte auf das schier unendliche, dunkelblaue Meer. Kurze Zeit später setzte das Flugzeug auf der Landebahn in Palma de Mallorca auf und als die Parkposition erreicht wurde, sprangen die Menschen im Flugzeug hastig von ihren Sitzplätzen.

Kaum hatten die sechs die Maschine verlassen blies ihnen der heiße mallorquinische Wind entgegen, der einem im ersten Augenblick den Atem zu nehmen schien. Nachdem alle die Koffer abgeholt hatten, gingen sie zu dem Autoverleih, wo Simon erstmals anstatt eines PKWs einen Kleinbus angemietet hatte und Björn kommentierte die Situation passend: „Klar, du hast natürlich schon wieder an alles gedacht!"

Keine Stunde ging es in dem Bus an das Ziel der Reise zur Finca in Port d'Andratx. Die Fahrt dorthin war für Emma und Björn schon wunderschön gewesen, doch was sich vor ihren Augen auftat, als sie ausstiegen, ließ sie im ersten Moment glauben, sie wären im sprichwörtlichen Paradies angekommen. Da stand sie, eine weiße Luxusfinca mit Blick auf die wunderschöne Steilküste im Westen Mallorcas. Rundherum ein gepflegter Garten mit einem saftigen Grün, soweit das Auge reichte. Vom Pool, welcher vor der Finca lag, glaubte man, direkt ins Meer springen zu können. Das Dach hatte Formen von modernen Sonnensegeln und rundherum standen Liegen und Sofas und auch eine Bar war in den modernen Vorplatz integriert. Kein Verkehr, kein sonstiger Lärm, nur das Zirpen der Grillen war zu hören. „Das ist der einzige Luxus, den wir uns einmal im Jahr gönnen", versuchte Greta das exklusive Urlaubsvergnügen beinahe schon entschuldigend zu rechtfertigen. Emma musste sich hinsetzen, fuhr sich mit beiden Händen durch ihr gelocktes Haar und meinte: „So etwas Schönes hab ich in meinem Leben noch nie gesehen!"

Björn war einfach nur sprachlos, brachte vor Staunen kein Wort über die Lippen und klopfte Simon lediglich bewundernd und dankbar zugleich auf die Schulter.

Björn und Emma bezogen eines der drei Schlafzimmer der Finca, die auch innen modern und geschmackvoll eingerichtet war, was Emma neuerlich ins Schwärmen brachte. Als Greta bei der Tür zu deren Schlafzimmer hereinschaute, rief ihr Björn gleich entgegen: „Greta, das ist alles so wunderschön, es ist wie ein Traum, keine Erzählungen hätten das beschreiben können, wie es wirklich ist. Einfach nur Danke, dass wir euch hierher an euer Urlaubsdomizil begleiten durften."

Greta fühlte sich geschmeichelt und erzählte kurz darauf Simon, dass die Geheimnistuerei im Vorfeld ihren Effekt nicht verfehlt hatte. Anna und Rosa waren die ersten, die in das wunderschöne Pool sprangen, und nachdem Greta am frühen Nachmittag einen Salat serviert hatte, machten es sich die Männer an der Bar und die Damen in den Liegen gemütlich. Simon erzählte, dass dieser Ort ein besonderer Kraftplatz für ihn war. Egal, wie stressig er aus Salzburg hierher anreiste, hier konnte er seine Batterien immer wieder aufladen und neue Energie schöpfen. Für Björn und Emma war dies angesichts des wunderschönen Ambientes leicht nachzuvollziehen. Angesichts der Tatsache, dass bis auf Simons Mutter niemand von diesem Urlaubsdomizil wusste, fühlten sich Björn und Emma besonders geehrt. Das Vertrauen, das Simon und Greta seinen Gästen entgegenbrachte, aber auch ihr Wille, mit Emma und Björn die wohl wertvollsten zwei Wochen des Jahres zu verbringen, zeigte einmal mehr die besondere Freundschaft zwischen den beiden Paaren. Björn war es angesichts der luxuriösen Umstände jedoch etwas peinlich, da Simon vor Beginn der Reise gemeint hatte, die beiden hätten lediglich die Kosten für den Flug zu übernehmen, und er sprach Simon darauf an, dass das so nicht in Frage käme.

Simon ließ hier aber gar keinen Zweifel darüber aufkommen und meinte: „Wir sind froh, mit euch wunderbare Freunde gefunden zu haben. Du bist mehr als das. Du bist mein Partner, der nahezu Tag und Nacht für unseren erfolgreichen Shop arbeitet. Du brauchst so gesehen schon gar kein schlechtes Gewissen haben! Das hier ist lediglich ein kleines Danke – und jetzt reden wir über das bitte nicht mehr, lass uns die Zeit hier genießen!"

Björn war etwas gerührt über Simons Worte und wie er es oft tat, wenn er keine entsprechenden Worte fand, klopfte er Simon auf die Schulter und warf ihm ein dankbares Lächeln zu. Als nach einem gemütlichen und ausgelassenen Nachmittag die Sonne unterging, schauten alle von der Terrasse über die steile Felsen hinaus auf das Meer, wo der rote Feuerball fast schon kitschig am Horizont versank. Die Kinder, die nach dem Anreisetag schon müde waren, wurden zu Bett gebracht, und natürlich ließ es sich Björn nicht nehmen, schon am ersten Tag eine seiner Gute-Nacht-Einschlafgeschichten zum Besten zu geben. Noch immer ging es in den Geschichten um den kleinen Drachen. Björn erfand tagtäglich neue Abenteuer des Drachens und oft war er selber schon gespannt, welche Geschichte ihm diesmal einfiel. Als die Kinder in einen tiefen Schlaf gefallen waren, saßen die vier noch im gemütlichen Sofa, das ebenfalls auf der Terrasse des Hauses stand. Der Halbmond spiegelte sich im scheinbar ruhigen Meereswasser und hatte gerade so viel Kraft, dass die Konturen der Steilküste sichtbar wurden. Das Kerzenlicht flackerte sanft auf dem Marmortisch und in dem Hochgenuss dieses fantastischen Ambientes brauchte es an diesem Abend nur wenige Worte für die vollkommene Harmonie. Es herrschte Genuss und eine Zufriedenheit, die sich wohl mit nichts auf der Welt noch steigern hätte lassen. Mit diesem Wohlfühlgefühl gingen die beiden Paare zu Bett und fanden nach den Erlebnissen des Tages rasch in den Schlaf.

Emma wurde wach, als sich das erste Licht des Tages über die Meeresbucht, auf der die Finca stand, legte und im

Handumdrehen verließ sie das Bett, in dem Björn noch tief und fest schlief, um sich neuerlich in das Sofa auf der Terrasse zu setzen und den wundervollen Blick auf das Meer zu genießen. Als sie hinter sich bemerkte, dass jemand die Terrassentür öffnete, dachte Emma zunächst, Björn wäre ihr gefolgt, doch es war Simon, der als ausgewiesener Frühaufsteher den Sonnenaufgang bei einer Tasse Kaffee erleben wollte. „Guten Morgen, Emma, auch schon so früh munter? Darf ich mich zu dir setzen?", fragte Simon mit leiser Stimme. Emma nickte lächelnd und klopfte mit der Handfläche auf das Sofa neben sich, damit auch Simon den Blick auf das Meer genießen konnte. Simon setzte sich und bot Emma an, von seiner Tasse Kaffee zu trinken.

„Weißt du", meinte Emma in ebenfalls leisem Ton, „hier in diesem Moment zu sein, mit dieser Ruhe, diesem Ausblick, mit dir, mit Greta und den Kindern, ist für mich das Schönste, was ich bisher erlebt habe. Ich danke dir dafür, Simon. Ich weiß nicht, womit wir das verdient haben, das alles, danke dafür!"

Simon, den eigentlich nicht so schnell etwas aus der Ruhe bringen konnte, war sichtlich gerührt und antwortete: „Nein, nein, ich danke euch dafür, dass ihr in unser Leben getreten seid. Weißt du, wir waren die letzten Jahre immer alleine hier und gestern Abend haben wir erst bemerkt, wie schön und bereichernd es sein kann, wenn man das alles hier mit jemandem, den man mag, teilen kann."

Emma schenkte Simon ihr bezauberndes Lächeln und Simon meinte noch: „Und heute zeigen wir euch den wunderschönen Hafen und irgendwann, wenn du so weit bist, und du deine Kletterschuhe nicht vergessen hast, dann geht's unweit von hier zur Serra de Gerrafa, zum Klettern!"

Emmas Müdigkeit war mit Simons Worten verflogen und sie sagte: „Die Kletterschuhe waren das erste, das ich eingepackt habe!"

Als Simon und Emma auf dem Sofa saßen und immer wieder auf das Meer hinausblickten, tauschten die beiden auch untereinander intensive Blicke aus. Da war es wieder, dieses vertraute Gefühl, das zwischen den beiden auch schon auf dem Gipfel nach der ersten Klettertour geherrscht hatte. Hätte es der Anstand erlaubt, hätte Simon in diesem Moment am liebsten seinen Arm um Emma gelegt, einfach nur so, ohne viele Hintergedanken, einfach nur als Ausdruck dessen, was er in diesem Moment fühlte.

Es dauerte nicht lange und die beiden hörten, dass auch Anna und Rosa schon aus den Betten waren und Emma sagte: „Weißt du was, ich mach uns vier Frühaufstehern schon mal ein gutes Frühstück!"

Als Emma ins Haus ging und die Kinder fragte, auf welches Frühstück sie Lust hätten, schaute ihr Simon noch lange nach. Insgeheim hätte er diesen stillen Moment mit Emma noch gerne weiter in Zweisamkeit genossen.

Erst als die Sonne schon ihre ersten kräftigen Strahlen vom Himmel warf, kamen Greta und kurze Zeit später auch Björn zum Frühstückstisch. Beide schwärmten von den wunderbaren Betten und der Ruhe, die an diesem idyllischen Ort herrschte. Simon erzählte, dass er mit Emma schon den Tagesablauf ausgeheckt hatte und nachdem alle am Vormittag noch das warme Wasser des Pools genossen hatten, machten sie sich auf den Weg, den geschützten Hafen von Port d'Andratx zu besichtigen und anschließend in einem Fischlokal frische Delikatessen des Meeres zu genießen. Alle ließen es sich so richtig gut gehen und die ersten Urlaubstage verflogen förmlich. Als die Urlauber am Ende der ersten Woche am Abend in der Finca zusammensaßen, fragte Simon Emma, ob sie bereit sei, für den geplanten Klettertag.

„Ich dachte, du fragst gar nicht mehr", antwortete Emma und erhob sich sogleich vom Tisch, um ihre Kletterschuhe herzurichten und den Rucksack für den morgigen Tag zu packen. „Björn, möchtest du auch …", fragte Simon, doch Björn ließ ihn die Frage nicht einmal zu Ende stellen. „Nein, Simon, danke, aber ihr zwei habt euer Kletterdebüt schon hinter euch und ganz ehrlich gesagt, wäre ich euch beiden bei meiner Kletterstatur nur ein Klotz am Bein!"

Simon versuchte Björn doch noch zu überreden, doch dieser ließ sich nicht mehr erweichen. Für Greta stellte sich die Frage ohnehin nicht mehr, da sie, seit die Kinder auf der Welt waren, nicht mehr zum Klettern ging. Insgeheim kam es Simon ganz gelegen, allein mit Emma in die Wand einzusteigen, er freute sich einfach auf das Erlebnis mit ihr. Als sich Emma, nachdem sie fertig gepackt hatte, wieder zu den anderen gesellte, erklärte Simon noch Details zur bevorstehenden Tour. Gleich in der Nähe gab es mit dem Serra de Garaffa einen Gebirgszug, welcher neben anspruchsvollen Kletterrouten auch etwas leichtere Aufstiegsmöglichkeiten bot. Diese sollten das Ziel der beiden sein. Aufgrund der Hitze schlug Simon vor, bereits in aller Früh aufzubrechen und die kurze Autofahrt in Angriff zu nehmen. Damit Emma am nächsten Morgen ausgeschlafen war, bot sie an, die Kinder ins Bett zu bringen, um danach selbst schlafen zu gehen. Sie küsste ihren Mann, nahm Rosa und Anna an der Hand und verabschiedete sich von ihren Freunden. „Ich freue mich schon riesig", sagte sie in Richtung Simon und nachdem Greta ihr alles Gute für die morgige Tour gewünscht und gesagt hatte, sie solle gut auf sich aufpassen, ging Emma in das Kinderzimmer.

Rosa und Anna waren schon sehr müde. Den ganzen Tag waren sie entweder im Pool oder tollten im Garten des Anwesens herum. Auch hatten die beiden in der Nachbarschaft neue Freunde gefunden. Emma versuchte noch eine schöne Gute-Nacht-Geschichte zu erzählen, kam aber bei weitem nicht an Björns Performance heran.

Sie streichelte beiden über den Kopf und ging zur Tür, um das Licht zu löschen, als Rosa fragte: „Emma, warum habt ihr keine Kinder, ihr mögt doch Kinder!"

Anna flüsterte noch ihrer Schwester so etwas zu wie „du sollst diese Frage nicht stellen", doch Emma, die bei der Frage innerlich kurz zusammenzuckte, antwortete: „Doch, Rosa, wir mögen Kinder, sehr sogar, aber bei manchen Familien klappt es mit dem Kinderkriegen nicht so einfach. Aber umso glücklicher sind wir, dass wir so gute Freunde mit zwei so süßen Mädels haben."

Emma zwinkerte den beiden noch zu, schloss die Tür, verharrte einen Augenblick, um zu überdenken, ob sie die Frage auch pädagogisch wertvoll beantwortet hatte, und wunderte sich überdies, dass ihr bislang keine anderen Kinder in der Schule oder anderswo diese Frage gestellt hatten.

Als Björn gegen Mitternacht ebenfalls zu Bett ging, lag Emma noch immer wach. Es war die Aufregung über die bevorstehende Klettertour, die Emma in Anspannung versetzte. Eine Mischung aus Freude und Angst.

Nur ein paar Stunden schlief Emma in dieser Nacht und als der Wecker das erste Mal läutete, konnte sie gar nicht glauben, dass die Nacht wirklich schon vorüber war. Sie ging noch in die Dusche, um richtig munter zu werden, machte sich fertig und goss in der Küche noch heißen Kaffee in eine Thermosflasche.

Simon belud derweil den Bus mit der Kletterausrüstung und Seilen und wartete schon im Auto, als Emma die Beifahrertür öffnete. „Guten Morgen, ich hab kaum geschlafen vor lauter Aufregung", begrüßte Emma ihren Bergführer.

„Schön, wenn du wegen mir so aufgeregt bist", neckte Simon seine Kletterpartnerin und startete den Motor. Nach kurzer Autofahrt waren die beiden im Gebiet der Serra Garaffa angekommen, mussten aber bis zum Einstieg in die Wand ein Stückchen zu Fuß zurücklegen. Die beiden genossen die frische Morgenluft und die absolute Stille. Emmas Glieder waren noch etwas ungelenk, aber die Wanderung zum Klettereinstieg war eine perfekte Aufwärmübung. Als die beiden an der Wand angekommen waren, gab es den ersten Schluck Kaffee und als Simon Emma den Klettergurt anlegte, dachte sie wieder an die erste Tour und an das eigenartige Gefühl, als Simon ihr beim Anlegen des Klettergurts das erste Mal nähergekommen war. Mittlerweile fühlte sich seine Nähe für Emma schon vertrauter an. Sie hatte Simon in den vergangenen Wochen und Monaten besser kennengelernt und war ihm vor allem durch die innigen Gespräche nähergekommen. Als Simon in die Wand einstieg, um zum ersten Standplatz zu klettern, war es für Emma wie ein Déjà-vu. Sie hatte noch die Bilder ihrer ersten Klettertour im Kopf. Für Emma war aber klar, dass sie diesmal konzentrierter sein und der Angst weniger Freiraum lassen würde. Als Simons vertrautes „Nachkommen" zu hören war, atmete Emma noch einmal tief durch und machte sich auf den Weg. Als sie hinter einem Felsen in Simons Sichtweite kam, war dieser regelrecht begeistert. Emmas Bewegungen an der Wand waren viel sicherer und selbstverständlicher, so als hätte sie inzwischen schon einige Touren unternommen. Am ersten Standplatz darauf angesprochen, antwortete Emma mit einem Augenzwinkern: „Ich brauch ja keine Angst zu haben, du hältst mich ja, wenn ich falle!"

Simon beeindruckte dieses Vertrauen, zumal er aus seiner Bergführer-Praxis da ganz andere Fälle zu sehen bekam. Außerdem war Emma für Simon schon längst nicht mehr so etwas wie eine „Kundin".

Die weiteren Seillängen behielt sich Emma ihre Selbstsicherheit bei. Simon ließ sie auch nicht mehr dieses ganz straffe Gefühl am Seil spüren, sondern ließ das Seil gerade so locker, dass Emma ohne Seilzug kletterte und dennoch, sollte sie abrutschen, nicht weit ins Seil fallen würde. Nach ein paar Seillängen war bereits das Plateau des Berges erreicht. Emma konnte auf ihr Klettern richtig stolz sein und strotzte förmlich vor Selbstbewusstsein und Freude, als ihr Simon mit einer Umarmung gratulierte. Die beiden leerten den restlichen Kaffee in die Becher, setzten sich auf ihre Rucksäcke und schauten in die Ferne, in der nichts zu hören und keine Menschenseele zu sehen war. Emma schwärmte von den vorangegangenen Urlaubstagen und Simon war völlig in die Rolle des Zuhörers geschlüpft. Es schien, als würde sich Emma das aufgestaute Adrenalin förmlich von der Seele reden. Simon saß einfach da, lächelte ab und an und genoss sichtlich Emmas Anwesenheit.

„Ich freue mich, wenn ich sehe, wie glücklich du bist",
attestierte er Emma, die darauf sofort eine Erklärung wusste: „Dass wir so glücklich sind, das hat auch etwas mit
euch zu tun. Seit wir uns kennenglernt haben, haben wir
das erste Mal das Gefühl, dass wir wirklich gute Freunde
gefunden haben. Auch dass du mit Björn einen passenden
Geschäftspartner gefunden hast, ist wie ein Traum. Es ist
nahezu perfekt und das alles tröstet mich darüber hinweg,
dass Björn und ich, was Kinder betrifft, ein schwieriges
Schicksal zu tragen haben."

Simon schaute mit bedauerndem Blick auf den Boden
und tat etwas, das Emma anfänglich irritierte und verunsi-
cherte. Simon nahm Emmas Hand! Noch während sie versuchte, diese Berührung in ihrer Gefühlswelt einzuordnen,
meinte er: „Ich mag deine erfrischende und aufrichtige Art,
die mir schon am ersten Tag so positiv in Erinnerung blieb.
Ich versichere dir, ich liebe meine Frau und Björn ist nicht
nur zu einem Partner, sondern auch zu einem wahren
Freund geworden. Was ich dir aber sagen möchte, ist, dass
du etwas Besonderes für mich bist und, ja, ich fühle mich
in einer gewissen Art und Weise zu dir hingezogen. Ich
genieße es, mit dir Zeit zu verbringen, und ich will nicht,
dass ich deswegen ein schlechtes Gewissen haben muss
und deswegen denk ich, dass es gut ist, wenn ich dir das so
sage. Ich denke, es darf ja auch sein."

Emma lächelte und meinte mit einem Augenzwinkern:
„Sorry für mein Lachen, aber im ersten Moment dachte
ich, du willst mir einen Heiratsantrag machen!" Beide
mussten lachen und Emma fuhr fort: „Nein, im Ernst, ich
danke dir für deine Ehrlichkeit und, ja, es darf sein, dass
man sich mag, ohne dass man Grenzen überschreitet.

Unsere ganze Welt ist normiert und begrenzt, in menschlichen Belangen darf es und soll es diese Grenzen nicht geben. Deswegen lassen wir dieses Gefühl, das wir beide in uns tragen, einfach so stehen, nur für uns und ohne schlechtes Gewissen irgendjemand gegenüber, weil es einfach sein darf!" Emma umarmte Simon mit der Herzlichkeit, mit der sie auch ihre Worte gefunden hatte und bevor die beiden sich auf den Weg machten, hatte Simon noch eine Überraschung parat. „Ich habe irgendwie ein Gefühl der Erleichterung in mir. Trotz allem ist es nun genug der schönen Worte, jetzt gibt's wieder Adrenalin, denn der einzige Weg wieder von diesem Berg herunter zu kommen, ist über jenen Weg abzuseilen, den wir heraufgekommen sind!"

Emma riss den Mund weit auf und blickte nach unten. Simon versuchte Emma zu beruhigen: „Keine Angst, ich lasse dich von oben hinunter, du brauchst es nur zu genießen!"

Er klinkte Emma ins Seil ein und ließ sie über die Abseilvorrichtung langsam, Stück für Stück, hinunter. In der Wand verhallten Emmas Jubelschreie. Nachdem Emma sich am Standplatz eingehängt hatte, kam Simon nach.

Emma war außer sich vor Aufregung. „Das ist ja absolut wahnsinnig!" meinte sie und dieses Spiel wiederholte sich, bis die beiden am Wandfuß angekommen waren. Emma umarmte Simon mit ihrer diesbezüglich neu gewonnenen Selbstverständlichkeit und dankte ihm für die Klettertour und das einzigartige Erlebnis. Voller Energie liefen die beiden hinunter zu jenem Platz, wo das Auto stand. In der Finca angekommen, erzählte sie Björn, Greta und den Kindern vor allem davon, wie ausgesetzt es sich angefühlt hatte, als Simon sie über die Wand hinuntergelassen hatte. Greta kannte natürlich dieses Gefühl zu genüge, hörte aber interessiert zu und gratulierte mehrmals. Björn war über den Mut seiner Frau besonders stolz und hob sie während einer Umarmung immer wieder hoch. Von dem sehr intimen Gespräch am Gipfelplateau erzählten Emma und Simon natürlich nichts. Es war ihr ganz besonderer Moment, ein Moment der Stille, Offenheit und Wahrheit. Und was immer dieses Gefühl zwischen den beiden auch war, sie trugen es fortan wie einen gut gehüteten Schatz in sich.

Die restlichen Urlaubstage auf Mallorca vergingen schneller als gewollt und unweigerlich saß man schon bald zum letzten gemeinsamen Abend auf der Finca zusammen. Rosa und Anna durften heute noch länger mit ihren Freunden im Garten herumtollen und als die letzten Sonnenstrahlen verschwunden waren, stand Björn auf und erhob das Glas: „Ich bin kein großer Redner, das sind Computerfreaks wohl nie", meinte er und erhielt dafür allgemeines Gelächter. „Aber ich, und ich glaube, ich spreche auch für meine Frau, möchte mich für alles nochmals bedanken. Für alles. Es war wohl unser schönster Urlaub. Wir sind hier im Paradies mit den nettesten Menschen der Welt und darauf trinken wir!"

Mit einem lauten „Prost", das durch die laue Sommernacht schallte, stießen die vier auf den Urlaub an. Emma ließ sich in das Sofa fallen und machte einen Schmollmund, um klar zum Ausdruck zu bringen, dass sie noch gar nicht heimwollte. Die Kinder taten es ihr am kommenden Morgen, als es wieder zum Flughafen ging, gleich und weinten bittere Tränen des Abschieds.

Im Flugzeug saß Emma am Fenster und schaute nach dem Start nochmals auf die immer kleiner werdende Insel unter sich. Die Kinder waren schon bald wieder eingeschlafen, Björn saß vor seinem Laptop und Greta und Simon sahen sich einen Film an. Im Heimfluggepäck waren viele Erlebnisse, schöne Momente und, … ein intimes Geheimnis.

Die unmögliche Frage

Wieder zurückgekommen, dauerte es nicht lange, bis alle wieder im Alltag angekommen waren. Björn hatte sich bereits während des Urlaubs auf seine künftigen Projekte im Bezug auf den gemeinsamen Online-Shop vorbereitet. Simon betrieb das Sportgeschäft wie eh und je und Greta recherchierte an einer neuen Story für ihr Wochenblatt. Das tat sie wie immer mit Akribie, wahrscheinlich auch immer ein Stückchen mit der Hoffnung verbunden, noch von einem großen Magazin für eine Kolumne „entdeckt" zu werden. Emma war als Lehrerin die Einzige, die das Privileg hatte, die Sommerferien noch genießen zu können. Sie nutzte die Zeit, um an ihrem unendlichen Projekt, dem Bauernhaus, weiterzuarbeiten. Weitere Anregungen hatte sie sich im Urlaub in der Finca geholt.

Vor lauter Betriebsamkeit hatten sich die vier schon länger nicht mehr gesehen. Nur Björn und Simon hatten ab und an geschäftliche Dinge zu besprechen. Als die beiden sich das letzte Mal sahen, meinte Björn beim Gehen, dass er es eigentlich „sehr schwach finde", dass die beiden Geschäftspartner und Freunde es bislang noch nie geschafft hätten, zu zweit mal so richtig durch Salzburgs Nachtleben zu schlendern.

„Klar, du gehst mit meiner Frau klettern, aber mit mir willst du ja keine Zeit verbringen", meinte Björn mit ironischem Unterton. Simon ließ diesen nicht ganz ernst gemeinten Vorwurf nicht auf sich sitzen und sagte Björn auf der Stelle zu, sich mit ihm in das Salzburger Nachtleben zu stürzen. Nachdem die beiden den Termin, der auf einen Freitag fiel, vereinbart hatten, meinte Björn beim Verlassen des Büros: „Das Taxi und den Abend bezahl ich. Komm ja nicht auf die Idee, auch nur eine Sekunde daran zu denken, deine Geldbörse einzupacken!"

Simon freute sich wirklich auf diesen Abend. So gesehen hatte Björn nämlich recht. Außer geschäftlicher Besprechungen und Treffen mit den Frauen hatte es nie einen richtigen Männerabend gegeben. Björn erzählte Emma gleich beim Nachhausekommen, dass er und Simon demnächst gemeinsam um Salzburgs Häuser ziehen würden. Emma freute sich für die beiden, insgeheim fand sie es aber schade, dass es nach längerer Zeit nicht wieder zu einem gemeinsamen Treffen kam. Sie hätte Greta, den Kindern und natürlich Simon so gerne die Fotos gezeigt, die sie im Urlaub gemacht und aus denen sie mit viel Liebe ein Fotobuch gestaltet hatte. Aber das lief ja nicht davon.

Emma ließ es sich aber am besagten Freitag nicht nehmen, Björn und Simon mit dem Auto nach Salzburg zu fahren. Als sie gemeinsam mit Björn Simon vor dem Sportgeschäft abholte, freute sich Emma besonders, Simon nach längerer Zeit einmal wiederzusehen. Fast die ganze Autofahrt nach Salzburg hatte Björn das Nachsehen, weil Emma und Simon nur über die Klettertour auf Mallorca sprachen und Simon ihr weitere Angebote für wunderschöne Klettertouren unterbreitete. Emma fuhr die beiden ins Stadtzentrum von Salzburg und als sie die Nachtschwärmer aussteigen ließ, wollte Simon Emma noch zu einem gemeinsamen Kaffee überreden, doch Emma lehnte ab, da das heutige Treffen ja ein echter Männerabend sein sollte. Emma gab Björn zum Abschied einen Kuss und meinte, dass sie die beiden ja, wenn es nicht zu spät werden sollte, wieder abholen könne.

„Ich, denke Schatz, wir leisten uns ein Taxi", grinste Björn und schaute dabei zu Simon, der sich ebenfalls schon auf einen längeren Abend eingestellt hatte.

Zunächst schlenderten die beiden durch die Salzburger Altstadt und Björn erzählte seine verschiedenen Geschichten aus den Zeiten, wo er und Emma noch studiert hatten. Simon selbst war natürlich ebenfalls schon oftmals in Salzburg gewesen, aber im Gegensatz zu Björns Studentenerlebnissen beschränkten sich Simons Aufenthalte auf Ausflugs-, Shopping- und Museumsbesuche.

Beim Abendessen in einem Lokal blickten die beiden auf die Burg Hohensalzburg und sinnierten darüber, welches Glück sie hatten, in so einem schönen Land leben zu dürfen. Björn und Simon vermieden es, über geschäftliche Dinge zu quatschen. Dieser Abend sollte nämlich alles andere als ein Geschäftsessen werden. Nach einem hervorragenden Steak, das sich die beiden gönnten, ließ Björn gleich einmal sein Wissen über die besten Lokale der Stadt aufblitzen. Zwar war sich Björn nach so vielen Jahren fern der Universität nicht mehr sicher, ob es das eine oder andere Lokal noch wirklich gab, aber die beiden vereinbarten, den Großteil der von Björn genannten Lokale auf ein Getränk zu besuchen. In freudiger Erwartung starteten sie in einem klassischen „Bierbeisl". Der Wirt begrüßte Björn und Simon schon von weitem, obwohl das Lokal schon richtig gut besucht war. An den erhöhten Tischen mit Barhockern waren freie Plätze Mangelware, aber nachdem Björn alles andere als kontaktscheu war, fragte er gleich am ersten Tisch nach, ob für die beiden noch Hocker frei wären. So setzen sie sich an den Tisch, an dem junge Studenten saßen. Es dauerte nicht lange und Björn erzählte von seinen Zeiten an der Universität. Gespannt hörten Simon und die Studenten zu, was Björn über die gute alte Zeit zu erzählen hatte. Über manch lustige Anekdote standen der heiteren Runde vor Lachen immer wieder Tränen in den Augen. Simon verstand nunmehr sehr gut, warum Björn in Studentenzeiten der beliebte Held aller war. Auch wenn Simon davon immer wieder gehört hatte, erst jetzt konnte er nachvollziehen, warum sich damals an der Universität alles um Björn gedreht hatte. Björn war, wenn er sich einmal in seinem Element befand, nicht mehr zu halten. Er konnte der perfekte Entertainer sein. Ein wenig war Simon über diese Seite von Björn überrascht, weil er diese so überschwänglich heitere Seite bei den bisherigen Treffen nie kennengelernt hatte. Wahrscheinlich war es für Björn einfach auch eine Zeitreise zurück zu vergangenen unbeschwerten Tagen, die er so unheimlich genoss.

Nachdem Björn der lustigen Runde erzählt hatte, dass sein Freund nicht nur ein toller Geschäftsmann, sondern auch ein erfahrener Bergsteiger war, musste Simon nunmehr seine kühnsten Berggeschichten zum Besten geben. Er tat dies gerne, zumal die jungen Studenten anscheinend wirklich interessiert waren und ihn immer wieder mit Fragen löcherten.

Nach dem Besuch weiterer Bars mit guten Gesprächen und Laune machenden Getränken war es schon weit nach Mitternacht, als Simon und Björn den „Männerabend" in einem besonderen Lokal ausklingen lassen wollten. Als die beiden dorthin unterwegs waren, meinte Björn noch, dass dieses Irish Pub schon zu Studentenzeiten ein würdiger Abschluss gewesen sei. Das Pub hatte wahrlich ein gemütliches Ambiente. Es war nicht groß und erweckte den Anschein, als würde man sich in einem versteckten Whisky-Keller im tiefsten Irland befinden. Die Musik aus den Boxen spielte die typisch belebende irische Musik, an den Wänden hingen irische Fahnen, Wimpel, und Bierdeckel und die Anzahl der Zapfhähne an der Theke ließ vermuten, dass die Iren sich auch wahrlich gut mit Bier auskannten. Wie bestellt stand im hintersten Teil des Pubs noch ein gemütlicher Platz für die beiden bereit und Simon meinte: „Du hast recht, das Lokal hat wirklich etwas Besonderes.“

Die nette Kellnerin, auf die die beiden auch immer wieder einmal einen interessierten Blick warfen, brachte irische Bierspezialitäten und Björn bestellte telefonisch ein Taxi, das sie in einer Stunde abholen sollte. Die ruhige Atmosphäre des Pubs war zudem eine willkommene Abwechslung zu den lauten Lokalen und lud die zwei Männer ein, auch tiefsinnigere Gespräche zu führen, zumal der Alkohol vor allem bei Björn die Zunge schon etwas lockerer werden ließ. Er erzählte, wie er aufgewachsen war, von seinem gespannten Verhältnis zu seiner Mutter und gab auch einige Episoden seiner Jugendjahre wieder. Es dauerte nicht lange, da war Björn aber wieder bei seinem Lieblingsthema, der Zeit an der Universität, jene Jahre die ihm neben der Vermittlung seines beruflichen Wissens vor allem das brachten, was ihm wohl das Wichtigste im Leben war, Emma. Obwohl Björn schon einige Male über das Kennenlernen von ihr erzählt hatte, hörte Simon interessiert zu. Nicht nur um seinem Freund das Gefühl zu geben, dass ihm jemand wirklich zuhört, sondern weil es ihn wirklich interessierte. Wenn er schon so viel mit einem Menschen zu tun hatte, als Freund und als Partner, dann wollte er über diesen auch so viel wie möglich erfahren.

Björn zeigte in die andere Ecke des Lokals und erzählte, dass er früher natürlich auch mit Emma in diesem Pub gewesen sei und eben da drüben war meistens ihr Tisch, an dem sie mit Freunden saßen. So sehr Björn mit Begeisterung über die gute alte Zeit redete, in seiner Stimme, in seinen Erzählungen, war immer auch so etwas wie Wehmut zu vernehmen. Simon dachte, dass der mittlerweile doch angehobene Alkoholpegel für die gewisse Schwermut, die in Björns Erzählungen immer wieder mitschwang, verantwortlich war. Björn erzählte und erzählte und kam letztlich an jenen Punkt, der für ihn noch immer nur schwer zu ertragen war. „Als ich Emma gesagt habe, dass ich wegen meiner Mumpserkrankung keine Kinder zeugen kann, war ich richtig erleichtert und ich hatte immer das Gefühl, dass das nichts an unserer Liebe ändern würde. Aber dieser Umstand erdrückt mich immer mehr, weil ich sehe, wie sehr sie darunter leidet. Ich weiß, wie sehr sie sich ein eigenes Kind wünscht, doch alle anderen Optionen kommen für sie nicht in Frage. Sie denkt da ganz anders als viele andere und irgendwie tickt ja auch für Emma die biologische Uhr. Irgendwie erdrückt mich das alles. Oft liege ich stundenlang wach und grüble an etwas herum, das ich ohnehin nicht ändern kann." Björn brach plötzlich in Tränen aus und Simon legte seinen Arm verständnisvoll um Björns Schulter und meinte: „Komm, lass es raus, ich kann das verstehen!"

Für außenstehende Beobachter war es sicherlich ein komisch-trauriges Bild, welches die beiden abgaben. Ein weinender Hüne, der da in der Ecke saß und von seinem zierlich wirkenden Freund getröstet werden musste. Björn nahm die vor ihm liegende Serviette und schnäuzte sich kräftig, um kurz darauf in ein übertrieben wirkendes Lächeln zu verfallen. „Wenn du stundenlang im Bett liegst und herumgrübelst, fallen dir die irrsten Dinge ein", meinte er. „Da kommen Gedanken, die du aufnimmst und wieder fallen lässt wie eine heiße Kartoffel, aber dann geht dir eine Sache nicht mehr aus dem Kopf. So sehr ich auch versuche diesen Gedanken loszuwerden, er geht mir einfach nicht mehr aus dem Kopf."

Es folgten Sekunden der Stille, ehe Simon besorgt antwortete: „Wenn du dunkle Gedanken hast, du weißt, es gibt immer einen Ausweg!"

„Nein, nein!", sagte Björn. „Das habe ich nicht gemeint, es ist so eine Sache, es ist nicht einfach zu erklären, das Ganze hat auch mit dir zu tun."

Simon starrte in sein Bierglas vor ihm und konnte sich mittlerweile keinen Reim mehr auf Björns Gerede machen: „Was meinst du, sag schon?!"

Björns Wortschwall verlor sich, so als hätte er eine Diskussion vom Zaun gebrochen, die er gar nicht wollte. Er fühlte sich ein bisschen wie ein Kind, dem man immer wieder sagen musste, dass man zuerst nachdenken und erst dann reden solle. Simon, der bezüglich Björns Anstalten absolut im Dunkeln tappte, befürchtete, dass sich in Björn so etwas wie Eifersucht auftat, weil er vielleicht irgendwie mitbekommen hatte, dass es zwischen ihm und Emma so etwas wie eine besondere Verbindung gab. Simon wurde angesichts seines Verdachts ungeduldig: „Komm, sag jetzt, was meinst du?"

„Okay", schoss es aus Björn heraus. „Auf deine Verantwortung."

„Ja okay", erwiderte Simon und schaute Björn erwartungsvoll an. „Und du sitzt gut?", legte Björn nach.

Simon war mittlerweile zum Bersten gespannt als Björn mit jener Sicherheit eine Frage formulierte, die ihm mutmaßlich schon tausende Male durch den Kopf ging: „Könntest du dir vorstellen, mit Emma zu schlafen und uns ein Kind zu schenken?!"

Wumms! ... Schon nach dem ersten Teil des Satzes schien Simon mit weit aufgerissenen Augen in eine Schockstarre zu verfallen, die sich kurz darauf durch ein erzwungenes Lachen auflöste. „Entweder du bist vollkommen irre oder schon so besoffen oder du veräppelst mich gerade, ja?!"

Björn nahm wie zur Ablenkung seine Geldtasche aus dem Hosensack, kramte darin umher: „Sag ich ja, vollkommen irre Gedanken, die man da hat. Vergiss es gleich wieder. Wir trinken jetzt unser Abschlussbier auf diesen gelungenen Abend, in einer Viertelstunde steht das Taxi vor der Tür und den letzten Teil, den vergessen wir wieder ganz schnell, ok?"

Simon hielt sein Glas Bier in Richtung Björn. „Ja, so machen wir das!", sagte er, um abschließend Björn frei nach dem Motto „trotzdem, bist du irre" nochmals auf die Schulter zu klopfen.

Nachdem Björn bezahlt hatte, verließen die beiden schon etwas wankend das Lokal. Der Alkohol tat nun gerade in der frischen Luft seine Wirkung. Beide standen vor dem Lokal, stützten sich gegenseitig und steigerten ihr Lachen nahezu zu einem handfesten Lachkrampf. Wahrscheinlich lachte Simon, weil er Björn ob seiner Frage für irre hielt und Björn, weil er sich so bescheuert vorkam, dass er sein nächtliches Hirngespinst kundtat, oder beide lachten einfach nur, weil sie schon ziemlich voll waren.

Während der gut halbstündigen Taxifahrt lehnten die zwei Nachtschwärmer mit ihren Köpfen an der Scheibe, sprachen nur sehr wenig und ließen augenscheinlich die vergangene Nacht Revue passieren. Simon wurde als erstes nach Hause gebracht. Er stieg aus dem Auto aus, reichte Björn die Hand und bedankte sich für den aufregenden Männerabend. Björn vernahm noch ein „so einen Rausch hatte ich schon lange nicht mehr" und Simon verschwand schwankend in Richtung Haustüre.

Björn stieg wenige Minuten später aus dem Taxi und es machte ihm auch gar nichts mehr aus, dass der Fahrer eine beträchtliche Summe verlangte. Björn versuchte im Haus so behutsam wie möglich vorzugehen. Er ahnte, dass Emma nicht wirklich gut schlafen konnte, das war meistens so, wenn Björn nicht zu Hause war, aber er wollte sie keinesfalls durch sein alkoholbedingt ungeschicktes Hantieren wecken. Nach einer schnellen Dusche wurde Björn beim Betreten des Schlafzimmers klar, dass seine Schleichtaktik keine Wirkung zeigte. Emma schaltete das Licht ein und sah Björn an, der sich sogleich entschuldigte: „Sorry, Schatz, ich war ganz leise und wollte dich nicht wecken."

Emma schaute auf die Uhr und meinte: „Bei dem Krach, den du in der Dusche machst, weiß ich nicht, was du unter leise verstehst, aber egal, ich konnte ohnehin nicht gut schlafen. Hauptsache, du bist gut nach Hause gekommen. Habt ihr einen schönen Abend gehabt?"

Björn, der sich schon in die Decke eingerollt hatte, begann schon wieder zu lachen: „Ja, es war ein schöner Abend,…,aber ich bin komplett irre!"

Emma konnte sich darauf keinen Reim machen und tat Björns Aussage damit ab, dass diese auf seinen beträchtlichen Alkoholspiegel zurückzuführen war. Das musste Emma auch auf Grund des Geruchs, der sich im Schlafzimmer ausbreitete, mehr als nur annehmen. Trotzdem gab sie ihrem Mann einen Gutenachtkuss, so wie sie es jede Nacht machte, löschte das Licht und ließ Björn in seinen dringlich benötigten Schlaf fallen.

Der Tag danach – Björn und Emma

Leise schlich sich Emma aus dem Zimmer. Björn rührte sich noch kein bisschen, was angesichts der kurzen Nacht wenig überraschend war. So saß Emma diesen Samstagvormittag alleine am Frühstückstisch, was eigentlich ganz selten vorkam. Als die Sonne schon hoch über dem Horizont stand, erwachte auch Björn aus seinem Tiefschlaf. Er hielt sich geblendet vom hellen Licht die Augen zu und drehte sich auf die andere Seite. Als er sah, dass Emma nicht mehr neben ihm schlief, setzte er sich im Bett auf. Björns Schädel dröhnte und er versuchte, die Geschehnisse der vorangegangenen Nacht nochmals zu ordnen. So weit kam es jedoch gar nicht mehr. Sofort schoss ihm die Frage in den Kopf, mit der er Simon im Irish Pub konfrontiert hatte. Fast panisch griff er sich an den Kopf. „Ach du meine Güte. Ich Vollidiot!" In vino veridas – im Wein liegt die Wahrheit – genau genommen, hätte es eigentlich „im Bier liegt die Wahrheit" heißen müssen. Und die unverblümte Wahrheit war, dass Björn in seinen nächtlichen Grübeleien tatsächlich schon oftmals mit dem wirren Gedanken gespielt hatte, wie es wäre, wenn Simon Emma ihren langegehegten Kinderwunsch erfüllen würde. Er dachte daran, dass Emma ein Kind in sich tragen würde, das sie auf natürlichem Wege ohne künstlichen Eingriff empfangen hätte, so wie sie sich das immer wünschte. Und er dachte daran, wie es sein würde, wenn Emma und er endlich ein Kind hätten und rundum glücklich wären. Ein Kind, das ihnen von einem Freund und besonderen Menschen geschenkt wurde. Doch eines hätte Björn wirklich nie gedacht. Nämlich, dass er diesen Gedanken jemals auch nur aussprechen würde, noch dazu jener Person gegenüber, die maßgeblich an dieser „Idee" beteiligt war, vielmehr Simon sogar mit einer konkreten Frage konfrontierte. Björns Puls schlug ihm bis zum Hals und er fragte sich, was Simon nun wohl über ihn denken würde. Oder hatte das Simon ohnehin nur als dummen, alkoholgeschwängerten Blödsinn gesehen und vielleicht schon wieder vergessen? In Björns Kopf dröhnte es und die Gedanken an dieses Ereignis der letzten Nacht ließen ihn einfach nicht mehr los. Er platzte gleich, wenn er nicht jemanden fand, mit dem er augenblicklich darüber reden konnte. Emma.

Björn sprang aus dem Bett, zog sich seine Jogginghose an, frisierte sich mit seinen Fingern durch das Haar und ging in die Küche, wo Emma noch genüsslich an ihrem Kaffee schlürfte und in der Zeitung blätterte. Allein schon an dem „Guten Morgen", das Emma von Björn vernahm, wusste sie, dass es Björn nicht wirklich gut ging.

„Guten Morgen, Schatz. Kopfschmerzen?", fragte sie Björn.

„Ja, auch, aber ich sag dir, ich bin so ein Vollidiot", gab Björn zur Antwort.

„Was ist gestern passiert, muss ich mir Sorgen machen?", meinte Emma mit fragendem Blick.

„Nicht wirklich, Schatz, aber ich muss dir was erzählen. Nach dem Frühstück gehen wir spazieren, ja?"

Björn versuchte den Kaffee und das frisch aufgebackene Brötchen so gut wie möglich zu genießen und verschwand kurz daraufhin im Badezimmer. Emma machte sich irgendwie Sorgen. Sie konnte sich Björns seltsames Verhalten einfach nicht erklären. War Björn vielleicht ihr gutes Verhältnis zu Simon ein Dorn im Auge? Andererseits hatte sich Emma nichts vorzuwerfen, auch wenn sie Simon wirklich gerne mochte, es war nichts vorgefallen, dass sie Björn gegenüber ein schlechtes Gewissen haben müsste. Nein, das kann es nicht sein, dachte sie und räumte indes das Frühstücksgeschirr in den Spüler.

Als Björn aus dem Bad kam, zog Emma ihren Mantel an und die beiden machten sich zu einem Spaziergang auf. Dort, wo ihr Bauernhof in erhöhter Lage stand, machte sich eine große Ebene breit, die an ihren Rändern jeweils von Wäldern gesäumt war. Wunderschöne Spazier- und Wandermöglichkeiten lockten vor allem an den Wochenenden immer wieder Besucher aus den Tälern herauf, die den Ausblick und die frische, klare Luft genossen. Als Björn und Emma Hand in Hand dahin spazierten, wartete Emma neugierig auf das, was Björn ihr zu sagen hatte. Er druckste anfänglich herum, holte immer wieder Luft um dann neuerlich keine Worte zu finden, doch schlussendlich gelang es ihm, von der vergangenen Nacht zu erzählen: „Es war gestern wirklich ein toller, unterhaltsamer Abend, aber zum Schluss hin hatten wir doch auch schon einiges getrunken. Wir waren im Irish Pub, in dem wir früher immer waren, und in dieser vertrauten Atmosphäre hab ich Simon mein Herz ausgeschüttet. Ich hab von meiner Kindheit und Jugend erzählt und darüber, wie wir uns an der Universität kennengelernt haben."

Björn machte eine Pause und Emma bohrte nach: „Ja, aber wo soll dann das Problem sein?"

„Ich hab auch über uns geredet und …" Björn setzte neuerlich ab, und versuchte in Ruhe die passenden Worte zu finden … „Ich hab Simon erzählt, dass zwischen uns wirklich alles passt, aber dass ich halt auch selber zunehmend das Gefühl habe, dass es unsere Beziehung belastet, dass ich keine Kinder zeugen kann ..."

Emma unterbrach Björn: „Aber, Schatz, wir haben das alles ausdiskutiert, damals, als ich meine Krise hatte, mir bei meinen Eltern eine Auszeit genommen habe und darüber nachgedacht habe, da reifte für mich der Entschluss, dass ich mein Leben mit dir verbringen möchte, auch ohne Kinder, es ist für mich OK."

„Ja. ich weiß. wir haben damals alles ausdiskutiert", bestätigte Björn, „aber dieses Gefühl, dass dieser Umstand wie ein Damoklesschwert über unserer Beziehung liegt, lässt mich einfach nicht mehr los. Ich liege in der Nacht oft stundenlang wach und grüble herum. Und ein Gedanke lässt mich einfach nicht los, er kommt immer wieder, er beschäftigt und verfolgt mich und er hätte eigentlich für immer nur bei mir bleiben sollen. Ein Geheimnis meiner Gedankenwelt!"

Emma verfolgte intensiv Björns Ausführungen und war gespannt und besorgt zugleich.

„Gestern", fuhr Björn fort, „habe ich diesen Gedanken an Simon weitergetragen, weil es auch ihn betrifft und ich weiß gar nicht, wie ich dir das alles erklären soll."

„Es gibt nichts, was du nicht mit mir bereden kannst, du kannst mir alles erzählen", forderte Emma ihren Mann auf, weiterzuerzählen.

„Seitdem wir so eine tiefe Freundschaft mit Simon und Greta haben, ist mir auch im Umgang mit den Kindern erst so richtig bewusst geworden, was es wirklich bedeutet, eine Familie zu haben. Was es bedeuten würde, eigene Kinder zu haben. Ich kann förmlich nachfühlen, was es für dich heißen würde, eigene Kinder auf die Welt zu bringen, ganz nach deinem Willen, ohne Hilfe moderner Medizintechnik, ein Kind der Liebe. Und dieser Gedanke, der mir einmal in der Nacht untergekommen ist, ist für mich wie ein Lösungsansatz, er beschäftigt mich, vielmehr, er lässt mich nicht mehr los."

Emma wurde langsam ungeduldig „Bitte, Björn, komm zum Punkt! Auf was willst du hinaus?".

„Ich habe Simon gefragt, ob er sich vorstellen könnte, mit dir ein Kind zu zeugen!"

Emma riss sich von Björns Hand los und blieb mit weit aufgerissenem Mund stehen. In Bruchteilen einer Sekunde schossen zig Gedanken durch ihren Kopf. Von „wie kann mein Mann jemanden so etwas fragen? Liebt er mich nicht mehr? Liebt er mich so sehr, dass er auf solch eine Idee kommt?" bis hin zu „wie Simon wohl auf die Frage reagiert hat? Und was er jetzt wohl von uns hält?". Emma war schlichtweg überfordert. „Bitte lass mich jetzt allein!", schnauzte sie Björn an, ließ ihn stehen und ging allein weiter. Emma schoss es, während sie ihre eigenen Gedanken sortierte, die Tränen in die Augen. Schon nach kurzem Überlegen wurde ihr dennoch klar, was Björn zu dieser absurden Idee bewogen hatte. Ihr war klar, dass ihr Mann sie so sehr liebte, dass dieser mittels seines analytischen Verstands, der ihm als Programmierer so gute Dienste leistete, versuchte, ihr einen unmöglichen Wunsch möglich zu machen. Das, was für Björn unmöglich war, sollte ihm sein Partner und bester Freund Simon möglich machen. Emma konnte nur erahnen, was für eine Liebe Björn für sie aufbringen musste, um zu akzeptieren, dass sie mit einem anderen Mann schlafen würde, mit seinem Einverständnis, noch dazu aus seiner Idee entstanden. Emma blieb stehen und drehte sich um. Björn war ihr mit gewissem Sicherheitsabstand gefolgt und blieb nun, als er Emma ansah, ebenfalls stehen. Emma rannte auf Björn zu, umarmte ihn und ließ ihren Tränen freien Lauf. „Du bist so ein Esel, welche Gedanken müssen dich in letzter Zeit gequält haben!"

Auch Björn konnte seine Tränen nicht mehr zurückhalten. „Ich liebe dich, Emma. Ich liebe dich mehr als alles andere auf der Welt!"

„Ich liebe dich auch!", antwortete Emma und schaute Björn tief in die Augen. Auf dem Nachhauseweg brauchte es zwischen den beiden kein Wort. Björn und Emma waren einerseits gedankenverloren und andererseits nunmehr sehr fokussiert. Beide wussten, dass das Thema Kinder nie vom Tisch war, sondern nur unter den Tisch gekehrt wurde. Sie wussten, dass dieses Thema nun behandelt werden musste, und Emma schwor, Björn dabei nie mehr allein zu lassen.

Der Tag danach – Simon und Greta

„Guten Morgen, du Langschläfer", flüsterte Greta in Simons Ohr. „Wenn du heute Vormittag noch ins Geschäft gehen möchtest, dann solltest du dich sputen."

Simon, der sonst auch nach längeren Nächten beim Frühaufstehen keine Ausnahme kannte, raunzte nur: „Bitte ruf Albert im Geschäft an. Wenn es etwas gibt oder Not am Mann ist, soll er mich anrufen. Zu Mittag ist heute ohnehin Schluss."

Greta stand gleich auf und erledigte den Anruf, um sich kurz danach wieder ins Bett zu Simon zu kuscheln. „War ganz schön lang gestern bzw. heute", meinte Greta und kicherte leise. Plötzlich hob Simon ruckartig den Kopf und meinte: „War lustig, aber zum Schluss ziemlich schrill, um es gelinde auszudrücken!"

Noch bevor Simon weitererzählen konnte, kamen jedoch schon Rosa und Anna angerannt. „Papa, du bist heute noch da!", freute sich vor allem Rosa und kuschelte sich unter Simons Decke.

„Ich erzähl dir später davon", vertröstete er Greta auf einen anderen Zeitpunkt. Nachdem Simon aufgestanden war, stieg er noch, bevor es in die Dusche ging, in sein Laufgewand und machte sich auf den Weg. Die Runde, die Simon öfters lief, führte einige Kilometer am Ortsrand vorbei und war für ihn immer wieder eine willkommene Möglichkeit, den Kopf freizubekommen. Dieses Mal war es aber anders. Anstatt den Kopf freizubekommen, musste Simon immer wieder an Björns Frage denken. Nüchtern betrachtet sah Simon in Björn nicht mehr nur den „irren Freund", der unter Alkoholeinfluss seine intimsten Geheimnisse kundtat. Er versuchte nachzuvollziehen, wie sehr Björn leiden musste, dass er in seiner Gedankenwelt auf solche Ideen kommen würde. Er dachte auch daran, wie sehr er Emma lieben musste, dass er, nur um ihren Wunsch zu erfüllen, seine Frau einem anderen Mann anvertrauen würde. Andererseits wusste Simon mittlerweile, wie Björn tickte. Bei allen Problemen, die sie mit dem Onlineshop hatten, war es Björn, der immer wieder Lösungen fand. Es gab schlichtweg kein Problem, bei dem Björn ratlos wirkte. Für ihn gab es schlichtweg kein „es geht nicht", es gab immer nur „wie können wir das lösen?". Offenbar gab es für Björn als Programmierer kein unlösbares Problem. Je mehr Simon auch darüber nachdachte, umso mehr verstand er die Logik, die hinter Björns „Irrsinn" steckte. Simon wusste mittlerweile, dass für Emma keine Adoption und aus Prinzip keine künstliche Befruchtung jeglicher Art in Frage kam, das hatte Emma ihm und Greta auch einmal bei einem abendlichen Treffen geschildert. Simon folgerte weiter, dass, nachdem für Emma nur eine natürliche Schwangerschaft in Frage kam, für sie das Thema Kinder zwar zunächst in der Ablage landete, aber Björn in seiner problemorientierten Art indes jene Lösung erarbeite, indem er seine ihm unmögliche „Aufgabe" an einen Mann übertrug, den er kannte, zu dem er Vertrauen hatte und zu dem auch Emma ein gutes Verhältnis hatte. Einer, der das Glück der beiden perfekt machen konnte. „Und dieser Mann soll ich sein!", murmelte Simon zu sich selbst und konnte sich dabei ein gewisses Lächeln nicht verkneifen. Simon ertappte sich dabei, daran zu denken, wie es wäre, mit Emma zu schlafen. Welcher Mann würde „mit Freibrief" nicht gerne mit dieser schönen Frau schlafen? Simon versuchte diesen Gedanken daran, so gut es ging, wieder aus seinem Hirn zu verbannen. Den Rest des Laufes versuchte Simon, sich so gut wie möglich zu entspannen. Sein Kopf pochte zudem noch als Folge der vergangenen Nacht.

Zuhause, es war mittlerweile schon später Vormittag, rief er noch in der Firma an, ob alles in Ordnung war, und ging anschließend unter die Dusche. Er ließ das Wasser über seinen Kopf fließen und immer wieder kam ihm Björns Vorschlag in die Gedanken. So sehr er versuchte, dieses Gedankenrad abzustellen, es gelang ihm nicht. War wirklich er es, der Björn und Emma zu ihrem Glück verhelfen konnte?

Am Mittagstisch, als alle zusammensaßen, erzählte Simon von dem lustigen, unbekümmerten Teil des vorangegangenen Abends. Rosa und Anna kicherten, als Simon von Björn erzählte, schlussendlich war dieser durch seine lustige und liebenswerte Art zum Liebling der beiden avanciert. Als die Kinder mit dem Essen fertig waren, fragten sie artig, ob sie den Tisch verlassen und in den Garten spielen gehen durften. Kaum waren die beiden durch die Terrassentür verschwunden, meinte Greta: „Und was war jetzt der schrille Teil des gestrigen Abends?"

„Was meinst du?", fragte Simon zunächst scheinheilig.

„Naja du hast heute Morgen beim Aufstehen gesagt, dass der gestrige Abend ziemlich schrill endete?", hakte Greta nach.

Simon schüttelte nur ungläubig den Kopf, lächelte und sagte: „Ich weiß nicht, ob ich dir das erzählen soll, es ist einfach … ja, einfach irrsinnig, irgendwie unglaublich, was da zum Schluss in dem Irish Pub gewesen ist."

„Erzähl", meinte Greta gespannt.

„Wir hatten bis dahin wirklich einen aufregenden Abend und im letzten Lokal, als es richtig gemütlich wurde, bekam Björn so etwas wie einen Sentimentalen. Du weißt ja mittlerweile, dass es die beiden nicht so leicht haben, weil Björn keine Kinder zeugen kann. Und dann hat er mir erzählt, dass er gerade auch durch unsere Kinder gemerkt hat, wie schön es ist, eine richtige Familie zu haben. Und dann stellt er mir eine Frage, die ihn angeblich schon so lange beschäftigt und jetzt kommt's … er hat mich tatsächlich gefragt, ob ich mir vorstellen könne … Mensch, es ist irgendwie so krank ..., ob ich mir vorstellen könne, da er es ja nicht kann, mit Emma ein Kind zu zeugen!".

Gretas Gesichtszüge unterschieden sich in diesem Moment wahrscheinlich nicht erheblich von jenen, die Emmas Antlitz zeigte, als Björn ihr die Geschichte des vergangenen Abends erzählte. Doch Greta sah das alles nach anfänglicher Schrecksekunde bereits wesentlich entspannter. „War das eine Rauschgeschichte oder eine ernst gemeinte Frage?", hakte sie nüchtern nach.

„Ich würde keine Sekunde über diese Frage nachdenken, wenn ich mir nicht sicher wäre, dass sich Björn mit dieser Frage schon lange und intensiv herumschlägt", antwortete Simon. Er erzählte Greta im Folgenden genauere Details, erzählte ihr auch, wie sehr Björn schon seit geraumer Zeit darunter litt, Emma dieses Glück nicht schenken zu können, und dass Björn oft stundenlang in der Nacht darüber nachgrübelte, bis ihm eben diese Idee kam und diese ihn nicht wieder losließ."

Greta spitzte nachdenklich ihren Mund: „Irgendwie tut er mir leid. Ich denke mir das immer, wenn Björn sich mit unseren Kindern beschäftigt. Er tut das mit so viel Herz und Liebe, aufrichtig und ehrlich. Als du und Emma auf Mallorca klettern wart, habe ich übrigens mit Björn über dieses Thema gesprochen. Ich habe gespürt, dass ihn das sehr belastet, viel mehr als Emma. Klar, weil er ja sich verständlicherweise die Schuld gibt. Wie verzweifelt muss er sein, dass er jemanden bittet, mit seiner Frau zu schlafen um ihnen ein Kind zu schenken, oder vielmehr, wie sehr muss er seine Frau lieben? Andererseits, er weiß ja auch über die besondere Verbindung zwischen dir und Emma."

Simon unterbrach vehement und meinte: „Was meinst du?"

Greta blieb ganz ruhig: „Komm, das sieht doch ein Blinder mit Krückstock, dass du und Emma eine gewisse gegenseitige Anziehung verspürt."

„Wer sagt so was, da ist überhaupt nichts", wehrte sich Simon.

„Das hab ich auch nie gesagt", versuchte Greta ihren leicht aufgebrachten Mann zu beruhigen und fuhr fort: „… und du wirst dich wundern, so wie ich weiß, dass es zwischen euch eine gewisse Anziehung gibt, weiß ich genauso, dass zwischen euch nichts gewesen ist. Ich frage mich nur, warum es so etwas wie eine besondere Anziehung zwischen zwei Menschen nicht geben darf, auch wenn man verheiratet ist. Du kennst Max, meinen Kollegen vom Wochenblatt. Ich finde ihn attraktiv, wir unterhalten uns gut, du weißt, dass wir ab und an zu Mittag essen gehen, und, ja, wahrscheinlich fühlen wir auch so etwas wie eine gewisse Anziehung. Es käme aber nie einer auf die Idee, den Partner zu betrügen oder Ähnliches. Warum sollte ich auch, ich habe den Mann, den ich über alles liebe, an meiner Seite."

Simon war ob Gretas ehrlicher und offener Worte ziemlich verblüfft und wusste zunächst gar nicht, ob er beleidigt oder gar eifersüchtig reagieren sollte. Aber nach kurzer Bedenkzeit gab Simon zu: „Du hast in allem recht, was du gesagt hast, mit so viel Weisheit, auch dafür lieb ich dich!" Greta umarmte Simon, küsste ihn zärtlich und wären die Kinder nicht zuhause gewesen, wären die beiden wohl augenblicklich im Schlafzimmer verschwunden.

„Und du bist nicht einmal beleidigt, dass ich als Zuchtbulle herhalten soll?", meinte Simon ironisch.

„Wieso denn nicht, du bist ja ein wahrer Prachtkerl!", gab Greta lachend zur Antwort und ließ sich nicht abhalten, Simon weiter zu küssen.

Schon vom ersten Augenblick ihres Kennenlernens war Simon immer wieder über Gretas Einstellung zu gewissen Dingen im Leben beeindruckt. Wahrscheinlich war dies auch Gretas Geheimnis, warum sie mit ihren Zeitungsartikeln zwar polarisierte aber dennoch immer großen Zuspruch fand. Es war ihre neutrale Sicht auf die Dinge, ohne Vorurteile und ohne Voreingenommenheit. Greta hatte zudem auch nie auch nur im Ansatz Eifersucht gezeigt, wenn Simon mit hübschen Kundinnen am Berg unterwegs war. „Mit Gewalt kann man ohnehin niemanden halten, nur mit Verständnis und Liebe", war so eine von Gretas Weisheiten, die sie auch wirklich lebte. Dieses Vertrauen in seine Frau war auch Simons Grund, die Geschichte über die „unmögliche Frage" beim Männerabend überhaupt zu erzählen. Für Simon war die ganze Sache somit jedenfalls ad acta gelegt, zumindest wollte er versuchen, den Mantel des Schweigens über diese Angelegenheit zu legen und auch Björn nicht mehr auf die Frage anzusprechen. Simon fand, „einfach so tun, als ob nichts gewesen wäre", wäre für die Situation am zuträglichsten. Wahrscheinlich fand er diese Strategie auch angebracht, weil er nicht wusste, dass Björn auch Emma bis ins letzte Detail eingeweiht hatte. Wahrscheinlich hätte Simon kein Auge mehr zugemacht, wenn er wüsste, dass auch Emma mit Björns „Idee" bereits konfrontiert war.

Es war nun einmal so, dass dieses Thema geboren war, auch wenn manch einer versuchte, es wegzuwischen und so zu tun, als wäre Björns Frage nie gestellt worden.

Die Entscheidung

„Hallo Simon, hattest du ein schönes Wochenende?", rief Björn hastig ins Telefon, als er Montagmorgen Simon anrief. Das montägliche Telefonat zwischen den Geschäftspartnern war obligatorisch, immerhin wurde dabei besprochen, welche Aktivitäten für den Online-Shop die kommende Woche auf dem Programm standen. Björn ließ Simon nicht einmal richtig Zeit, auf seine rhetorische Frage antworten, da legte er gleich nach: „Unser Abend in Salzburg war echt lustig, aber ich hatte den ganzen Samstag über ziemliches Kopfweh. Vielleicht doch etwas zu viel getrunken."

Es war offensichtlich, dass Björn versuchte, sein Gerede im Irish-Pub im Lichte des hohen Alkoholspiegels erscheinen zu lassen. Simon konnte natürlich nachvollziehen, dass das Ganze Björn ziemlich peinlich sein musste. So machte auch Simon nicht den Hauch einer Andeutung und versuchte auf „businiss as usual" zu machen. „Danke, ja ich war auch sehr müde und danke nochmals für die nette Einladung", antwortete er Björn, der deutlich angespannt am anderen Ende der Leitung Simons erste Stellungnahme erwartete. Um für Björn die offensichtlich unangenehme Situation zu entschärfen, fuhr Simon mit den geschäftlichen Belangen fort. Im Laufe des Telefonats war Björn nach dem Motto „Gott sei Dank, alles beim Alten" eine deutliche Entspannung anzuhören. Mit besonderem Eifer wollte Björn diese Woche eine bedeutende Erweiterung für den Online-Shop programmieren. Simon wusste, was er an Björn mit all seinem Wissen und seiner Fachkenntnis hatte, trotzdem war er immer wieder von Björns Neuerungen und

Weiterentwicklungen positiv überrascht. So gesehen war sich Simon sicher, dass sein Gegenüber genau wusste, was er tat und was er sagte, auch wenn mal etwas zu viel an Alkohol im Spiel war. Das war auch der Grund, warum Simon das Gesagte oder viel mehr das Gefragte nicht mehr richtig loslassen konnte. Er wusste, dass Björn sich insgeheim weiterhin mit dieser Frage beschäftigte, und Simon war sich selbst unsicher, ob er das in Zukunft schlichtweg ignorieren könne.

Als Björn Mitte der Woche bei Simon im Büro erschien, um ihm die ersten Ergebnisse seiner neuen Online-Shop-Erweiterungen zu zeigen, gelang es ihm nur selten, Simon in die Augen zu schauen. Immer wieder versuchte er, mit witzigen Bemerkungen abzulenken, um nur ja keinen Moment der Stille aufkommen zu lassen. Björns Strategie zielte darauf ab, das Geschehene künstlich zu überspielen. Der Haken dabei war, dass Björn alles andere als ein guter Schauspieler war.

Abends zu Hause sprach Simon seine Frau Greta darauf an. Er erzählte, dass Björn sich seit dem Abend in Salzburg so seltsam verhielt. „Er versucht krampfhaft abzulenken, so als wolle er das alles, was er mir gesagt hat, vergessen machen. Das trägt aber irgendwie dazu bei, dass auch ich das alles einfach nicht vergessen kann. Wenn ich morgens aufwache, muss ich daran denken, dass Björn wahrscheinlich wieder stundenlang grübelnd wach gelegen ist."

„Du musst mit ihm reden", gab Greta als Antwort. „Sprich ihn auf das an, erzähl ihm, dass du dir Gedanken machst, ganz offen und ehrlich!"

Simon wollte zunächst die Entwicklung in dieser Angelegenheit noch abwarten. Doch auch bei den künftigen Treffen war Björn nicht mehr der, der er eigentlich wirklich war. Als zur Wochenmitte wieder das Treffen in Simons Büro zur Geschäftsbesprechung anstand, legte Björn ohne große Umschweife den Laptop auf den Schreibtisch, und fing an die Zugriffszahlen auf die Homepage zu präsentieren. Da die Tür zum Büro nur angelehnt war, stand Simon auf, drückte die Tür ins Schloss, setzte sich wieder hin und sagte in einem trockenen Ton: „Schluss jetzt!"

Björn war verdutzt: „Was meinst du?"

„Du weißt genau, was ich meine!", sagte Simon laut. „Seit mehr als zwei Wochen, seit unserem Abend in Salzburg, bist du nicht mehr derselbe. Du fragst mich allen Ernstes, ob ich mit Deiner Frau schlafen und mit ihr ein Kind zeugen würde, und versuchst mir dann vorzuspielen, dass alles in Ordnung sei?"

Björn senkte den Kopf, während Simon fortfuhr. „Weißt du eigentlich, wie ich mich dabei fühle? Einerseits ausgenutzt, weil ich mich frage, ob das, auch was unsere Freundschaft betrifft, schon immer dein Hintergedanke war, andererseits voller Sorge, wie riesig deine Probleme sein müssen, dass du auf so eine Idee kommst!"

Björn fing in diesem Moment zu weinen an. Da war es wieder, dieses gewaltige Kontrastbild. Ein gestandener Mann, an dem alles zu groß geraten schien, und der dann da saß wie ein kleiner Junge, der sich die Tränen hastig aus dem Gesicht wischte. „Wie kannst du so etwas glauben, ich habe noch nie so eine Freundschaft zu jemandem wie dir gehabt", schluchzte er. „Im Laufe der Zeit, als ich gesehen hab, wie ihr euch um eure Kinder bemüht, welche tolle Familie ihr seid, vor allem, was du für ein toller Vater bist, da ist auch in mir dieser Riesenwunsch entstanden. Du bist einer der wenigen Menschen auf der Welt, denen ich rundum vertraue, zu 100 Prozent und mehr, sonst hätte ich nie nach so vielen Jahren meinen Job gekündigt. Und, ja, ich vertraue dir so sehr, dass ich dir auch meine Frau, die ich über alles liebe, anvertrauen würde."

Simon, der inzwischen von seinem Bürosessel aufgestanden war, unterbrach Björn: „Denk einmal daran, wenn Emma davon erfahren würde, was das für sie bedeuten würde, allein bei dem Gedanken müsstest du ja Angst kriegen."

„Sie weiß alles, ich habe mir ihr gesprochen, über alles!"

In dem Moment, als Björn diese Worte aussprach, musste sich Simon setzen, vielmehr fiel er in den Sessel, verschränkte die Hände hinter dem Kopf und war schlichtweg fassungslos. Mehrere Male musste Simon ansetzen, um wieder Worte zu finden: „Du hast ihr alles gesagt ... und jetzt hast du den Salat. Darfst du noch daheim schlafen, oder hat sie dich vom Hof gejagt?"

„Sie versteht mich ... irgendwie!", gab Björn zur Antwort.

„Was heißt, sie versteht dich?", hakte Simon nach und Björn meinte weiter: „Anfangs war sie wirklich geschockt, aber dann hat sie gleich einmal verstanden, wie sehr mich unsere Ehe ohne Kinder wirklich belastet. Sie hat zwar gelernt, damit umzugehen, aber dann auch zugegeben, dass auch sie noch darunter leidet. Wir wissen, dass wir dieses Thema nicht mehr anstehen lassen dürfen und sie hat Angst, dass du dich jetzt von uns abwendest."

Björn stand auf und begann wieder zu weinen. Simon, der emotional nie so nah am Wasser gebaut war, stand ebenfalls auf und nahm Björn in den Arm, wodurch dieser noch emotionaler wurde: „Simon, du bist wie ein Bruder für mich!"

Simon klopfte Björn während der Umarmung auf die Schulter und tröstete ihn: „Wir kriegen das hin, mein Freund, aber lass uns jetzt weitermachen. Wenn uns jemand so sieht, könnte man glauben, wir seien schwul!"

Björn konnte sich bei Simons Aussage ein verweintes Lächeln nicht verkneifen und wischte sich mit einem Taschentuch die Tränen aus dem Gesicht. „Ja, lass mich dir endlich meine Präsentation zeigen, an der ich hart gearbeitet habe, deswegen bin ich ja eigentlich da", gab Björn in seiner wiedererstarkten, coolen Art zurück. Die Aussprache war Balsam zwischen den beiden. Die gesamte Verkrampfung der letzten Wochen hatte sich mit dem Gespräch förmlich in Luft aufgelöst. Björn konnte Simon wieder in die Augen schauen und der gordische Knoten, der sich zwischen den beiden gebildet hatte, war nahezu gelöst. Beide wussten, dass viele Fragen offen waren und vielleicht auch nie beantwortet werden würden, aber die Erleichterung, dass die Freundschaft offensichtlich keinen Schaden nahm, war besonders für Björn groß.

Als sich Simon über die großartigen Zahlen des Online-Shops freute und Björn zur Tür ging, sagte Simon noch: „Übrigens, Greta weiß auch über alles Bescheid!"

„Oh Mann!", meinte Björn und presste seine Lippen zusammen: „Wie hat sie reagiert?"

„Sicher am coolsten von uns allen!", gab Simon zur Antwort.

Als Björn zuhause ankam, erzählte er Emma beim Mittagessen jedes einzelne Detail der Aussprache mit Simon. Emma war besonders gespannt, was Simon dazu alles zu sagen hatte. Dass auch Greta von Björns Idee wusste, war Emma ziemlich peinlich, aber so wie sie Greta kannte, war sie sich sicher, dass sie das mit ihr gut ausreden konnte. Sie würde ihr erklären, dass sie gar nicht mitbekommen hatte, wie sehr Björn eigentlich leidet, auch davon nichts, dass er nachts stundenlang wach lag und sich dabei so eine „Schnapsidee" zusammenkonstruiert hatte. Emma war jedenfalls froh, dass die ganze Geschichte der Freundschaft offensichtlich keinen Abbruch tat. Allein die Vorstellung war für sie furchtbar.

Indes war auch Simon zu Hause angekommen. Die Kinder waren noch nicht von der Schule zurück und Greta erwartete ihren Mann schon mit dem Mittagessen. Natürlich erzählte auch Simon in allen Einzelheiten über die Aussprache mit Björn und darüber, dass alles wieder in Ordnung und die befremdliche Anspannung zwischen den beiden abgefallen war.

„Und hilfst du ihnen?", fragte Greta.

„Was meinst du?", hakte Simon nach.

„Ja, ob du ihnen hilfst. Die Idee von Björn?!"

Simon war ziemlich verdutzt, da er glaubte, mit dem heutigen Gespräch einen Schlusspunkt unter die ganze Angelegenheit gesetzt zu haben.

„Du meinst, dass ich mit Emma schlafen soll?", fragte Simon etwas provokant.

„Nein, dass du mit Emma ein Kind zeugst. Darum hat dich Björn ja schließlich gebeten?", präzisierte Greta.

„Du meinst das jetzt aber nicht im Ernst, oder? Du willst mich verarschen, ja?", sagte Simon schroff.

„Nein, aber du hast die Frage von Björn ja noch nicht beantwortet. Björn hat den Mut aufgebracht, dir diese Frage zu stellen, die wahrscheinlich kein Mensch auf der Welt so seinem Freund gestellt hat, und du hast noch nicht den Mut gehabt, ihm eine Antwort zu geben!" Da war sie wieder, die Journalistin, die in Greta hervorkam und beinharte Fragen stellen konnte. Simon wusste im ersten Moment nicht, wie er reagieren sollte. Ob er jetzt aufstehen und die Tür hinter sich wütend zuschlagen oder Gretas Herausforderung annehmen sollte. Er wählte die zweite Option: „Ich habe genug Mut und ja, ja, ich könnte mir vorstellen mit Emma zu schlafen. Ja, den beiden ein Kind zu schenken, würde mich wahrscheinlich glücklich machen. Ja, ich könnte es, aber könntest du es?", meinte er zu Greta fragend.

„Ja, ich könnte es akzeptieren, weil es wahrscheinlich nichts Größeres an Güte und Liebe gäbe! Überall auf der Welt werden sekündlich Menschen getötet, aus jämmerlichen Motiven. Was bedeutet es da, jemandem aus innigster Freundschaft ein glückliches Leben zu schenken? Und, ja, vor allem könnte ich es, weil mein Vertrauen und meine Liebe in dich stärker sind als jedes dunkle Gefühl von Eifersucht, Missgunst, Neid oder Ähnlichem!"

Simon ließ die beeindruckenden Worte auf sich wirken, die ihn in gewisser Weise wie an eine Predigt erinnerten, aber so wie Greta die Worte von sich gab, mit ihrer überzeugenden Stimme, mit ihrem Ausdruck, den sie in den Augen hatte, musste man förmlich das Gesagte als tief empfundene Wahrheit anerkennen. Es war so ruhig in der Küche, dass man die Uhr ticken hören konnte, als Simon die Stille brach: „Ich werde mit Emma reden, vielleicht erübrigt sich ohnedies alles von selbst."

Greta nahm mit einem Lächeln Simons Hand und drückte sie ganz fest. Als die Kinder bei der Tür hereinkamen, sprang sie vom Tisch auf und küsste die Mädels, die schon ziemlich hungrig waren.

Simon nahm seine Jacke, liebkoste die Kinder und erzählte, dass er noch etwas zu erledigen habe, setzte sich ins Auto und fuhr los.

Er machte sich auf den direkten Weg zu Emma und Björn. Er wusste, wenn er bestärkt durch Greta nicht gleich seinen Standpunkt klar machen würde, würde wieder alles ins Unentschlossene verfallen. Hastig fuhr Simon die Straße zum Bauernhof empor und läutete an der Tür. Björn öffnete die Tür und bat Simon, ziemlich überrascht über den unangekündigten Besuch, ins Haus zu kommen. Doch Simon sagte, dass er gleich wieder ins Geschäft müsse, aber zuvor den beiden etwas Wichtiges zu sagen hätte. Inzwischen kam auch Emma zur Haustüre, fast ein wenig schüchtern, weil sie angesichts der Vorkommnisse nicht wusste, wie sie Simon gegenüber reagieren sollte.

„Björn, ich habe heute ausführlich mit Greta gesprochen", sagte Simon entschlossen. „Und, ja, wir wollen euch helfen. Ihr seid unsere besten Freunde, wir wollen dass ihr auch glücklich seid. Deine Idee, Björn, sie ist verrückt und dennoch voller Menschlichkeit, und wenn auch für dich, Emma, dieser Weg der richtige ist, damit du und Björn glücklich werden könnt, dann gehe ich diesen Weg mit dir. Ich weiß noch nicht, wie das alles funktionieren soll, aber, ja, ich helfe euch!"

Bei den letzten Worten ging Simon, dessen Herz aus der Brust zu springen drohte, bereits wieder zurück zum Auto und fuhr davon. Zurück ließ er zwei Menschen, die an der

Tür ihres Bauernhauses standen und nicht den Funken einer Ahnung hatten, wie ihnen gerade geschehen war.

Die Vereinbarung

Mit offenem Mund schauten sich Björn und Emma in die Augen. Niemand wusste das Geschehene einzuordnen, und die passende Emotion dazu zu finden. Björn sagte lediglich: „Jetzt liegt es an dir."

Emma war völlig durch den Wind. Sie hatte sich in den letzten Wochen, seitdem Björn ihr von seiner Frage an Simon erzählt hatte, immer wieder Gedanken gemacht. Sie hatte sich in ihrer Fantasie ausgemalt, ob das alles wirklich irgendwie funktionieren konnte. Alles rational Denkende in ihr schrie gegen diese ungewöhnliche Idee, aber auch für Emma war es eine fast unwiderstehliche Verlockung, in ihren Träumen zu sehen, wie sie ein Kind bekam und mit Björn richtig glücklich war. Ein Kind von einem anderem Mann, aber einem für Emma besonderen Mann. Nicht nur ein Freund. Für Emma war Simon seit dem ersten Kletterausflug mehr als das. Ein Mann, auf den sie sich völlig verlassen konnte und zu dem sie sich auf eine für sie undefinierbare Weise hingezogen fühlte. Emma erwischte sich auch immer wieder selbst bei dem Gedanken, wie es wäre, wenn Simon sie berühren würde. Diesen Gedanken empfand sie nicht nur als angenehm, sondern er berührte auch ihre erotische Fantasien, für die sie sich im nächsten Augenblick auch wieder schämte. In ihrer Welt war ein heilloses Durcheinander, das ihr ihr eigener Mann eingebrockt hatte. Dennoch wusste Emma, dass Björns Idee nur deswegen entstanden war, weil beide diesen innersten Wunsch über Jahre unter den Teppich gekehrt hatten. Vielleicht hatte ja Björn, sollte sein Plan aufgehen, über kurz oder lang auch ihre Ehe gerettet. In dem ganzen Wirrwarr, in dem sich Emma befand, in diesem heillosen Hin und Her, war für Emma vorerst nur eines wichtig – sie musste mit Greta reden. Was meinte Simon damit, mit ihr sei alles besprochen? Emma war fest der Meinung, dass Greta innerlich vor Wut schäumen musste. Sie wusste, dass Greta nachmittags meist zu Hause war, und machte sich ohne telefonische Vorankündigung auf den Weg.

Als Emma vor Gretas Haus stand, hätte sie am liebsten Reißaus genommen. Die ganze Geschichte war ihr peinlich, irreal, ein Horror und Märchen zugleich. Als Emma an der Tür läutete, öffnete Anna diese und bat Emma, auf die Terrasse zu kommen. Greta saß gerade am Laptop und tippte an einem Artikel, als der unerwartete Besuch auftauchte. Greta begrüßte Emma herzlich, wie immer, und Emma fiel dabei der erste Stein der Erleichterung von den Schultern. Sie hatte bereits die Befürchtung, die Begrüßung würde alles andere als herzlich ausfallen. Emma fiel gleich mit der Türe ins Haus: „Mir tut das alles so leid, die ganze blöde Diskussion, die Björn da losgetreten hat, seit Tagen dreht sich mir der Kopf, weiß nicht vor noch zurück!"

Greta versuchte mit ihrer ruhigen Art, auch Emma zu beruhigen, bat ihre Tochter Anna, einen Kaffee zuzubereiten und meinte in der für sie typischen Art: „Emma, ich kann dir nur das gleiche sagen, das ich auch Simon gesagt habe. Ich kann aber auch nur für meinen Teil sprechen und, ja, ich könnte damit leben, weil ich euch, vor allem dich, Emma, in mein Herz geschlossen habe. Björns Vorschlag ist unorthodox, aber für mich ist das alles auch ein Akt von Güte und Menschlichkeit. Und um ins Detail zu gehen, es beim Namen zu nennen: Ja, ich kann mir vorstellen, dass du genau aus diesem Grund mit meinem Mann eine Nacht verbringst. Eine einzige Nacht! Du wünscht dir ein Kind der Liebe. Es soll Liebe für eine Nacht sein. Wenn es auch Gottes Wille ist, dann wird in dieser Nacht dein und Björns Traum wahr. Es tut mir fast ein bisschen leid, dass es den Anschein hat, dass ich das alles so nüchtern sehe, aber im Gegenteil, für mich ist das eine Entscheidung aus Liebe, so wie ich auch Simon über alles liebe und mein Vertrauen in ihn unendlich ist. Es liegt an dir, ob du das auch alles so siehst und du das überhaupt auch so willst."

Emma verfolgte hochkonzentriert jedes einzelne Wort, das Greta aussprach. „Was bist du für ein außergewöhnlicher Mensch!", sagte Emma. „Wenn ich nur daran denke, alles wäre umgekehrt, ich weiß nicht, ob ich auch so eine offene, menschliche Sicht auf die Dinge hätte. Ich fürchte, nicht."

„Das kannst du nicht wissen", antwortete Greta. „So schön die Treffen mit euch sind, es tut uns weh, ansehen zu müssen, wie liebevoll Björn mit unseren Kindern umgeht und leidet, weil er als Vater so etwas nie erleben darf. Umgekehrt sind da deine krampfhaften Versuche, Anna und Rosa nicht zu nah an dich heranzulassen, nur damit du nicht noch mehr verletzt wirst."

„Aber ich mag sie!", entgegnete Emma, worauf Greta meinte: „Ja, das weiß ich doch, genauso, wie ich weiß, dass du Simon sehr magst. Das sieht man daran, wie ihr euch anschaut!"

„Aber ich würde niemals …", sagte Emma peinlich berührt und wurde sogleich von Greta wieder unterbrochen. „Ja, ich weiß, und das darf auch alles so sein. Ganz sicher!"

Emma saß da wie ein Häufchen Elend. Neben dieser selbstbewussten, weltoffenen Frau verging sie in diesem Moment förmlich in ihrer eigenen Unsicherheit. „Bist du in deinen Artikeln auch immer so schonungslos offen?", fragte Emma nach und löste damit etwas von ihrer inneren Anspannung.

„Ja das bin ich", lachte Greta, umarmte ihre Freundin herzlich und gab noch ein „Wir schaffen das" von sich, worauf Emma meinte: „Ich danke dir für deinen Mut, Greta. Ich hoffe, ich kann ihn auch aufbringen. Der Traum von einem eigenen Kind, irgendwie ist er auf einmal zum Greifen nahe!"

„Nimm dir die Zeit, die du brauchst. Überleg dir alles! Wenn du möchtest, treffen wir uns nächstes Wochenende auf unserer „Problembesprechungshütte", auf der wir zuletzt waren, als Björn und Simon ihre Firmenpläne besprochen haben. das ist ein guter Boden dafür", sagte Greta eindringlich, bevor Emma sich verabschiedete.

Beim Nachhausefahren grübelte Emma noch über Gretas Worte. Irgendwie spürte sie, dass es eigentlich gar kein Zurück mehr gab. Viel zu weit hatte sich die Idee und die Entschlossenheit in ihrem und wohl auch allen anderen Köpfen schon festgesetzt. In ihrem tiefsten Inneren hatte Emma wohl die Entscheidung schon getroffen, als sie das erste Mal davon gehört hatte. Jetzt, wo sich für sie und Björn eine Lösung eines jahrelang aufgestauten Problems ergab, wollte sie mutig sein und das außergewöhnliche Angebot annehmen. Zuhause klopfte sie an Björns Tür zum Arbeitszimmer, der alles liegen und stehen ließ, als Emma ihm von ihrem Gespräch mit Greta erzählte. Björn konnte es ebenfalls so wenig fassen wie Emma. Seine

„analytisch-grenzgeniale" Idee dürfte tatsächlich aufgehen. In den kommenden Tagen verfestigte sich bei Emma die Entscheidung und sie schrieb eine SMS an Greta: „Können wir uns, wie von dir vorgeschlagen, wieder einmal auf eurer Hütte treffen?"

Die Antwort von Greta ließ nicht lange auf sich warten: „Perfekt. Kommenden Samstag, 11 Uhr? Es gibt Schweinsbraten mit Knödel und Sauerkraut!"

Als sich der Samstag näherte, wurde Emma zusehends nervöser. Die ganze Runde hatte sich schon lange nicht mehr getroffen und sie war gespannt, wie sich die Aufregung der letzten Wochen auf das Zusammensein auswirkte.

Als Björn und Emma die Schotterstraße zur Almhütte hinauffuhren, stieg mit jedem Höhenmeter auch die Spannung auf das, was an diesem Wochenende auf der Berghütte passieren würde. Als sie das Auto vor der Hütte parkten, tollten bereits die Kinder auf der Wiese herum. Kaum ausgestiegen, fielen sie auch schon Björn um den Hals. Zeitgleich kamen Simon und Greta aus der Hütte. Als sie die Kinder sahen, mit welcher Freude sie die beiden und vor allem Björn begrüßten, war dies ein Moment, der alle Anspannung mit einem Schlag auflöste. In diesem Augenblick schien sich jeder letzte Zweifel in Luft aufzulösen. Jeder trug in sich das tiefe Gefühl, eines zu tun, nämlich das absolut Richtige. Simon und Greta begrüßten die beiden ihrerseits mit einer herzlichen Umarmung.

Beim Betreten der Hütte roch es bereits würzig nach Schweinsbraten und das schlechter werdende Wetter machte das Ganze noch heimeliger. Es wurde gegessen, Kaffee getrunken und mit den Kindern Familienspiele gespielt. Als sich die Dunkelheit über die Berge gelegt hatte, zündeten sie, obwohl es Solarstrom auf der Hütte gab, die alten Petroleumlampen an. Björn erzählte den Kindern noch die obligatorische Gute-Nacht-Geschichte, worauf die Kinder, müde vom Herumtollen, in einen tiefen Schlaf fielen. Als Björn zurück in die Stube kam, saßen die drei bereits vor einem Glas Rotwein. Das Feuer loderte im Ofen und das warme Licht der Petroleumlampen fand sich als angenehmes Flackern in den Gesichtern wieder. Als Björn sich hinsetzte, musste Simon grinsen. „Jetzt sitzen wir da und irgendwie sind wir alle ganz schön schräge Vögel!"

Die Runde lachte mit Simon und Emma wusste, dass der richtige Zeitpunkt gekommen war: „Ja, du sagst es Simon, es ist das alles irgendwie schräg, aber eigentlich ist euer Angebot viel mehr. Es ist einzigartig und voller Hilfsbereitschaft und Liebe. Dass du mir den Wunsch nach einem eigenen Kind erfüllen willst, Greta das akzeptiert und dir vertraut, ist für uns menschlich gesehen unermesslich. Ich denke, dass wirklich das Schicksal Regie geführt hat, als es uns zusammengeführt hat. Und wie Greta auch gemeint hat, soll auch das Schicksal entscheiden, ob Björn und ich dank dir, Simon, Eltern werden dürfen oder nicht. Eine Nacht, eine einzige Nacht, soll darüber befinden, und wenn es der liebe Gott so will, dann soll es auch so sein." Emma nahm, während sie die wohlgewählten Worte sprach, Gretas und Simons Hand und Björn legte indes seinen Arm über Emmas Schultern. Es war, als hätte sich durch Emmas Worte ein Schwur auf den Freundeskreis gelegt. Alle waren miteinander verbunden und nichts auf der Welt sollte diesen Kreis sprengen können. Nach kurzer Stille kam in Björn wieder jener Analytiker zum Vorschein, der die ganze Sache hervorgesponnen hatte.

„Selbstverständlich gibt es eine Vereinbarung", schilderte er. „Eine Vereinbarung, in der enthalten ist, dass ihr jedenfalls schadlos gehalten werdet, dass ihr, sollte Emma ein Kind bekommen, nie finanziell belangt werden könnt!"

„Wie unromantisch!", neckte Greta Björn mit einem Augenzwinkern und Simon meinte schließlich: „Emma, nimm dir die Zeit, die du brauchst. Du sagst, wenn du soweit bist. Wir werden die besagte Nacht, das habe ich auch mit Greta besprochen, hier heroben verbringen, natürlich nur, wenn du das auch möchtest. Es gibt keine Fragen, keine Antworten, kein Gerede, keine Eifersucht, es gibt nur eines …Vertrauen!"

„Ich danke euch aus tiefstem Herzen!", kam es noch von Björn, worauf Simon noch sagte: „Wir beginnen jetzt in diesem Moment. Es ist alles besprochen, mehr gibt es nicht mehr zu sagen. Lasst uns das Leben so weiterleben, wie wir es bisher gelebt haben, und lassen wir uns einfach vom Schicksal führen!"

Greta, die Simon selten so tiefsinnig erlebt hatte, war von seinen Worten angetan und auch sie hatte an diesem mystisch wirkenden Abend noch einen Beitrag zu leisten: „Ich will euch, weil es irgendwie dazu passt, eine Geschichte erzählen, die ich im Zuge von Recherchen für einen meiner Artikel erlebt habe. Ihr müsst genau aufpassen, weil es doch ziemlich kompliziert ist. Es ging in diesem Artikel darum, dass ein Ehepaar zusammengeblieben ist, obwohl sich die Frau irgendwann dazu bekannt hat, ein Mann zu sein. So wurde aus einer einst hübschen Frau ein Mann, mit Hormonbehandlung, Brustverkleinerung und allem Drum und Dran. Als ich dann zu einem Interview bei dem Paar zu Hause war, war ich zutiefst beeindruckt. Der Ehemann, der sich plötzlich anstatt seiner hübschen Frau einem neuen Mann gegenübersah, meinte, dass er keine homosexuellen Neigungen habe, aber seine Frau über alles liebte. Jetzt zu seinem neuen Ehemann, habe er ein tieffreundschaftliches Verhältnis aufgebaut. Das, und zu sehen, dass seine ehemalige Frau ihre Bestimmung gefunden hat, reiche ihm für den Rest seiner Tage. Und jetzt kommts: Der neue Ehemann durfte hingegen seinen Trieb mit anderen schwulen Männern ausleben, möchte aber ebenfalls bis zum Ende seiner Tage mit seinem Ehemann zusammenbleiben, weil er die Liebe des Lebens sei. Ich meine, da sieht man eigentlich, was Liebe und Freundschaft alles können. Es macht schier Unmögliches möglich und ist die stärkste Kraft die wir haben".

Die vier diskutierten angestoßen durch diese Geschichte angeregt weiter und jeder hatte noch interessante und manch skurril-lustige Geschichte parat. Es war wohl eines der schönsten Treffen, das die vier in dieser besagten Nacht auf der Berghütte erlebten. Geprägt von einer Leichtigkeit, Gelassenheit und dem Gefühl tiefer Vertrautheit. Erst spät in der Nacht gingen die Freunde zu Bett.

Am Morgen des nächsten Tages wurden die Geschichten des vorangegangenen Abends noch weiterdiskutiert. „Also, die Geschichte mit der Frau, die zum Mann wurde, ist schon ziemlich krass", meinte Björn, der von dieser Erzählung noch immer begeistert war.

Simon fragte in Anlehnung an Björns „Einfallsreichtum", ob er nicht auch bei dieser Geschichte „die Hand im Spiel hatte". Es folgte Gelächter von allen Seiten. Es war sehr erfrischend, mit welcher Leichtigkeit die vier mittlerweile mit dem Projekt „Ein Kind für Björn und Emma" umgingen. Als es anging, sich zu verabschieden, kam dem Satz „Also, ich melde mich, ja?", den Emma zu Simon sagte, eine besondere Bedeutung zu. Es war quasi eine indirekte Botschaft an Simon, dass Emma sich melden würde, sobald sie sich bereit fühlte. Bereit, mit Simon eine Nacht auf der Hütte zu verbringen, und damit vielleicht den Traum vom eigenen Kind wahr werden zu lassen.

Die Vorbereitungen

Die kommenden Tage und Wochen waren für Emma voller Spannung und Aufregung. Dazu machte sich in gewisser Weise auch eine Art Vorfreude breit. Allein, dass aus unmöglich möglich wurde, ließ Emmas Optimismus in schier unendliche Höhen steigen. Ihr ganzes Denken, ihr ganzes Handeln, ihr ganzes Fühlen bis in jede einzelne Zelle ihres Körpers stellte sich auf ein Thema bzw. einen Themenkreis ein – Schwangerschaft. Emma beschäftigte sich vor allem damit, wie man die Wahrscheinlichkeit, schwanger zu werden, erhöhen konnte. Björn bot sogar an, ein Programm am Computer zu schreiben, welches abgestimmt auf Emmas Zyklus in der Lage war, die für sie fruchtbarsten Tage zu berechnen. Doch Emma beschwichtigte ihr Computergenie.

„Sorry, Björn, aber solche Kalender gibt es zuhauf im Internet zu finden. Ich denke, du hast mit deiner analytischen Idee schon deinen Beitrag geleistet, alles andere überlassen wir dem Schicksal."

Ganz so war es aber doch nicht. Emma wollte ihrem Schicksal gehörig auf die Sprünge helfen. Sie war in engem Kontakt mit einer Freundin in ihrer bayrischen Heimat. Diese war zwar Kinderärztin in einem Krankenhaus, keine Gynäkologin oder Frauenärztin, aber Emma hatte zu ihr schon immer großes Vertrauen. Selbstverständlich erzählte Emma ihrer Freundin nichts von ihrem außergewöhnlichen Vorhaben, sie gab lediglich vor, dass es mit Björn nicht so recht klappte und sie wolle sich Tipps holen, wie es doch noch funktionieren könnte. Die Kinderärztin gab Emma mehrere hochinteressante Tipps, wann aus wissenschaftlicher Sicht der beste Zeitpunkt des Geschlechts-verkehrs war, gab Ratschläge wie, sie solle nach dem Akt eine Zeit lang nicht aufstehen und ein Polster unter ihren Po legen, empfahl ihr, die Einnahme eines Folsäure-Präparates und gab ihr einen wohl entscheidenden Tipp: „Du darfst es nicht erzwingen wollen", so die Ärztin am Telefon. „Mach dich gedanklich frei und lass es einfach passieren. Die psychologische Seite ist beim Wunsch, schwanger zu werden, ganz entscheidend!"

Emma befolgte die Ratschläge ihrer Freundin ganz genau. Sie betrieb leichten Sport, verpflegte sich gesund und arbeitete vor allem an ihrer Einstellung. Sie versuchte sich immer wieder vorzusagen, dass alles so passieren würde, wie es passieren sollte, dass ihr ganzer Körper bereit für ein Kind sei, sie auch bereit sei sich mit Simon zu ver-einen. Sie meditierte, um jeglichen Druck von sich abzu-wenden, und ihr ganzes Sein fokussierte sich auf diesen einen Zeitpunkt.

Björn unterstützte Emma so gut es ging. Vor allem ver-suchte er mit dem Gedanken klarzukommen, dass Emma mit einem anderen Mann schlafen würde. Aber da er es war, der alles ins Rollen gebracht hatte, musste er lernen, mit diesen Gefühlen der Eifersucht und Verlustangst um-zugehen. Er schwor sich, jeden einzelnen Funken an Ge-danken, der in dieser Hinsicht aufkam, im Keim zu ersti-cken. Vor allem, wenn er mit Emma schlief und es immer wieder zum Teil panische Anflüge dieser Gedanken gab, blockte Björn diese mit all seiner Kraft ab. Wenn er seine Gedanken daran nicht abstellen konnte, setzte er sich in seinen Computerraum und arbeitete am Onlineshop. Ande-rerseits stellte er sich Simon nicht als den Mann vor, der bald mit seiner Frau schlafen würde, sondern als einen wahrhaften Freund, zu dem er fast schon brüderliche Gefühle hatte und der ihm half, das endgültige Glück zu finden.

Simon selbst sah der außergewöhnlichen Zusammenkunft in gewohnt gelassener Manier entgegen. Bevor er mit Greta zusammenkam, hatte er mit zahlreichen Frauen geschlafen, und bei allem, was mit diesem Thema zu tun hatte, hatte Simon glücklicherweise auch nie den Ansatz von irgendwelchen Problemen gehabt. Was Emma betraf, versuchte Simon seine erotischen Gedanken hintenanzustellen. Emma war genauso wie Greta eine wunderschöne Frau. Sie war zierlich und ein Blickfang für die Männerwelt. Auch wenn Simon Gefühle für Emma hatte, sich zu ihr auf eine gewisse Art und Weise hingezogen fühlte, er liebte Greta über alles und er wollte Gretas Großherzigkeit und fromme Gedanken nicht bloßstellen, indem er den Akt mit Emma nur als erotischen Höhepunkt sah. Er stellte, zumindest versuchte Simon es mit aller Kraft, diese bevorstehende Nacht als Akt dar, der einzig und allein dafür gedacht war, Emma und Björn ihren größten Wunsch zu erfüllen. Ihnen als Beweis innigster Freundschaft, ein Kind zu schenken. Simon war sich zudem sicher, dass auch Emma ihr intimes Treffen unter diesem Gesichtspunkt sehen würde. Greta sah die Angelegenheit ohnehin gänzlich gelassen. Ihrer Einstellung zufolge musste man fast glauben, Greta würde Simon nicht mehr genug lieben, oder hatte selbst eine Affäre am Laufen: Wie sonst könnte sie ihre Zustimmung dazu geben, dass ihr Mann mit einer anderen Frau schläft? Aber nichts von all dem war der Grund für Gretas außergewöhnliche Einstellung. Es war vielmehr

Gretas außergewöhnliche Persönlichkeit und ihre Einstellung zum Leben selbst. Sie hatte sich schon früh in ihrem Leben dem Schicksal ergeben. Sie war 21 Jahre alt gewesen, als sie Ihre Liebe zur Fotografie entdeckt hatte. Eines Tages hatte sie sich an einem frischverschneiten Wintertag auf den Weg gemacht, um Aufnahmen der weißen Pracht im Wald zu machen. Gedankenverloren stieg sie in der Nähe ihres Heimathauses einen steilen Steig hinauf, der an den steilsten Stellen mit einem Holzzaun gesichert war. Wahrscheinlich schon hunderte Male war sie diesen Steig gegangen. Der frische Schnee, der in der Nacht gefallen war, hatte die eisigen Stellen des Weges überdeckt und immer wieder mal rutschte Greta aus. Ihre gesamte Aufmerksamkeit lag aber auf dem Blick durch die Kamera. Sie war von dem Sonnenlicht, das durch die frisch verschneiten Nadelbäume fiel, völlig fasziniert. Fast am Ende des Steiges, der auf eine Lichtung mit einer kleinen Kapelle führte, ragte ein fingerdicker Ast eines Strauches in den Steig hinein. In einer Hand hielt Emma die teure Spiegelreflexkamera, durch deren Objektiv sie immer wieder blickte. Gedankenverloren griff sie mit der anderen Hand nach dem Ast, der in den Weg ragte, nicht um Halt zu finden, sondern vielmehr, um den Ast aus dem Weg zu räumen. In diesem Moment riss es Greta beide Füße weg. Der Schnee hatte den spiegelglatten Abschnitt des Weges verdeckt und Greta hatte völlig den Halt verloren. Instinktiv hatte sie sich an jenem Ast, der zufällig vor ihr in den Weg ragte, festgehalten. Die Kamera hatte Greta sich umgehängt, sonst wäre sie durch die Wucht, mit der es sie von den Füßen riss, wohl in weitem Bogen weggeschleudert worden. Greta hatte inzwischen auch mit der zweiten Hand nach dem Ast gegriffen, weil sie spürte, dass ihr ganzes Gewicht plötzlich an diesem hing. Greta versuchte zu begreifen und sich zu orientieren. Ihre Füße fanden keinen Halt, sie trat immer wieder ins Leere und rutschte auch beim Versuch, mit den Fußspitzen einen Tritt zu finden, auf dem vereisten Gelände ständig ab. Eine Frage bohrte sich plötzlich in Gretas Kopf. Wo war der Zaun, der sie vor dem gähnenden Abgrund bewahren sollte? Sie konnte nicht einmal mit einer Hand versuchen, nach dem vermeintlichen Zaun zu greifen, zu sehr war sie damit beschäftigt, sich an dem dünnen Ast festzuhalten. Es war für Greta zunächst nicht zu begreifen, in welcher Situation sie sich gerade befand. Instinktiv wusste sie dass sie sich, bevor die Kraft gänzlich schwand, auf den dünnen Ast verlassen musste, um sich daran mit all ihrer Kraft wieder auf den Steig hinaufzuziehen. Ihre Beine strampelten in alle Richtungen, um ihre Anstrengungen, sich nach oben zu ziehen, zu unterstützen. Erst nach einigen Minuten, für Greta war es eine gefühlte Ewigkeit, gelang es ihr schließlich, sich in Sicherheit zu bringen. Allein mit der Kraft ihrer Hände war ihr dies gelungen.

Greta kroch auf allen vieren weiter, bis sie spürte, dass sich der eisglatte Untergrund in griffigen Schnee verwandelte. Erschöpft blieb sie sitzen und in dem Moment, als sie sich eigentlich erholen wollte, schoss es ihr mit einem Schlag einen Adrenalinstoß ins Blut, dass sie glaubte, ihr Herz springe aus ihrer Brust heraus. Es war der Moment, in dem Greta realisierte, in welcher Situation sie sich befunden hatte. Eine Schneerutschung in der Rinne, die sie überquert hatte, hatte nicht nur den Untergrund vereist, sondern auch den gesamten Schutzzaun weggerissen. Sie hing mit dem Großteil ihres Körpers über einem 60 Meter tiefen, gähnenden Abgrund und ihr ganzes Leben hing an einem fingerdicken Ast, den sie kurz zuvor ergriffen hatte. Greta konnte ihren Atem genauso wenig beruhigen wie ihren Geist. Sie hatte um eine Haar überlebt, war sich die ganze Zeit über, in der sie an dem Ast hing, nicht einmal bewusst, dass sie sich in absoluter Lebensgefahr befunden hatte. Jetzt, wo ihr auf einen Schlag die Tragweite dieses soeben erlebten Vorfalls bewusst wurde, war es, als würde ihr Körper und ihre Seele in eine Schockstarre verfallen. Sie konnte keinen Schritt mehr weitergehen. Handys gab es zwar zu der Zeit schon, aber Greta hatte noch keines besessen.

Es dauerte eine halbe oder ganze Stunde, Greta wusste es nicht mehr genau, bis die ersten Spaziergänger den Weg heraufkamen. Noch lange, bevor diese an die gefährliche Stelle kamen, warnte Greta sie davor. Da die Spaziergänger sich nicht trauten, über die eisige Stelle Greta zur Hilfe zu kommen, riefen diese die Bergrettung. Mit Steigeisen und einer Seilsicherung kam diese schließlich zu Hilfe und brachte Greta nach Hause, wo ihre Eltern und ihre Schwester es nicht fassen konnten, was Greta passiert war.

Greta hatte nach diesem Vorfall nächtelang Albträume. Sie konnte es sich nicht begreiflich machen, dass sie plötzlich, aus heiterem Himmel, in Lebensgefahr geriet und einem dünnen Ast ihr Leben verdankte. Sie stellte sich die Frage, warum gerade an dieser, und nur an dieser Stelle, der dünne Ast in den Weg ragte. Wer war es, der ihr Leben bewahrte? In Beantwortung dieser Fragen entwickelte Greta einen tiefen inneren Glauben. Sie war alles andere als eine Kirchgängerin gewesen, doch nunmehr trug sie einen

Glauben an Gott, an das Schicksal, in sich, den wahrscheinlich nur jemand entwickeln konnte, der Ähnliches erlebt hatte. Von nun an, vertraute Greta darauf, dass es im Leben so etwas wie ein unabänderliches Schicksal gäbe. Ein Schicksal, von dem sie sich in ihrem weiteren Leben führen lassen wollte, im Vertrauen, dass Gott es war, der sie beschützen und sie ihrer Bestimmung zuführen sollte. In diesem unerschütterlichen Glauben war Greta überzeugt, dass jede Begegnung und jedes Ereignis im Leben für etwas gut war. So sah sie auch die Begegnung mit Björn und Emma. Es war wohl dieses Ereignis vor fast 20 Jahren, welches Greta zu diesem außergewöhnlichen Menschen werden ließ, der letztendlich auch den außergewöhnlichen Pakt mit Emma und Björn vorangetrieben hatte. Greta war es auch, die ihren Mann Simon darin maßgeblich bestärkt hatte, mit Emma zu schlafen, ohne jegliche Bedenken haben zu müssen.

So vergingen die Tage und Wochen. Der Alltag überrollte zum Teil sorgenvolle Gedanken und jeder war wieder in einem gewissen Trott gefangen, der die ganze Sache zwar nicht vergessen machte, aber fast schon wieder in den Hintergrund rückte.

Das alles änderte sich mit einem Schlag, als Simons Handy an einem späten Nachmittag läutete und er Emmas Stimme vernahm: „Hallo Simon, glaubst du, du könntest es einrichten, dass wir uns am Donnerstag treffen?"

In Simons Kopf schwirrten die Gedanken darüber herum, ob das ein gewöhnliches Treffen, oder ob es „das Treffen" werden sollte. Der Groschen fiel endgültig, als Emma fragend weiter fuhr: „Und es wäre wirklich möglich, dass wir auf die Berghütte fahren?"

Nur für eine Nacht

Simon hielt seine Tasche in der Hand, in die er gerade das Notwendigste hineingepackt hatte. Von den Kindern hatte er sich an diesem Nachmittag bereits verabschiedet. Nun stand er gedankenverloren vor Greta und wusste eigentlich nicht so recht, was er sagen sollte. Es lag an Greta, wieder einmal die richtigen Worte zu finden: „Wenn es das Schicksal will, kannst du heute Leben schenken. Vergiss nicht, dass ich dich über alles liebe!"

„Ich liebe dich auch", antwortete Simon und drückte Greta ganz fest an sich. Simon ging zum Auto, ohne sich noch einmal umzudrehen. Irgendwie schlich sich bei ihm die Angst vor dem Szenario ein, er könnte es sich in letzter Sekunde doch noch anders überlegen. Er wollte gerade jetzt an diesem Tag frei von jeglichem Zweifel sein und dank Gretas Hilfe war er das eigentlich auch. Als er vor Emmas Haus parkte, brauchte er nicht einmal mehr den Motor des Fahrzeuges abzustellen. Emma kam aus der Tür gerannt, als hätte sie, so wie Simon zuvor, dieses Gefühl, keinen Fall mehr zurückschauen zu wollen, um ja nicht mehr in Unsicherheit zu verfallen. Björn war nicht zu sehen. Er hatte sich bei einem Geschäftstreffen tags zuvor von Simon verabschiedet, ohne auch nur ein Wort über diesen besagten Donnerstag zu verlieren. Simon war lediglich aufgefallen, dass Björn beim Handschlag zur Verabschiedung, die zweite Hand auf seine gelegt hatte. Da Björn das noch nie gemacht hatte, wertete Simon das in gewisser Weise als vertrauensvolles Zeichen.

Simon und Emma erkundigten sich, als sie losfuhren wechselseitig, ob zuhause alles in Ordnung sei, als würde man sich gegenseitig nochmals die Absolution erteilen wollen. Andererseits war es rhetorisches Geplänkel der beiden, um von der eigenen Nervosität abzulenken. Emma wusste vor lauter anfänglicher Aufregung nicht einmal, wo sie hinschauen sollte. Vielmehr blickte sie überall hin, nur nicht jenem Mann ins Gesicht, der gerade in den letzten Wochen Mittelpunkt ihres gesamten Denkens und Handelns gewesen war. Man sprach bei der Autofahrt belangloses Zeugs und belauerte sich gegenseitig, wer als erstes den Mut hatte, über das Thema des gegenwärtigen Treffens zu reden. Simon versuchte Ruhe auszustrahlen und diese an Emma weiterzugeben. Er erkundigte sich, ob für sie alles in Ordnung sei und ob sie sich wohl fühle. Emma versicherte ihm, dass sie sich alles tausende Male wohlüberlegt habe, trotzdem sei die Situation für sie mehr als nur ungewohnt. Es war Simon, der schlussendlich den Vorstoß wagte und auf den Punkt kam: „Emma, ich denke, ich weiß, wie du dich fühlst, mir geht's wohl nicht viel anders. Und ich habe mir für heute einfach eines vorgenommen. Wenn wir bei der Schranke, welche die Straße hinauf zur Hütte versperrt, vorbeifahren, dann lasse ich alles andere zurück im Tal. Für mich gibt es dann nur mehr dich und mich. Nichts anderes. Ich versuche, weder an meine Familie, an meine Frau, an meine Arbeit oder an sonst etwas zu denken. An nichts. Es gibt für mich dann nur dich und mich. Und nur dass du es weißt – alles darf und nichts muss. Du kannst es dir jederzeit anders überlegen und dann haben wir einfach einen gemütlichen Abend. Es muss überhaupt nichts!"

Für Emma waren diese Worte wie Balsam. Es schien, als fiele in diesem Augenblick die ganze Last, der ganze Druck von ihren Schultern.

„Ich danke dir, Simon", sagte Emma erleichtert. „Du bist für mich so ein besonderer Mensch. In den letzten Wochen bin ich immer irgendwie zwischen Traum und Albtraum gewandelt. Wenn mich die Unsicherheit gepackt hat, hab ich einfach an dich gedacht, dass du da bist, so wie du auch beim Klettern da warst. Das alles ist so verrückt und doch irgendwie etwas so Besonderes. Ich habe irgendwann in den letzten Wochen für mich den Entschluss gefasst – ich lass alles auf mich zukommen, so wie es mir zufällt. Mit dir an meiner Seite!"

„Schön, du kannst dich auf mich verlassen", antwortete Simon. „Dann machen wir es beide so. Mit der Schranke lassen wir alles hinter uns, ja?"

Emma nickte zustimmend und zeigte ihr bezauberndes Lächeln, das sie bis zu diesem Zeitpunkt noch verborgen hatte. Als die beiden zur besagten Schranke kamen, stieg Simon aus, sperrte diese auf, fuhr mit dem Auto hinter die Schranke, versperrte diese wiederum und legte den Schlüssel in die Mittelkonsole des Autos. Simon handelte den gesamten Vorgang wie einen symbolischen Akt ab.

„Jetzt liegt die ganze Welt hinter uns", meinte er und als er weiterfuhr, passierte etwas, womit er nicht im Entferntesten gerechnet hatte – Emma legte ihre Hand auf Simons Handrücken. Sie lächelte dabei und meinte: „Jetzt bist du genauso überrascht wie ich damals am Berg auf Mallorca, als du meine Hand genommen hast."

„Ja, das bin ich!", sagte Simon fast etwas verlegen. Er erwiderte Emmas Berührung, indem er seine Hand umdrehte und ihre Hand nahm. Nach einigen steilen, schottrigen Kehren kamen die beiden schließlich bei der Hütte an. Wolken und Sonne wechselten einander ab, so als könne sich das Wetter nicht entscheiden, ob eher Licht oder Schatten der Romantik dienlicher wäre.

Simon hackte noch Holz für den Ofen. Die Temperaturen sanken hier heroben über Nacht bereits unter den Gefrierpunkt. Der Winter würde wohl auch nicht mehr lange benötigen, bis er die Berge mit seiner weißen Pracht überziehen würde. Emma bereitete drinnen derweil das Abendessen zu. Wenn sie wieder begann, zu viel nachzudenken, wandte sie sich so gut wie möglich Simons „Mantra" mit der Schranke zu.

Bevor es Abend wurde, wollte Simon Emma noch unbedingt auf einen kleinen Gipfel führen, der nur gut eine Viertelstunde von der Berghütte entfernt lag. Die wenigen Höhenmeter zu diesem legten die beide auch immer wieder einmal laufend zurück. Oben angekommen, staunte Emma. Vor ihnen lag das Tal, in welches bereits der erste Nebel eingefallen war. Hinter den hohen Berggipfeln der gegenüberliegenden Bergkette ging die Sonne langsam unter und die darüber liegenden Wolken waren in feurigem Rot beleuchtet. „Das alles schickt uns jemand, das gibt es gar nicht anders", sagte Emma in flüsterndem Ton.

Simon, der hinter ihr stand, legte seine Hände auf Emmas Oberarme und drückte sie zärtlich an sich. Emma genoss diese Berührung, wenngleich sie spürte, wie ihr Herz pochte. Emma legte ihren Kopf auf Simon Brust zurück und spürte, wie sein Atem in seine Brust strömte.

„Lass uns gehen, bevor es dunkel wird", meinte Simon.

„Jawohl, Herr Bergführer!", neckte Emma ihren Begleiter und rannte Richtung Berghütte davon. Simon schlenderte gemütlich hinterher, so als wolle er jede Sekunde dieses romantischen Moments bis zum Letzten auskosten. Als Simon die Berghütte erreichte, hatte Emma schon begonnen, das Abendmahl herzurichten. Simon öffnete eine Flasche Rotwein und entzündete das Kaminfeuer, das die Stube in ein heimelig flackerndes Licht tauchte. Emma hatte das Essen mit jener Liebe zubereitet, wie Simon es auch bei den vorangegangenen Treffen immer wieder bewundert hatte. Der Salat hatte mit all dem verschiedenen Gemüse scheinbar tausend Farben, die Brötchen waren fast schon künstlerisch verziert, sodass Simon meinte, dass er sich gar nicht traue zuzugreifen, um dieses kulinarische Kunstwerk nicht zu zerstören. Die beiden aßen und Simon erzählte über die vielen zum Teil lustigen Erlebnisse, die er mit seiner Familie und seinen Bergführerfreunden hier bereits hatte. „Ich erzähle so viel, dabei möchte ich noch einiges von dir wissen. Ich weiß zwar viel von deinem Leben hier in Salzburg, aber so gut wie gar nichts von deinem Leben in Bayern", meinte Simon.

„Du meinst wohl, im Wein liegt die Wahrheit und dass ich jetzt alles ausplaudere", lachte Emma. Sie wusste aber, dass Simons Neugierde grundehrlich war und so erzählte sie von ihrer Heimat, von ihrem tollen Verhältnis zu ihren Eltern und von den vielen Geschwistern, wo es immer wieder mal drunter und drüber ging. Sie erzählte von den Streichen, die sie am großen elterlichen Bauernhof ausheckten und von ihrem Kindheitstraum, einmal Balletttänzerin oder Prinzessin werden zu wollen.

„Das Lächeln für eine Prinzessin hättest du definitiv", meinte Simon und richtete seinen Blick auf Emmas Mund, der neuerlich ein bezauberndes Lächeln hervorbrachte. Mit einem Mal war es still in der Stube. Lediglich das Knistern des Kaminfeuers war zu hören. Dieses mischte sich mit dem Knistern, das in der Luft lag, als Simon Emmas Kinn berührte und hoffte, sie würde ihm aus eigenen Stücken näher kommen. Nach anfänglichem Zögern näherte sich Emma ihrem Gegenüber. Simon streichelte mit seiner Hand über Emmas Wangen und fuhr schließlich in ihr blondgelocktes Haar. Sanft drückte Simon Emmas Kopf näher zu sich, bis sich die Lippen der beiden berührten. Es folgte ein leidenschaftlicher Kuss, der in beiden tiefes Verlangen auslöste. Emma hatte sich zuvor viele Gedanken darüber gemacht, ob sie es auch tatsächlich schaffen würde, „in Stimmung" zu kommen, doch diese Gedanken waren nun mit dem ersten Kuss verflogen.

Simon zog Emma zu sich ans Ende der Bank, stand auf, nahm ihre Hand und ging mit ihr in das Nebenzimmer, dessen Tür weit offen stand und ebenfalls mit der Wärme des Kaminfeuers geflutet war. Das Flackern des Feuers erleuchtete immer wieder den Raum, in dessen Mitte ein holzgeschnitztes Doppelbett stand. Emma stand mit Simon auf der Seite des Bettes. Sie nahm seine Hände und gab ihm zu verstehen, dass er in diesem Moment einfach nur ruhig dastehen solle. Sie stand vor ihm, öffnete ihre Bluse und zog sich langsam vor ihm aus. Das Flackern des Kaminfeuers zeichnete Konturen auf ihre wunderschöne, sanfte Haut. Simons Herz raste, als Emma anfing, seine Hemdknöpfe zu öffnen. Jede ihrer Bewegungen, alles was sie tat, war unheimlich zärtlich, gekonnt und voll prickelnder Erotik. Schließlich hob Simon Emma hoch und legte sie in das Bett. Emma zuckte zunächst zusammen, weil das Betttuch ziemlich kalt war, doch daran verschwendete sie keinen Gedanken mehr, als Simon sich seiner restlichen Sachen entledigte und sich zu ihr legte. Es folgten leidenschaftliche Küsse. Immer wieder flüsterten sich die beiden zärtliche Dinge ins Ohr. Simon liebte Emma voller Leidenschaft, so als hätte er schon lange und sehnsüchtig auf diesen Moment gewartet. Emma krallte sich förmlich an Simon fest und stöhnte während des Liebesaktes immer lauter. Die ganze Leidenschaft spitzte sich bis zum Höhepunkt zu.

Der Schweiß rann Simon von der Stirn, als er sich erschöpft neben Emma fallen ließ. Emma legte ihren Kopf auf Simons Burst. Als sich ihr Atem beruhigte, musste Emma plötzlich lachen. „War ich so schlecht?", fragte Simon.

„Nein, entschuldige bitte, ich muss gerade daran denken, was mir meine Freundin, die Kinderärztin, geraten hat."

„Und was war das?", fragte Simon neugierig.

„Ich solle nach dem Geschlechtsverkehr nicht aufstehen und ein Polster unter meinen Po legen", antwortete Emma, während sie immer wieder lachen musste.

Simon grinste ebenfalls, nahm aber sofort das Polster, auf dem er lag, und stopfte dieses unter Emmas Po. Sie war plötzlich furchtbar kitzelig und musste laut lachen.

„Es war wundervoll", sagte Simon, als Emma ihren Kopf auf seinen Arm legte.

„Es wird sicher ein Kind der Leidenschaft", sagte Emma, die mit ihren Fingerspitzen über Simons muskulösen Bauch streichelte. Die beiden lagen eine Zeit lang still da.

Simon streichte mit seiner Hand immer wieder durch Emmas gelocktes Haar. „Du bist einfach wunderschön", sagte er.

Emma blickte nachdenklich in das Kaminfeuer, das draußen in der Stube flackerte. „Ich wünsch mir so sehr, dass ein Kind diese Nacht unvergessen macht und ich wünsch mir, dass, wenn das alte Leben uns wieder hat, ich wirklich glücklich werden kann."

Simon begann zärtlich Emmas Schultern zu liebkosen und meinte: „Alles wird so kommen, wie du dir das wünscht."

Emma drehte sich zu Simon und die beiden begannen sich erneut zu küssen. Aus Zärtlichkeit wurde zum wiederholten Male pure Leidenschaft. Simon schlief neuerlich mit Emma und beide machten den Eindruck, dass es diesmal noch intensiver und ungehemmter war. Es war weit nach Mitternacht, als die Laute der beiden schließlich verstummten und sie einschliefen.

Als Emma am frühen Morgen aufwachte, war Simon bereits in der Stube und machte Kaffee. Emma wickelte sich die Bettdecke um ihren zierlichen Körper und setzte sich neben Simon auf die Holzbank. Es brauchte nur wenige Worte zwischen den beiden, um zu erklären, was in ihnen vorging. Es war wie ein Abschied, der Simon und Emma bevorstand. Sie saßen innig aneinander gekuschelt vor dem Feuer, das Simon neuerlich entfacht hatte. Sie unterließen es jedoch, sich wieder zu küssen. Die Vorbereitungen auf das Tal, auf das alte Leben, hatten unweigerlich und stillschweigend begonnen.

Als die beiden die Schotterstraße in das Tal hinunterfuhren und Simon den Wagen vor der Schranke anhielt, nahm

Emma noch einmal Simons Hand, „Simon, diese Nacht werde ich nie vergessen. Ganz egal, ob es geklappt hat oder nicht. Und wie wir versprochen haben, diese Nacht wird es nie wieder geben. Das sind wir uns und denen, die wir lieben, schuldig!"

Simon nickte, sperrte die Schranken auf, fuhr vorbei, sperrte sie wieder zu und legte den Schlüssel in die Konsole. Simon blickte Emma sehnsüchtig an und meinte nachdenklich: „Es war wie ein Traum, nur für eine Nacht. Unser Leben ist da vorne, und es hat uns wieder."

Simon setzte das Fahrzeug in Bewegung und als der Nebel aus den Tälern empor stieg, fuhren Emma und Simon hinunter, ihrem alten Leben entgegen.

Das „alte" Leben

Simon ließ Emma vor ihrem Bauernhaus aussteigen. Björn dürfte schon wach gewesen sein, denn an diesem frühen Morgen war bereits Licht im Haus zu sehen. Emma drehte sich noch einmal um, bevor sie die Haustür öffnete, und winkte Simon zum Abschied. Simon wusste, dass er Emma nie mehr so nah kommen würde, wie er es in der vergangenen Nacht war. Als er die wenigen Fahrminuten nach Hause fuhr, roch er an seiner Haut. Er konnte Emmas Duft noch überall wahrnehmen. Vor seinem geistigen Auge liefen immer wieder die Bilder der vergangenen Nacht ab. Als er mit Emma geschlafen, ihr dabei tief in die Augen geblickt, Emma sich ihm lustvoll hingegeben hatte, das alles hatte sich tief in seiner Erinnerung eingegraben. Auch wenn Simon diese Momente wahrscheinlich nie mehr vergessen konnte, wusste er, dass dieses Erlebnis mit Emma in die Tiefen des Unterbewusstseins verschwinden musste. Er liebte seine Frau Greta über alles und er hatte Angst, er würde sie in gewisser Weise verlieren, würde er sich den erotischen Gedanken mit Emma weiter hingeben. Simon war Meister darin, wenn es darum ging, sich seines unbändigen Willens zu bedienen. Diese Eigenschaft kam ihm in den Bergen, zuletzt vor allem auf dem Shivling, immer wieder zugute.

Simon atmete tief durch, als er vor seinem Haus stand. Die Nacht mit Emma lag hinter ihm. Vor ihm befand sich sein altes Leben. Seine Familie, die für ihn das Allerwichtigste war. „Das ist alles, was jetzt in diesem Augenblick zählt", sagte Simon zu sich, als er die Stiegen zur Haustür hinaufging. Als er die Tür aufsperren wollte, öffnete diese bereits von selbst. Greta. Ganz langsam, Zentimeter für Zentimeter, öffnete sie die Tür, so, als würde sie zunächst Simons Reaktion ablesen wollen. Als sie vor ihm stand, ließ Simon seine Tasche fallen und umarmte seine Frau so fest wie schon lange nicht mehr. „Wie geht es Emma?", fragte Greta.

„Ich denke gut", antwortete Simon und meinte weiter: „Ob es geklappt hat, kann ich dir aber nicht sagen."

„Das liegt ohnehin nicht in deiner Hand. Komm rein, mein Schatz, es wartet ein wunderschönes Frühstück auf dich!", sagte Greta.

Simon ging zuvor noch in die Dusche, bevor er noch ein letztes Mal an seiner Haut roch. Er konnte Emmas Duft, ihr Parfum, den Duft Ihrer Haut noch deutlich wahrnehmen und als er das Wasser über seinen Körper laufen ließ, versuchte er sich auch gedanklich reinzuwaschen.

Beim Frühstück besprach Simon mit seiner Frau noch den Tagesablauf. Greta stellte keine einzige Frage über die vergangene Nacht. An diesem Morgen nicht und auch nicht in weiterer Zukunft. Simon und Greta versuchten offensichtlich so schnell wie möglich wieder den normalen Alltag einkehren zu lassen. Als Simon etwas verspätet ins Büro fuhr, küsste er seine Frau besonders zärtlich. Er wollte Greta damit zu verstehen geben, dass alles in Ordnung sei und sich an den Gefühlen zu ihr nichts geändert hatte. Wie sollte es auch? Greta war Simons große Liebe und auch eine hocherotische Nacht mit Emma sollte daran nichts ändern.

Im Büro hing Simon immer wieder mal den Tagträumen nach. Wenn er mit seinen Gedanken in die vergangene Nacht abdriftete, beschäftigte er sich sogleich mit Zahlen zum Sportgeschäft, kontrollierte die Bestelllisten oder schaute, wie das Onlinegeschäft lief. Als es kräftig an der Bürotür klopfte und Simon „Herein" rief, stand plötzlich Björn in der Tür. Darauf war Simon überhaupt nicht vorbereitet und er wusste bis auf ein „Hallo" auch nicht, was er im ersten Moment sagen bzw. wie er reagieren sollte. Björn sagte kein Wort, ging auf Simon zu und legte seinen Arm auf seine Schulter: „Wenn ich gewusst hätte, was ich in der Nacht mitmache, hätte ich nie diese Idee geboren", schluchzte er.

Simon bat Björn Platz zu nehmen und stellte ihm einen Kaffee auf den Bürotisch. „Ich war die ganze Nacht munter, hab keine Sekunde ein Auge zugemacht, so sehr ich mich ablenken wollte, mein Kopfkino hat mich fast wahnsinnig gemacht. Aber es ist jetzt vorbei. Wir haben das so gewollt. Der Wunsch nach einem Kind ist einfach übergroß!", schilderte Björn weiter.

„Ich verstehe dich", antwortete Simon. „Über die vergangene Nacht werden wir nicht reden, das haben wir auch so ausgemacht. Ich wünsche dir und Emma von ganzem Herzen, dass es klappt!"

„Ja, das wünsche ich mir auch", meinte Björn. „Entschuldige bitte, dass ich dich so überfallen habe. Emma war todmüde und hat sich schlafen gelegt. Ich musste dich sehen!"

„Ja, das ist völlig OK!", sagte Simon verständnisvoll. „Wir sollten aber dem Schicksal den Rest überlassen. Wir haben einen ungewöhnlichen Weg bestritten. Darauf haben wir uns alle eingelassen. Wir sollten in unserem gegenseitigen Vertrauen bleiben und unser bisheriges Leben weiterleben und abwarten, was kommt!"

Björns Aufgeregtheit hatte sich inzwischen wieder gelegt. Simons ruhige Art hatte auch auf Björn eine beruhigende Wirkung. „Lass uns morgen Nachmittag bei uns am Bauernhof einen guten Kaffee trinken. Ich denke, es ist wichtig, dass wir alle auch im Umgang miteinander wieder zum Alltag zurückfinden", meinte Björn. Simon nahm die Einladung sofort an. Einerseits war ihm der normale Umgang, wie Björn es beschrieb, wichtig, andererseits konnte er es kaum erwarten, dass er Emma wiedersieht, was er sich aber auf keinen Fall anmerken lassen wollte.

Simon und Björn versuchten jedenfalls wieder ihren geschäftlichen Alltag einkehren zu lassen, indem sie die weitere Entwicklung des Onlineshops besprachen. Die bisherigen Zahlen ließen die beiden jedenfalls richtig gut schlafen. Mit einem dermaßen großen Erfolg des Online-Stores im ersten Jahr hatte wohl keiner gerechnet. Björn drückte Simon zur Verabschiedung und es war dies ein offensichtliches Zeichen, dass die Harmonie zwischen den beiden nach wie vor stimmte.

Als Greta daheim von der Einladung erfuhr, sagte auch sie sofort zu. Irgendwie wollte jeder das erste Wiedersehen nach der Nacht auf der Berghütte hinter sich bringen. Als Simon und Greta am nächsten Tag zur Einladung auf den Bauernhof fuhren, freuten sich besonders die Kinder auf den Nachmittag. In der Nacht hatten sich erstmals ein paar Schneeflocken ins Tal verirrt und je höher sie über die Straße zum Bauernhaus fuhren, desto mehr war das grüne Gras bereits angezuckert. Björn wartete schon auf seine Gäste und als die Kinder aus dem Auto ausstiegen, liefen sie sofort zu ihm und hängten sich um seinen Hals.

Greta und Simon gingen durchs Haus in den Wintergarten. Und da stand sie. Emma. Simon spürte, wie sein Herzschlag ihm bis in den Hals pochte. Lass dir ja nichts anmerken, dachte er sich und begrüßte Emma mit einer Umarmung, so wie er es immer tat. Greta war nichts von ihrer Natürlichkeit abhandengekommen, als sie Emma begrüßte. Und Emma selbst? Sie hatte ein Strahlen in ihrem Gesicht und ihre positive Einstellung war mehr denn je ungebrochen. Gretas Frage, wie sie sich fühle, erübrigte sich damit eigentlich. „Auf alles weitere haben wir keinen Einfluss mehr, auch nicht unser Computergenie", antwortete Emma.

Alle mussten lachen und es war für die angespannte Situation eine richtiggehende Befreiung. Es folgten angeregte Gespräche über den Nachmittag hinweg. Die leidenschaftliche Nacht hatte an der Freundschaft anscheinend keinerlei Spuren hinterlassen. Vor allem waren Simon und Emma sehr um Natürlichkeit bemüht, zumal nur sie es waren, die sich das Geheimnis über die Nacht auf der Berghütte teilten. Es war sicher nicht so, dass Greta und Björn nichts von der Anziehung zwischen den beiden mitbekamen. Es war vielmehr ein akzeptierter Umstand, begründet auf der Basis großen Vertrauens und der Liebe zum jeweiligen Ehepartner.

Ein genauer Beobachter der Situation hätte wahrscheinlich bemerkt, dass Simon und Emma krampfhaft versuchten, den Blickkontakt zwischen ihnen so kurz wie möglich zu halten. Wahrscheinlich um die Partner nicht zu beunruhigen, vielleicht auch die unbewusste Angst, man könnte bei längerem Blick, dem anderen neuerlich verfallen.

Es war schon gegen Abend, als Björn Simon bat, zu ihm in das Computerzimmer zu kommen, da er Simon eine neue Funktion für den Online-Shop zeigen wollte.

„Geht nur, ihr beiden", meinte Emma, die mit Greta alleine zurückblieb. Mehrmals setzte Emma mit einem tiefen Atemzug an, etwas zu sagen: „Greta, ich ..."

„Emma, du brauchst nichts zu erklären", unterbrach Greta Emmas Versuch, die Nacht mit Simon nochmals zu rechtfertigen. „Das musstest du vorher nicht und das werde ich auch nach dieser Nacht nicht von dir verlangen. Es ist gut so, wie es ist."

Emma seufzte mit einer gewissen Erleichterung: „Ich danke dir, Greta. Du hast einen wunderbaren, einfühlsamen Mann, auf den du zu Recht stolz sein kannst. Diesen Versuch von euch beiden, uns zu unserem Glück zu verhelfen, das werde ich und auch Björn euch nie vergessen!"

„Und glaubst du, dass es geklappt hat, ich meine, oft hat man ja so etwas wie eine gewisse Vorahnung?", wollte Greta neugierig wissen.

„Ich weiß nicht", antwortete Emma. „Ich hab gestern, als ich mich am Vormittag nochmals schlafen gelegt habe, geträumt, dass ich mich selbst mit Björn spazieren gehen sah, dann sah ich mich, wie ich mich umdrehte und ich einen riesigen Baby-Bauch hatte. Ich weiß nicht, ob ich dann vor Freude oder vor Schreck munter wurde", lachte Emma.

„Ich muss dich warnen", lachte Greta ebenfalls. „Ich hatte bei unseren beiden Mädels noch nicht einmal das Höschen ausgezogen, da war ich schon schwanger."

Die beiden lachten herzhaft und Greta setzte sich zu Emma auf das Sofa „Komm, lass dich mal drücken."

Emma streckte ihre Arme aus und ließ Greta wissen: „Ich bin so froh, dass ich dich habe!"

Als die beiden sich in den Armen lagen, kamen die beiden Männer aus dem „Rechenzentrum".

„Stören wir?", meinte Simon mit einem Augenzwinkern und Björn konnte sich folgende Ansage nicht verkneifen: „Also die Nacht mit Simon dürfte nicht wirklich aufregend gewesen sein, wenn sich Emma nun für Frauen interessiert."

Simon nahm daraufhin Björn in den „Schwitzkasten" und alle vier zerkugelten sich förmlich vor Lachen. Das alles tat einfach gut. Der Humor breitete sich bis ins Innerste der vier Freunde aus und es hatte den Anschein, als wären alle noch ein Stück enger zusammengerückt. Für Simon und Emma galt das nach dieser intimen Nacht auf jeden Fall.

Anna und Rosa durften an diesem Samstagabend noch besonders lange vor dem Fernseher sitzen und die beiden jammerten, als es hieß, sich von ihren Gastgebern zu verabschieden.

Simon genoss mit seiner Familie noch den Sonntag, an dem die Sonne den gesamten Tag von einem tiefblauen Himmel schien. Er wusste, dass eine besonders betriebsame Zeit im Sportgeschäft auf ihn wartete. Es galt die Vorbereitungen für das bevorstehende Weihnachtsgeschäft zu treffen. Auch würde er demnächst noch eine Sportartikelmesse besuchen müssen.

Die folgenden Tage verflogen förmlich. Nicht nur für Simon, der fast ausschließlich von der Früh bis zum Abend im Geschäft verbrachte. Greta hatte nicht nur in der Redaktion viel zu tun, auch mit den Kindern war sie naturgemäß ziemlich beschäftigt. Björn tippte nahezu rund um die Uhr an seinem Laptop und bei Emma galt es, neben dem Unterricht Schularbeiten und Tests zu korrigieren.

Als Simon in der darauffolgenden Woche zur Sportartikelmesse fuhr, begleitete ihn Björn zum ersten Mal in seiner offiziellen Rolle als Online-Shop-Unternehmer. Simon, der die meisten Aussteller auch persönlich kannte, stellte Björn diese vor und die beiden machten durch ihren professionellen Shop-Auftritt mächtig Eindruck. Simon war schon immer stolz darauf, mit Björn einen kongenialen Partner gefunden zu haben, aber im Rahmen der Messe war Simon noch einmal mehr von Björns Fähigkeiten beeindruckt. Die beiden übernachteten in einem Hotelzimmer und hatten den Abend zuvor gemeinsam in angenehmer Atmosphäre an der Hotelbar verbracht. Über die Nacht auf der Berghütte, die mittlerweile schon mehr als zwei Wochen zurücklag, verloren die beiden kein Wort. Es war eine stillschweigende Abmachung, an die sich alle Beteiligten strikt hielten. Auf der Heimfahrt am nächsten Tag ließ es sich Simon jedoch nicht nehmen, diesbezüglich eine Meldung vom Stapel zu lassen: „Obwohl wir gestern an der Bar einige Getränke hatten, wundert es mich, dass du nicht wieder mit einer genialen Idee gekommen bist!"

Björn griff sich auf den Kopf und konnte sich ein Grinsen nicht verkneifen.

Es war mittlerweile Samstagabend und Simon ließ Björn zuhause aussteigen. Leider konnte Simon keinen Blick auf Emma erhaschen, insgeheim hätte er sich das sehnlichst gewünscht.

Greta und die Kinder erwarteten schon ihren Ehemann und Familienvater sehnsüchtig, immerhin hatte Simon auf der Fahrt nach Hause via Handy einen gemütlichen Spieleabend versprochen. Simon erzählte noch von der Messe und den erfolgreichen Gesprächen mit den verschiedenen Ausstellern, und auch davon, wie positiv Björn sich als sein Partner präsentiert hatte. Greta hatte angesichts der kalten Nächte schon das Kaminfeuer entfacht und die ganze Familie saß gemütlich beim Abendessen und trank heißen, aromatisch duftenden Tee. Obwohl Simon schon etwas müde war, würfelte er mit den Kindern eine Partie „Mensch ärgere dich nicht". Simon beobachtete immer wieder seine Frau, Rosa und Anna und fühlte sich in diesem Augenblick rundum glücklich. Gretas Augen funkelten wie die Sterne am Nachthimmel. Simon konnte den Blick seiner Frau schon richtig deuten und freute sich auf das, was ihn heute im Schlafzimmer erwarten würde. Als die Kinder zu Bett gingen, ging Simon auf seine Frau zu und küsste sie zärtlich. Greta genoss sichtlich die Nähe ihres Mannes. Sie verschwendete keinen Gedanken daran, dass Simon zuletzt mit einer anderen Frau geschlafen hatte. Keinen einzigen. Sie ließ sich lediglich fallen und genoss das Gefühl, von ihrem Mann auch körperlich wieder geliebt zu werden.

Nachdem Simon mit Greta geschlafen hatte, lag er noch wach im Bett und hing zahlreichen Gedanken nach. Simon war jedenfalls unheimlich froh, dass er mit seiner Frau schlafen konnte, ohne auch nur einen Augenblick an Emma zu denken. Für ihn war das nach der Nacht mit Emma ein sehr befreiendes Zeichen.

Eigentlich wollten Greta und Simon am folgenden Sonntagmorgen richtig ausschlafen. Doch kurz nach 08.00 Uhr pochte es an der Haustür. Zunächst reagierte Simon nicht auf das Klopfen, er war lediglich verwundert, dass dieser

Jemand nicht die Türklingel benutzte. Nachdem das Klopfen immer aufgeregter und eindringlicher wurde, stand Simon schlussendlich auf, legte sich seinen Morgenmantel an und war guter Dinge, dem Störenfried gehörig die Meinung zu geigen. Als Simon die Tür öffnete, traute er seinen Augen nicht. Björn stand vor der Haustür. Sein Gesicht war rot angelaufen und tränenverschmiert. Da war es wieder, das so sensible „Riesenbaby".

„Was ist passiert!", fragte Simon besorgt.

„Entschuldige vielmals", antwortete Björn aufgeregt und schnell atmend. „Du hattest dein Handy nicht eingeschaltet. Ich wollte nicht läuten und die Kinder aufwecken …"

„Was ist los!", fragte Simon mit Nachdruck.

„Simon…!", rief ihm Björn zu, trat ihm entgegen und drückte ihn, dass Simon zu ersticken drohte. „Emma. Emma ist schwanger!"

Glückseligkeit

Simon bat Björn ins Haus, damit dieser sich bei einer Tasse Kaffee beruhigen konnte. Greta hatte die Aufregung vor der Haustüre ebenfalls mitbekommen, war zu Björn geeilt und umarmte ihn. „Ich hab´s gewusst" flüsterte sie Björn ins Ohr. Am Frühstückstisch erzählte Björn, dass Emma zwar erst zwei Tage über ihrer Periode war, aber die letzten Tage am Morgen immer wieder auch eine gewisse Übelkeit verspürte. Sie wusste zwar nicht, ob das nicht auch Einbildung war, aber nachdem die Periode bereits fällig war, machte Emma am Morgen einen Schwangerschaftstest. Als Emma trotz ihrer Übelkeit mit einem breiten Grinsen ins Schlafzimmer kam, wo Björn noch müde im Bett lag, meinte Emma schließlich zu ihm: „Schlaf dich nur aus, du Schlafmütze, bald wirst du sehr wenig Schlaf bekommen!"

Björn brauchte etwas, bis er den Wink verstand, konnte es anfangs gar nicht glauben und war am Durchdrehen, als Emma ihm den positiven Test zeigte. „Ich hab's nicht ausgehalten, ich musste euch diese Nachricht gleich übermitteln, ihr seid ja nicht ganz unbeteiligt!", meinte Björn, drückte Simon erneut an sich und fügte hinzu, dass Emma auch gerne mitgekommen wäre, aber sie aufgrund der Übelkeit lieber zuhause geblieben sei. Den „Dauergrinser" konnte Björn während der ganzen Zeit, die er bei Greta und Simon war, nicht mehr aus dem Gesicht bekommen. Obwohl es noch früher Morgen war, holte Greta eine kleine Flasche Sekt hervor und meinte: „Es ist zwar grad in dieser frühen Phase der Schwangerschaft alles sehr ungewiss, aber allein, dass es wirklich geklappt hat, darauf stoßen wir mit einem kleinen Schluck an!"

Simon ließ es sich zwar nicht anmerken, aber für sein männliches Ego war die Tatsache, dass Emma nach dieser einzigen Nacht schwanger wurde, mehr als nur Balsam. Vor allem war er froh, dass Emma nicht enttäuscht wurde, nachdem sie so positiv eingestellt war und im Vorfeld auch alles Mögliche getan hatte, die Chancen einer Schwangerschaft zu erhöhen.

Emma selbst lag mit bleichem Gesicht im Bett und kämpfte mit ihrer Übelkeit, aber sie fühlte sich so glücklich wie noch nie in ihrem ganzen Leben. Immer wieder hielt sie eine Hand auf den Bauch, so, als wollte sie das sich gerade entwickelnde Leben so gut wie möglich beschützen. Mit ihren Gedanken pendelte sie zwischen Simon und Björn hin und her. Sie dachte an die Nacht auf der Berghütte, mit all ihrer Nähe und Zärtlichkeit und sie dachte an das große Glück welches sie mit Björn nunmehr erfahren würde. Der große Traum von Emma und Björn schien tatsächlich wahr zu werden. Negative Gedanken, es könnte mit der Schwangerschaft etwas schief gehen, all diese wusste Emma bereits im Keim zu ersticken. Ihr ganzes Wesen erstrahlte voller Zuversicht.

Als Björn nach Hause kam, hatte Emma ihre Morgenübelkeit überwunden und war bereits aufgestanden. Sie war gespannt, wie Simon und Greta auf die Nachricht reagiert hatten. Björn erzählte, dass Greta gemeint hätte, dass sie immer das Gefühl hatte, dass es geklappt haben könnte, und Simon hätte sich einfach sehr darüber gefreut. Insgeheim fragte sich Emma dennoch, wie Simon im Innersten empfand. Ob er sich in gewisser Weise als werdender Vater sah oder ob er sich lediglich als Erzeuger fühlte. Jedenfalls stellte sich bei Emma neuerlich eine tiefe Dankbarkeit gegenüber Simon, aber auch Greta ein. Schlussendlich wusste Emma, dass es vor allem an Gretas außergewöhnlicher Einstellung lag, dass dieser besondere „Deal" überhaupt zustandegekommen war.

Björn war erst ein paar Minuten zu Hause, da läutete auch schon Emmas Telefon. Greta ließ es sich nicht nehmen, Emma gleich persönlich zu gratulieren: „Ich freue mich so für euch!", rief sie ins Telefon. Emma gab Greta zu verstehen, dass sie noch etwas Zweifel hatte, weil sie ja noch nicht beim Frauenarzt gewesen war. Diese erste Schwangerschaftsuntersuchung war erst Ende November vorgesehen. Greta beruhigte aber Emma in ihrer gewohnten Art und Weise: „So richtig glauben kann man es erst wohl, wenn man den Mutter-Kind-Pass in Händen hält. Deine zurückhaltenden Gefühle sind ganz normal. Genieße die Zeit in vollen Zügen. Das Schicksal meint es gut mit dir!"

Greta gab Emma darüber hinaus noch Tipps für die morgendliche Übelkeit. So sollte sich Emma bereits am Abend eine Kleinigkeit zu essen auf das Nachtkästchen legen und diese am Morgen, noch bevor sie aufstand, verzehren. Tatsächlich hatte Emma im Folgenden das Gefühl, dass die Übelkeit nachließ. Mit jedem Tag konnte Emma ihr Glück immer mehr genießen. Mit jedem weiteren Tag wurde es für sie begreifbarer, dass ein Mensch in ihr heranwuchs. Irgendwie war das alles für Emma unfassbar und unbegreiflich und dennoch strahlte sie eine große innere Ruhe aus. Auch in ihrer Arbeit an der Schule ließ sich Emma vor allem von ihren Schülern nicht mehr aus dem Konzept bringen und sie reagierte auf viele Dinge, die sie zuvor oftmals auch schon mal zur Weißglut gebracht hatten, mit großer Gelassenheit. Lediglich als Ende November der Termin beim Frauenarzt gekommen war, machte sich in Emma Anspannung breit. Sie hoffte einfach inständig, dass so weit alles in Ordnung wäre, wenngleich Emma überhaupt keine Ahnung hatte, was bei der ersten Untersuchung alles zu sehen oder eben nicht zu sehen war. Sie blätterte weder in Büchern zu diesem Thema noch ließ sie sich durch das Internet verrückt machen. Es war, als hätte Emma eine schützende Hülle über sich und das werdende Kind gestülpt. Alles, was ihr oder dem werdenden Kind schaden könnte, prallte an ihr ab, ähnlich einem flachen Stein, der über das Wasser hüpfte.

Björn war sichtlich nervös, als die beiden im Wartezimmer des Frauenarztes saßen. Nichts konnte ihn im Sessel halten und er ging ständig von der einen Ecke des Wartezimmers in die andere. Das Computergenie fühlte sich grundsätzlich nie wohl, wenn er mit Dingen konfrontiert wurde, die er bzw. irgendein Computerprogramm nicht beeinflussen konnten. Als Emma zum Termin hereingerufen wurde, fragte Björn, ob es ein Problem wäre, bei der Untersuchung dabei sein zu dürfen. Die Assistentin lachte, als hätte sie diese Frage nicht ohnehin schon tausende Male gehört, und bat Björn ebenfalls höflich herein. Es folgten eine Blutabnahme und weitere Untersuchungen. Schließlich führte der Arzt eine Ultraschalluntersuchung durch. Am Bildschirm konnten Emma und Björn deutlich eine Fruchtblase erkennen. „Anhand der Größe der Fruchtblase entwickelt sich alles ganz normal", meinte der Arzt.

Bei Björn und Emma stellte sich nach der anfänglichen Anspannung eine große Erleichterung ein. Als Björn nach

Hause fuhr und Emma auf dem Beifahrersitz saß, schrieb sie eine SMS an Greta. „Es ist so weit alles in Ordnung. Wir sind einfach nur glücklich. Bitte gib auch Simon Bescheid! DANKE! ... Emma."

Auf dem Nachhauseweg hielt Björn Emmas Hand und irgendwie konnten es beide gar nicht fassen. „Weißt du, Schatz, auch wenn es biologisch nicht mein Kind ist, das da in dir heranwächst, aber ich nehme es jetzt schon von der ersten Sekunde als meines an. Ich liebe es jetzt schon, als wäre es mein eigenes, obwohl da im Moment nicht mehr ist als eine kleine Blase. Das ist alles irgendwie ein Wunder!", sagte Björn und drückte Emmas Hand noch fester.

Emma führte Björns Hand zu ihrem Mund und küsste sie liebevoll. „Ja, es ist ein Wunder, das alles, dass wir Simon und Greta kennengelernt haben, dass wir vier uns für diesen ungewöhnlichen Weg entschieden haben und dass es dann auch wirklich geklappt hat. Ich meine in dieser einen Nacht. Es kann kein Zufall sein. Nennen wir es Schicksal oder auch Wunder ... und, ja, es ist unser Baby und ich weiß, dass du ein liebevoller Vater sein wirst. Lass uns jedenfalls hoffen und darauf vertrauen, dass die Schwangerschaft weiterhin gut verläuft. Ich glaube ganz fest daran!", meinte Emma optimistisch.

In den kommenden zwei Wochen blieb Emmas Optimismus ungebrochen. Als Mitte Dezember der nächste Termin beim Frauenarzt vor der Türe stand, wurde Emma jedoch wieder zusehends nervöser. Sie hatte von ihrem Frauenarzt die Information bekommen, dass bei dieser zweiten Ultraschalluntersuchung bereits der Embryo sichtbar sein sollte. Immer wieder kamen negative Gedanken auf, Ausdruck der Angst, Emmas großer Traum könnte plötzlich zu Ende sein. Doch Emma versuchte weiterhin, positiv zu bleiben, und führte schon jetzt in diesem frühen Stadium Gespräche mit ihrem „Baby". Sie legte die Hand auf ihren Bauch und redete sich und ihrem heranwachsenden Baby gut zu. Björns Nerven waren neuerlich zum Bersten gespannt, als sie im Wartezimmer des Frauenarztes auf die zweite Untersuchung warteten.

Als die Assistentin die Tür zum Arztzimmer öffnete und Emma aufrief, sprang auch Björn von seinem Sessel und folgte seiner schwangeren Frau in den Untersuchungsraum. Während der Arzt die Ultraschalluntersuchung durchführte, blickten beide gespannt auf den Monitor. Der Arzt führte konzentriert das Ultraschallgerät über Emmas Bauch und über die Lautsprecher war plötzlich ein pulsierendes Rauschen zu vernehmen. „Hören Sie das?", fragte der Arzt um auch gleich mit einer Erklärung fortzufahren: „Das ist der Herzschlag Ihres Kindes, genauer gesagt des Embryos."

Während der Arzt erklärte, wo am Bildschirm was zu sehen war, konnten Emma und Björn ihre Tränen nicht mehr im Zaum halten. Vor lauter Glück ließen sie ihren Emotionen freien Lauf. Der Frauenarzt, der die genauen Umstände nicht kannte, konnte aufgrund der Emotionalität der beiden nur erahnen, dass der Weg zum Wunschkind alles andere als einfach gewesen war. Der Arzt machte noch weitere Untersuchungen und Emma bekam das gelbe Büchlein, nach dem sie sich schon so gesehnt hatte. Sie hielt nun ihren Mutter-Kind-Pass in den Händen und war einfach nur erleichtert, dass alles in bester Ordnung war.

Als die beiden nach Hause fuhren und immer wieder auf das ausgedruckte Ultraschallbild des Embryos schauten, meinte Emma: „Ich hoffe, es ist für dich OK., wenn ich das Bild heute noch Simon zeige. Ich hatte in den letzten Wochen keinen Kontakt mit ihm, ich möchte ihm aber nicht das Gefühl geben, dass ich ihn nur als Erzeuger gebraucht habe. Diesen Eindruck soll er keinesfalls haben und das möchte ich ihm auch sagen, unter vier Augen!"

Björn überlegte einen Moment und antwortete schließlich: „Ja, klar das ist in Ordnung. Er ist heute ohnehin den ganzen Tag im Büro."

Emma ließ Björn zuhause aussteigen und fuhr dann weiter zu Simons Sportgeschäft. Auf dem Weg dorthin versuchte Emma noch Greta telefonisch zu erreichen, was ihr aber nicht gelang. Als sie in das Geschäft ging und fragte, ob Simon da sei, bemerkte Emma nebenbei, dass sie die Frau von Simons Geschäftspartner sei, damit niemand falsche Schlüsse zog. Emmas Bedenken waren aber ohnehin obsolet, schlussendlich kannten sie die meisten Angestellten noch von der Online-Shop-Eröffnungsfeier, die mittlerweile mehr als ein Jahr zurücklag.

Als Emma an Simons Bürotür klopfte, pochte ihr Herz mindestens genauso laut. Simon rief „Herein bitte", und Emma öffnete ganz langsam die Tür. Als Simon Emma sah, wusste er, der sonst vor Selbstbewusstsein nur so strotzte, im ersten Augenblick nicht einmal, was er sagen sollte. Simon wusste nicht einmal, wie er Emma begrüßen sollte. Ginge es nach seiner Freude, Emma endlich wiederzusehen, hätte er sie am liebsten ganz fest umarmt. So war sich Simon aber unsicher und wartete zunächst Emmas Verhalten ab. Emma, die erkannte, wie verlegen Simon in diesem Moment war, übernahm die Initiative, umarmte Simon herzlich und meinte: „Ich möchte dich nicht lange stören, aber hast du vielleicht ein paar Minuten für mich bzw. uns?"

Simon lächelte und meinte: „Für dich bzw. euch hab ich jede Zeit der Welt. Wie geht es dir? Hattest du heute nicht wieder eine Untersuchung?"

Emma war froh, dass Simon Bescheid wusste. Sie hatte gehofft, dass Greta die Informationen, die sie ihr über die Schwangerschaft gab, auch an Simon weiterleitete.

„Deswegen bin ich da", antwortete Emma, während sie auf dem Sofa im Büro Platz nahm. „Schau mal!" Emma klopfte neben sich auf das Sofa, worauf Simon sich neben sie setzte. „Das ist das wunderbare Ergebnis unserer Nacht!", meinte Emma und hielt Simon das Ultraschall-Bild hin.

„Ich freue mich so für euch, ihr werdet die besten Eltern der Welt, da bin ich mir ganz sicher", meinte Simon, der nun ganz eng bei Emma saß.

„Ich möchte nur sagen, dass ich dir unendlich dankbar bin und dass du keinesfalls das Gefühl haben sollst, dass ich dich nur …"

Simon unterbrach Emma. „Nein, Emma, mach dir um mich keine Gedanken, denk jetzt an dich, an das Baby und an Björn und an sonst gar nichts. Wie gesagt, ich freue mich sehr für euch!"

Emma legte das Foto wieder in den Mutter-Kind-Pass und lehnte ihren Kopf an Simons Schulter. „Ich habe die Nacht mit dir so genossen, ich muss oft daran denken", meinte sie.

„Es war wunderschön …und das Ergebnis ist es auch!", fügte Simon hinzu. Emma genoss jede Sekunde, die Simon ganz nah bei ihr auf dem Sofa saß. Als es plötzlich an der

Tür klopfte, sprang Simon hastig auf. Eine Angestellte sagte Simon, dass ein Kunde da wäre, der nach ihm gefragt hätte. Emma meinte darauf, dass sie ohnehin gehen müsse, und verabschiedete sich eilig von Simon, der es insgeheim sehr bedauerte, dass die Unterhaltung so schnell zu Ende war. „Wir sehen uns … und liebe Grüße an Björn!", rief er Emma noch nach.

Als Emma nach Hause fuhr, rief Greta zurück. Emma erzählte ihr voller Stolz, dass laut der Untersuchung alles bestens war … viel mehr noch, sie hatte sogar den Herzschlag ihres Kindes gehört, und mit dem Ultraschall-Bild auch den Mutter-Kind-Pass bekommen. „Ich war gerade bei Simon im Büro. Ich wollte ihm das heute unbedingt auch persönlich sagen. Ich hoffe, dass ist für dich in Ordnung?", fragte Emma fast schon entschuldigend.

„Nein, es ist nicht in Ordnung!", murrte Greta ins Telefon. Emma zuckte kurz zusammen und Greta fuhr fort: „… weil ich auch das Bild sehen möchte. Kommst du noch einen Sprung vorbei?", fragte Greta und lachte, als sie bemerkte, dass Emma ob ihrer schroffen Antwort tatsächlich etwas irritiert gewesen war.

„Ich komme vorbei, weil ich bei dir keinesfalls in Ungnade fallen will", sagte Emma, drehte um und fuhr zurück zu Gretas Haus. Greta erzählte, wie sie sich damals gefühlt hatte bei ihrer ersten Schwangerschaft und wie unglaublich dieses Gefühl war, zu spüren, dass ein Baby in einem wächst. Und sie erzählte, dass bei ihr die gesamte Schwangerschaft völlig problemlos verlaufen war und Greta optimistisch war, dass auch bei Emma alles komplikationsfrei verlaufen würde.

In den kommenden Wochen trafen sich Greta und Emma immer wieder einmal. Greta stand Emma immer mit Rat und Tat zur Seite und Emma konnte im Laufe der Monate ihre Schwangerschaft, trotz üblicher kleiner Problemchen, richtiggehend genießen. Mit größer werdendem Bauch wuchs auch die Vorfreude auf die Geburt. Obwohl Emma als Enddreißigerin schon zur Gruppe der Risikoschwangerschaften zählte, ließ Emma keine über die normalen Untersuchungen hinaus gearteten Tests durchführen. Sie wollte sich einerseits nicht verunsichern lassen, andererseits hatte sie noch immer riesengroßes Vertrauen in das positive Schicksal, das es offenbar so gut mit ihr meinte. Genauso wenig wollten sie und Björn das Geschlecht ihres Kindes wissen, auch weil die beiden in dieser Richtung überhaupt keine Wünsche äußerten.

Die Monate verronnen, als wenn Zeit nicht existieren würde. Björn war mittlerweile auch der Liebling jener Hebamme geworden, die in der letzten Phase der Schwangerschaft Geburtsvorbereitungskurse gab. Er war mit derartigem Enthusiasmus bei der Sache, dass manch andere Schwangere neidisch werden konnte.

An einem Julimorgen, etwas früher als geplant, war es schließlich soweit. Als Björn in aller Früh, draußen war es noch dunkel, munter wurde und Emmas Bett leer vorfand, eilte er hurtig in die Stube. Emma lag auf dem Sofa. Sie wollte sich einen Tee machen, als sie plötzlich einen Blasensprung hatte. Gemäß der Anweisungen aus den Kursen legte sie sich hin und wissend, dass die Geburt unmittelbar bevorstand, sagte Emma in ruhigem Ton: „Björn, es ist so weit. Bitte rufe die Rettung für einen liegenden Transport und nimm die fertig gepackte Tasche mit."

Jonas

Die Wehen kamen mittlerweile schon regelmäßig. Emma hatte die ärztliche Erlaubnis bekommen, dass sie aufstehen dürfe, und so ging sie gemeinsam mit Björn den Gang in der Geburtenstation des Krankenhauses auf und ab. Zwischendurch, wenn die Wehen heftig kamen, blieb Emma stehen und versuchte, tief und so ruhig wie möglich zu atmen. Björn, der Emma stützte, atmete im gleichen Rhythmus mit und wich Emma keine Sekunde von der Seite. In regelmäßigen Abständen kontrollierte eine Stationsschwester die Weite des Muttermundes. So zog es sich über den gesamten Tag hin. In der Zwischenzeit hatte Björn Greta und Simon via SMS verständigt, dass Emma mit Wehen im Krankenhaus sei. Als es schon Abend wurde, wirkte Emma bereits ziemlich abgekämpft, doch spürte sie, dass die Wehen immer heftiger und in kürzeren Abständen kamen. „Komm, Schatz, jetzt geht es ins Finale … du schaffst das. Alles wird gut!", sprach Björn seiner Frau gut zu.

Emma vernahm die Worte, sagte aber kein Wort, zu sehr war sie mit den betäubenden Schmerzen beschäftigt. Es wäre nicht Emma gewesen, hätte sie nicht alle schmerzlindernden Mittel oder gar einen Kreuzstich abgelehnt. Nach einer schmerzenden Wehe schien aber auch sie am Ende ihrer Kräfte angekommen zu sein. „Ich kann nicht mehr", stöhnte sie und drückte Björns Hand.

Björn bewies in dieser Phase wahre Stärke. Er blieb ruhig und spornte Emma an. „Schatz, wenn einer die Kraft hat, dann du. Du schaffst es. Es dauert nicht mehr lange!"

Immer wieder schaute auch ein Arzt nach Emma. Als auch ein anderer Kollege hinzukam, diskutierten die Ärzte, ob es nicht sinnvoll wäre, einen Kaiserschnitt einzuleiten. Einer der beiden Ärzte kniete sich zudem förmlich auf Emmas Bauch und versuchte so, das Kind weiter in den Geburtskanal zu drücken. Am liebsten hätte Björn, als er das sah, den Arzt mit seiner riesigen Hand gepackt und vor die Türe gesetzt, doch letztendlich musste er dem Arzt vertrauen, dass dieser schon wisse, was er da tat. Der Hebamme, die den Fortschritt der Geburt kontrollierte, sah man die Erfahrung nicht nur an ihrem Alter an. Wenn die Ärzte auch schon etwas ratlos wirkten, war sie der Ruhepol, der Emma das Gefühl gab, in besten Händen zu sein. Sie dürfte auch bei den Ärzten gehörigen Respekt gehabt haben, denn plötzlich meinte sie zu den beiden Ärzten und einer weiteren Krankenschwester: „Bitte verlassen Sie jetzt das Zimmer. Es geht ins Finale. Emma braucht jetzt ihre Ruhe und Kraft!"

Ohne zu murren, verließen die drei Angesprochenen das Zimmer. Plötzlich war es absolut still. Die Hebamme drehte auch das Licht etwas zurück, drückte Björns Schulter und sagte zu Emma: „Atme ruhig, Emma. Hol tief Luft und sammle deine ganze Kraft. Atme ein … und aus … ja, du machst das sehr gut!"

Emmas Atem beruhigte sich durch die fast schon meditativen Worte der Geburtshelferin zusehends.

„Atme ruhig", sagte die Hebamme in ruhigem Ton weiter. „Sammle die Kraft, die du brauchst. Jede weitere Wehe bringt dich deinem Ziel näher!"

Als sich wieder eine gewaltige Wehe ankündigte, wurde die Hebamme entschlossener und forderte geradezu von

Emma, mit all jener Kraft zu pressen, die sie noch zu geben vermochte. Es folgten vier, fünf weitere gewaltige Presswehen und Schmerzen, die wohl nur Frauen kennen, die schon eine Geburt erlebt haben. „Pressen, pressen, Emma, ja, pressen, gib alles!", waren die befehlenden Worte der Hebamme, die nahezu in der Lautstärke ertönten, in der Emma ihre Schmerzen in die Welt hinausschrie, bis zu dem Zeitpunkt, in dem sich Emmas Schreie mit dem Geschrei eines Neugeborenen vermischten. Björn erblickte das Baby und fing im gleichen Moment zu weinen an. Nachdem die Hebamme das Neugeborene auf Emmas Brust gelegt hatte, verließ sie den Raum. Emma und Björn liefen die Tränen über und über.

„Es ist ein Jonas", zitterte Björns Stimme. Emma wusste das bis zu diesem Zeitpunkt auch noch nicht. Angeblich hatte die Hebamme nach der Geburt zwar gesagt, dass es ein Junge sei, aber das war in Emmas Wahrnehmung nicht vorgedrungen. Jetzt lag sie da, zitterte noch am ganzen Körper, weinte vor Glück und hielt ihren Sohn schützend in ihren Armen. „Schatz, unser Traum ist wahr geworden", schluchzte Emma noch und wischte Björns Tränen von seinen Wangen.

Kurze Zeit später kam die Hebamme begleitet von einem Arzt zurück ins Zimmer. Björn bedankte sich mit einer Umarmung bei der Geburtshelferin und Emma meinte: „Sie sind ein wahrer Engel."

Björn durfte helfen, als Jonas das erste Mal gebadet wurde. So ganz dürfte ihm das nicht gefallen haben. Der junge Mann schrie mit einer Stimme, die es wahrlich in sich hatte. Die Hebamme trocknete das Neugeborene, dessen struppeligen, schwarzen Haare zunächst zu Berge standen

179

und schließlich mit einer weichen Bürste gebändigt wurden. Kurz darauf durfte Jonas das erste Mal an Mamas Brust saugen. Es waren Momente purer Glückseligkeit, die sich in diesen Stunden in Emmas und Björns Erinnerung brannten, für immer und unvergesslich.

Am nächsten Tag waren Emma die Strapazen zwar noch anzusehen, doch wenn man ihr ins Gesicht blickte, konnte man erahnen, welches Glücksgefühl sie empfand. Björn hatte ein paar Stunden zu Hause geschlafen und saß schon am frühen Vormittag wieder an Emmas Bett in der Geburtenstation, um immer noch etwas ungläubig zu beobachten, wie Jonas auf Emmas Brust schlief. Plötzlich klopfte es ganz leise an der Tür und nachdem diese einen Spalt geöffnet wurde, spähten Greta und Simon herein. Emma und Björn lächelten den beiden entgegen und Simon und Greta gratulierten mit flüsternder Stimme, worauf Emma mit leiser Stimme erwiderte: „Dieses Glück haben wir euch zu verdanken!"

Björn, der schon wieder mit den Tränen kämpfte, schämte sich für seine emotionalen Gefühle und meinte: „Ich hab noch nie so viel geweint wie in den letzten Wochen, so eine Freude hab ich … es tut mir leid."

„Du brauchst dich nicht dafür zu entschuldigen", meinten Simon und Greta einhellig und fügten hinzu: „Schön, wenn jemand noch so Gefühle zeigen kann."

Während Greta zärtlich über Jonas' Wangen streichelte, beäugte Simon den kleinen Sprössling. Es war sein Sohn, der da auf Emmas Brust lag! Daneben saß mit Björn jener Mann, dem er die Vaterrolle übertragen hatte und der sein Glück noch immer nicht fassen konnte. Simon tat sich etwas schwer, weil er nicht genau wusste, wie er sich verhalten sollte. Emma lächelte Simon immer wieder an und für alle Beteiligten war es offensichtlich, dass Simon in gewisser Weise verunsichert war. Er versuchte so natürlich wie möglich zu sein, berührte Jonas' kleine Hände und lächelte das Baby, dessen dunkles Haar ein offensichtliches Indiz auf seinen leiblichen Vater war, immer wieder an. Im Grunde genommen musste Simon seine Freude über seinen Sohn so gut wie möglich verstecken, vor allem in Rücksichtnahme auf Björns Gefühlslage. Langsam, aber sicher dämmerte es Simon, welchem Gefühlschaos er sich da gegenübersah. Klar, er liebte seine Frau über alles, hegte aber auch starke Gefühle für Emma, auf deren Brust sein neugeborener Sohn lag. Am Bett saß mit Björn, der Simon ein guter Freund und Geschäftspartner geworden war, jenes Computergenie, das durch seine immense Liebe zu seiner Frau den ganzen Plan eingefädelt hatte, dessen Ergebnis sich nun hier in diesem Zimmer befand.

Simon und Greta verabschiedeten sich herzlich. Greta bemerkte natürlich, dass Simon verunsichert und gehemmt war. „Wie geht es dir dabei?", fragte sie ihn, als sie das Krankenhaus verließen.

„Ich habe mir das alles tausende Male durch den Kopf gehen lassen, so wie du und wie wahrscheinlich auch alle anderen. Wenn man dann seinen eigenen Sohn sieht, fühlt sich vieles jedoch anders an als gedacht", gab Simon nachdenklich zur Antwort.

„Wäre es anders, wenn es neuerlich eine Tochter wäre?", hakte Greta nach.

„Das kann ich dir nicht sagen, Schatz. Es ist so, wie es ist. Momentan halt alles etwas irritierend!", antwortete Simon, der das Gespräch beenden musste, weil er mit dem

Firmenfahrzeug ins Spital gefahren war und nun weiter zu einem Kunden fahren musste. Greta stieg in ihr Fahrzeug ein und machte sich nunmehr Gedanken, die sie bislang nie verschwendet hatte. Ihr wurde jetzt erst so richtig bewusst, welchen Gefühlen sich Simon stellen musste, vor allem als er vorhin zum ersten Mal seinen leiblichen Sohn gesehen hatte. Und Greta dachte auch daran, welche Emotionen ihn dabei im Gedanken an seinen eigenen, verunglückten Vater überkommen mussten? Auch wenn ihr Simon die Frage vorhin nicht beantworten konnte, für Greta war klar, dass der Umstand, dass Emma einen Sohn gebar, es für Simon sicher nicht einfacher machte. Greta blieb aber letztendlich bei ihrer positiven Einstellung. Nach dem Motto, „es wird sich schon alles zum Positiven entwickeln", fuhr sie nach Hause und verbannte die grübelnden Gedanken.

Nach ein paar Tagen ging es auch für Emma und Björn nach Hause. Für sie war das Glück einfach perfekt. Emma und Jonas waren gesund und wohlauf. Im Bauernhaus stand das Zimmer für das Neugeborene bereit, wenngleich es noch an einigen Einrichtungsgegenständen fehlte. Auch war noch vieles zu organisieren und zu erledigen. Aber dazu hatten Emma und Björn nunmehr genug Zeit. Vor allem nahmen sie sich die Zeit, das Wunder, das ihnen widerfahren war, in vollen Zügen zu genießen. Björn selbst verschwendete keine Gedanken darüber, dass das Kind nicht von ihm war. Er lebte schon seit seiner Jugend mit dem Wissen, dass er selbst nie Kinder würde haben können. Vor allem wollte er immer nur eines, Emma glücklich und zufrieden sehen. Mit ihr eine eigene Familie haben. Diesen Wunsch hatte ihm nicht irgendjemand erfüllt, sondern sein bester Freund Simon, für den er nach eigenen Worten wie für einen Bruder empfand.

Familie

Wenn es so etwas wie die Glanzjahre des Lebens gibt, dann waren es für Emma und Björn vor allem jene Jahre die auf die Geburt Jonas' folgten. Alles schien einfach perfekt zu sein. Jeder fand im Laufe der Zeit seine ihm zugedachte Rolle. Emma war eine perfekte Mutter, Björn ein liebevoller Vater, der alles Menschenmögliche tat, um Emma und Jonas glücklich zu machen. Greta war die perfekte Freundin und erfahrene Ratgeberin, die Emma eine wahre Stütze bei der Bewältigung ihrer neuen Aufgaben als Mutter war. Und Simon? Er hatte nach der Geburt einige Zeit gebraucht, seine Unsicherheit im Umgang mit „seinem" Kind abzulegen, so gut es halt möglich war. Simon versuchte im Gegensatz zu seinem persönlichen Naturell, einen gewissen Abstand zu Jonas zu wahren, indem er seine Rolle als „Erzeuger" annahm und Björn als liebevollen Vater akzeptierte. Nicht mehr und nicht weniger. Simon versuchte einfach eine gewisse Distanz zu wahren, vor allem als Selbstschutz. Den anfänglichen Gedanken, dass „sein" Sohn woanders aufwuchs, genauso wie das Gefühl des Vermissens, versuchte er im Keim zu ersticken. Er behandelte Emmas und Björns Baby eben als solches, als Kind seiner besten Freunde. Bei den gemeinsamen Treffen warf Emma Simon immer wieder jene Blicke zu, die jedes Mal auch ihren Dank zum Ausdruck brachten. Simon empfand eine gewisse Zufriedenheit zu sehen, dass Emma die wohl glücklichste Mama der Welt war.

Auch Rosa und Anna hatten eine große Freude mit Jonas, hatten aber natürlich keine Ahnung, dass ihr Vater auch der Vater des Jungen war. Dieser Umstand sollte auch für immer ein Geheimnis bleiben. Außer den vieren selbst, wusste kein Mensch darüber Bescheid. Als Jonas etwas über ein Jahr alt war, verspürte Emma ein großes Bedürfnis, wieder einmal etwas für sich zu unternehmen. Während sie stillte, aber auch in den Monaten danach, gab es keine Minute, wo sie nicht für ihren Sohn da gewesen war. Björn war Weltmeister im Wickeln, Spielen und Fläschchen geben und Emma konnte sich rund um die Uhr auf ihren Mann verlassen. Schon seit Wochen überlegte Emma, ob es in Ordnung wäre, Simon zu fragen, ob er mit ihr wieder einmal eine Klettertour machen würde. Doch immer wieder, bevor sie knapp davor war, Simon anzurufen, wurde sie unsicher und ließ es bleiben. Sie war seit der Nacht, in der Jonas gezeugt wurde, außer für einen kurzen Moment in Simons Büro, nie mehr mit ihm allein gewesen. Sie hatte irgendwie Angst davor. Die Angst und Unsicherheit wurde auch immer größer je länger sie darüber nachdachte. Nachdem sie Björn darauf ansprach, dass sie sehr gerne wieder einmal eine Tour mit Simon machen würde und dieser überhaupt keine Bedenken äußerte, nahm Emma sämtlichen Mut zusammen und rief Simon an: „Hallo Simon … ich muss einfach wieder mal raus in die Berge … ich weiß nicht, ob du das auch willst … aber …"

„OK … und wann", unterbrach Simon mit einer Selbstverständlichkeit, als hätte er schon lange und sehnsüchtig auf diese Frage gewartet.

„Ähmm …ich weiß nicht, ich kann eigentlich jederzeit aus, aber nur, wenn es Greta passt, redest du mit ihr?", antwortete Emma, worauf Simon meinte: „Natürlich erzähle ich Greta davon, aber du weißt, dass ich sie nicht fragen muss, so gut müsstest du sie eigentlich schon kennen!"

„Ja, du hast recht", lachte Emma ins Telefon. Die beiden verabredeten sich für das kommende Wochenende und erst als Simon das Telefon zur Seite gelegt hatte, spürte er, wie sein Puls in den Schläfen pochte. Er hatte sich oft gefragt, ob es je wieder eine Bergtour mit Emma geben würde. Dass sie ihn nun gerade danach gefragt hatte, war für ihn völlig unerwartet. Als er Greta davon erzählte, versuchte er ruhig und abgeklärt zu bleiben. Natürlich konnte er Greta nichts vormachen, sie wusste genau, wie sehr Simon sich darüber freute, und meinte nur: „Ihr wart früher ein gutes Kletterteam, warum solltet ihr es jetzt nicht mehr sein?"

Typisch Greta. Als Simon in den darauffolgenden Tagen Emma abholte, stand sie bereits mit Björn, der Jonas im Arm hielt, vor der Türe. Björn nahm Jonas' Hand und winkte mit ihm zum Abschied. Zuvor rief er Simon noch ein „Pass gut auf Mama auf!" zu.

Im Auto erzählte Simon, wie sehr er sich schon im Vorfeld auf die gemeinsame Bergtour gefreut hatte. Und Emma offenbarte ihm, dass sie sich lange nicht getraut hatte, ihn anzurufen. Simon wusste um Emmas Verunsicherung und meinte mit einem Zwinkern: „Du musst keine Angst haben, es wird von mir keine Annäherungsversuche geben."

„Das weiß ich. Vielleicht ist es ja auch die unbewusste Angst vor mir selber", war Emmas überraschende Antwort.

„Lass uns diesen Tag einfach genießen", sagte Simon, während die beiden in ein wunderschönes Seitental fuhren. Entgegen Emmas Erwartungen hatte Simon keine Klettertour geplant, sondern eine Bergtour mit nur leicht ausgesetzten Stellen. Er meinte, was Emma derzeit am meisten brauche, wäre kein Adrenalinstoß, sondern die wunderschöne Natur mit einem lohnenden Gipfelerlebnis. Und ja, das war wirklich genau das, was Emma wohl am dringendsten brauchte.

Die beiden schlenderten rauschenden Bächen und bunten Almwiesen entlang. An einem eiskalten Bergsee, in dem sich die umliegenden Gipfel widerspiegelten, machten sie eine kleine Rast. Emma war verständlicherweise konditionell nicht mehr dort, wo sie vor der Geburt war, umso mehr genoss sie es, die frische Bergluft mit tiefen Atemzügen in ihre Lungen zu saugen. Über einen langen Bergrücken ging es dem heutigen Tagesziel, einem Gipfel mit gewaltigem Rundumblick, entgegen und oben angekommen war Emma zwar richtig außer Puste, aber vor allem überglücklich, wieder auf einem Gipfel zu stehen. Simon gratulierte wie üblich mit einem herzlichen „Bergheil" und die beiden aßen die mitgebrachte Jause in der späten Vormittagssonne. Ein paar Wanderer, die ebenfalls am Gipfel waren, stiegen bereits wieder ab und Ruhe und Stille legte sich über den Berg. Es war lediglich der eigene Atem, der zu hören war. Als Simon da saß und sein Gesicht genüsslich in die Sonne hielt, setzte sich Emma unerwartet dicht hinter Simon, legte ihre Hände auf seine Schultern und lehnte sich an ihn: „Sag mir bitte, wenn du das nicht möchtest", meinte Emma.

„Doch, es fühlt sich gut an", antwortete Simon, der einerseits überrascht war, dass Emma seine Nähe suchte, andererseits genoss er unheimlich ihre Berührung. Vielmehr hatte sich Simon schon so danach gesehnt. Die beiden saßen einfach da und keiner sagte auch nur ein Wort. Es gab nur Stille, diese Berührung und dennoch viele Gedanken in ihren Köpfen. Simon dachte noch nach, ob Emmas Berührung als Zeichen der Dankbarkeit zu werten war oder ob sie einfach seine Nähe spüren wollte, letztendlich wollte er jedoch daran keine Gedanken verschwenden, sondern diesen schönen Zustand lediglich genießen. Mehr als eine halbe Stunde saßen die beiden nahezu wortlos so da, als Emma sich wieder zum Aufbruch bereit machen wollte: „Simon, ich vermisse Jonas schon wieder, können wir!"

„Klar doch, der kleine Mann vermisst sicher auch schon seine Mama", meinte Simon verständnisvoll und die beiden gingen wieder dem Tal entgegen. Immer wieder dachte Simon beim Abstieg daran, Emmas Hand zu nehmen, aber irgendwie war dieser Moment am Gipfel so intensiv gewesen, dass er diesen mit einer weiteren Berührung nicht kaputt machen wollte. Zudem galt es, eine gewisse Grenze nicht wieder zu überschreiten. Als Simon Emma vor dem Bauernhaus aussteigen ließ, meinte er: „Ich habe schon viele Bergtouren in meinem Leben gemacht, aber das war eine meiner schönsten. Ich danke dir!"

„Nein, ich danke dir, Simon", entgegnete Emma. „Auch für deinen Respekt allem und jedem gegenüber!"

Als Simon nach Hause fuhr, musste er gerade über die letzten Worte Emmas nachdenken. Emma wusste genau, wie schwer Simon es fiel, ihr nicht näher zu kommen, was ja auch tatsächlich so war, umso mehr war Simon froh darüber, dass er jegliche diesbezüglichen Avancen unterließ.

Die Aussage, dass man an den Kindern sieht, wie schnell die Zeit vergeht, wurde in den darauffolgenden Monaten und Jahren für Emma und Björn wahrhaftig und offensichtlich. Nach Emmas Karenz ging es für Jonas zunächst in die Kinderkrippe und anschließend in den Kindergarten. Der Online-Sportartikel-Handel von Björn und Simon entwickelte sich immer mehr zum Selbstläufer. Die ganzen Bemühungen, die die beiden anfangs in die Zusammenarbeit steckten, machten sich jetzt richtig bezahlt. Björn hatte durch seine Heimarbeit die Freiheit, wann immer er wollte, für Jonas da zu sein. Emma arbeitete in Teilzeit an der Schule und das Familienleben stand an oberster Stelle. Die Treffen zwischen den befreundeten Familien fanden immer wieder einmal statt, wenngleich nicht mehr so häufig. Die Interessen von Björn und Emma waren durch Jonas eben meist andere, was der guten Freundschaft keinen Abbruch tat. Jonas selbst war ein ruhiges, fast schon besonnen wirkendes Kind. Es schien, als würde er bei allem, was er tat erst vorher darüber nachdenken, abwägen und erst dann handeln. Ihn interessierte alles, was eben kleine Buben interessierte, es musste vor allem technisches Spielzeug sein. Jonas Zimmer quoll über vor Kinderwerkzeug, Miniaturbaggern und Spielfahrzeugen, Legobausteinen und vielem mehr.

Zu seinem fünften Geburtstag bekam Jonas von „Onkel Simon und Tante Greta", wie er sie, seitdem er sprechen konnte, immer schon nannte, eine Spielzeugeisenbahn. Fortan gab es für den kleinen Racker nichts anderes, als jede freie Minute damit zu verbringen, mit den Miniatur-Zügen zu fahren und Spielzeuggüter zu befördern. Als Simon das Geschenk für Jonas kaufte, verschwieg er allen, auch Greta gegenüber, dass sein größter Stolz in seinen Kindheitstagen eines war … nämlich eine Spielzeugeisenbahn, die er damals von seinem Vater geschenkt bekommen hatte. Aber auch bestimmte Verhaltensweisen Jonas', die Simon in vielen Situationen bei den gemeinsamen Treffen beobachten konnte, ließen ihn immer wieder an seine eigene Kindheit erinnern. Auch darüber verlor Simon niemandem gegenüber auch nur ein Wort. Was aber Simon nicht totschweigen konnte, weil es allzu offensichtlich war, war die Ähnlichkeit zu seinem leiblichen Vater, die sich in Jonas' Gesichtszügen widerspiegelte und die sich scheinbar mit jedem Tag noch weiter verstärkte. Jonas' dunklen Haare, die dunklen Augen, die zierliche Nase, die vollen Lippen, alle wesentlichen Gesichtszüge ließen Jonas immer mehr zu einer Miniaturausgabe Simons werden. Ein Umstand, der nicht nur die chaotische Gefühlslage bei Simon weiter destabilisierte, er sollte auch Unruhe in jenen Pakt bringen, der bis dato als geniale Idee gefeiert wurde und nunmehr immer mehr zu einer Finte verkam.

Die Wende

Noch eine Zeit lang schien in beiden Welten dieses ungewöhnlichen Konstruktes alles in Ordnung zu sein. Emma genoss jede Sekunde mit ihrem Kind, Björn war weiterhin der perfekte Vater, der alles andere, das dieses Bild erschüttern konnte, mit Bravour ausblendete. Greta schwelgte weiterhin in ihrer Welt, die durch ihre positive Einstellung und den Glauben an das unabänderliche Schicksal geprägt war und Simon war weiterhin Meister darin, den Mantel des Schweigens über alles, was seine Gefühlswelt betraf, zu legen. Es war wohl nur mehr eine Frage der Zeit, bis diese eigentümliche Verbindung ins Schwanken geriet. Die Wende dazu geschah an einem wunderschönen Tag bei einer gemeinsamen Wanderung. An diesem Sommertag, wenige Tage vor Jonas' Einschulung in die Volksschule des kleinen Ortes wanderten die beiden Familien über eine sanft-hügelige Alm. Lediglich Anna, die bereits seit einigen Jahren an der Universität Salzburg Betriebswirtschaft studierte, war bei der Wanderung nicht dabei. Sie war mit ihrem Freund, mit dem sie eine Wohnung bezogen hatte, in Salzburg geblieben. Rosa hingegen hatte ihren Eltern, Emma, Björn und Jonas viel zu erzählen. Sie war erst seit zwei Wochen wieder zurück aus London, wo sie ein halbes Jahr als Au-pair-Mädchen verbracht hatte. Nun freute sie sich schon darauf, im kommenden Herbst ebenfalls die Universität Salzburg besuchen zu dürfen. Rosa wollte, so wie „Onkel Björn" anno dazumal, ebenfalls Informatik studieren. Greta ulkte stets, dass Rosas Studienwunsch darauf zurückzuführen war, dass Björn ihr abends immer wieder einmal Geschichten vorgelesen hatte. So scherzte sie in Richtung Björn, „wahrscheinlich waren die Helden in deinen Märchen meistens Informatiker", was alle sehr amüsierte.

Nach der gemütlichen Wanderung auf der Alm besuchten die sechs ein Gasthaus, besonders Jonas freute sich schon auf seine geliebten Pommes frites. Während des Essens erzählte Rosa, welche kulinarischen Höhepunkte sie in England erlebt hatte. Nach dem Essen ging sie vor die Tür, um wieder einmal mit Anna zu telefonieren, die sie, seitdem sie nach England gegangen war, nicht mehr gesehen hatte. Jonas, der zuerst im Gasthaus herumtollte, wurde plötzlich müde und tat etwas, das er bislang noch nie getan hatte. Er setzte sich auf Simons Schoß, hielt sich mit der Hand an Simons Arm fest und lehnte sich gähnend an seine Brust. Klar war Simon schon seit Jonas denken konnte ein Vertrauter, doch dass Jonas derart seine Nähe suchte, war noch nie vorgekommen. Wahrscheinlich hatte dies auch damit zu tun, dass Simon aus Gründen des Selbstschutzes, aber auch in Rücksichtnahme vor allem Björn gegenüber, es meist vermieden hatte, körperlichen Kontakt zu Jonas zu suchen. Natürlich, als Jonas noch klein war, hatte er ihn schon mal auf dem Arm getragen und der Umgang mit dem heranwachsenden Kind war zwar immer sehr freundlich, dennoch immer mit einer Portion Zurückhaltung versehen. Und nun setzte sich Jonas neben allen anderen auf Simons Schoß, als wäre es das Selbstverständlichste der Welt. Alle schauten ungläubig, als Jonas da so saß und in die Runde blickte. Emma versuchte, die aufkommende Irritation mit einem „Jonas, bist du schon so müde?" zu beschwichtigen.

In diesem Moment erschien die Kellnerin, die zuvor zum Bezahlen der Rechnung gerufen worden war. Sie machte gerade die Rechnung fertig, als sie Jonas ansah und unverblümt meinte: „So kuscheln mit dem Papa ist schon was Schönes, gell!? Und ausschauen tust du ja auch komplett wie der Papa. Das ist ja wirklich ein Gesicht. Wie runtergerissen!" Die Kellnerin lachte dabei in die Runde. Der einzige der lachte, war Jonas selbst, wohl weil er sich fragte, wie die nette Kellnerin so einen Blödsinn reden konnte. Dem Rest der Runde war das Gesicht förmlich eingefroren. In dem Moment kam Rosa wieder zum Tisch und fragte ob der ernsten Mienen, ob alles in Ordnung sei.

„Doch doch", meinte Greta hastig, „wir sind gerade beim Zahlen."

Die gute Stimmung war jedenfalls mit einem Schlag gänzlich verflogen. Keiner bezog zu der unbedachten Ansage der Kellnerin Stellung und dennoch rauchten die Köpfe. Die Worte der Kellnerin lösten bei allen, wie bei einem Stein, der ins Wasser fällt, Gedankenkreise aus, mit denen man so sehr beschäftigt war, dass es für ein normales Gespräch scheinbar nicht mehr reichte. Kurz angebunden verabschiedeten sich die beiden Familien voneinander. Kaum hatte sich Björn ins Auto gesetzt, meinte dieser trotzig „So offensichtlich sieht man das jetzt schon, klasse!"

Emma kreuzte mit dem Zeigefinger die Lippen, gab Björn damit zu verstehen, dass er ruhig sein solle, und deutete auf Jonas, der müde auf dem Kindersitz saß. Björn hielt sich nur bedingt an Emmas Aufforderung: „Möchte nicht wissen, wie sich schon die Leute das Maul zerreißen!"

Während der Fahrt nach Hause sprach Björn kein einziges Wort mehr. Emma saß daneben und stützte sorgenvoll ihren Kopf auf ihre Hand. Für sie war nunmehr ausgesprochen, was schon seit langer Zeit offensichtlich war. Jonas war nicht nur in seinen Bewegungen seinem leiblichen Vater gleich, auch seine Ähnlichkeit zu ihm war in der Tat verblüffend. Das einzige, was er von mir hat, sind seine süßen Locken, dachte sich Emma ratlos, wie das alles nun weitergehen sollte.

Die Stimmung im Fahrzeug von Simon war nicht viel anders. Der grenzenlose Optimismus von Greta hatte sich scheinbar verflüchtigt und als Rosa endlich wissen wollte, was während ihres Telefonats mit ihrer Schwester passiert war, meinte Greta lediglich: „Wenn Anna am Wochenende nach Hause kommt, müssen wir euch etwas erzählen."

Simon schaute Greta ungläubig mit großen Augen an. Greta aber nickte nur, so als wolle sie sagen, es sei Zeit, den Kindern die Wahrheit zu erzählen.

Als am kommenden Wochenende Anna von der Universität nach Hause kam, war das Wiedersehen mit ihrer Schwester riesengroß. Die beiden verzogen sich sogleich in Rosas Zimmer, wo sie von ihrem England-Trip erzählte. Nach einem langem Gespräch zwischen den beiden Geschwistern erzählte Rosa auch noch von dem rätselhaften Vorfall im besagten Gasthaus und dass sie nicht genau wisse, was los sei, aber dass ihre Eltern darüber mit ihnen noch sprechen wollen. „Wetten, dass es um das geht, über das wir beide schon so oft gesprochen haben?", wetterte Anna, während Rosa nachdenklich an die Zimmerdecke schaute.

Das Wochenende verging rasch und familiär, sodass die Angelegenheit für Simons Töchter vorerst in Vergessenheit geriet, doch bevor Anna Sonntagabend wieder nach Salzburg fuhr, bat Greta die beiden Mädchen noch zu einem Gespräch auf die Wohnzimmercouch, auf der Simon bereits Platz genommen hatte. „Wir möchten euch etwas erzählen", sagte Greta mit ernstem Blick. „Es geht um Björn, Emma und Jonas."

Anna unterbrach die Worte ihrer Mutter und fuhr sie richtiggehend an: „Und um uns zu sagen, dass Jonas eigentlich Papas Sohn ist. Für wie blöd haltet ihr uns eigentlich!"

„Pass auf deinen Ton auf", maßregelte Simon seine Tochter in lautem Ton.

„War wohl ein Seitensprung mit Folgen, was?", schrie Anna aufgebracht heraus. Simons Kopf wurde feuerrot und er war nahe dran, die Beherrschung zu verlieren. Anna sprang auf und flüchtete in ihr Zimmer, in das ihr Rosa wenige Sekunden später, ohne auch nur ein Wort zu sagen, folgte. Simon und Greta blickten sich ratlos an. Sie waren gar nicht so sehr darüber verblüfft, dass ihre Töchter die Wahrheit über Jonas erahnten, dafür war die Ähnlichkeit zu Simon einfach zu frappierend. Den Mädchen war wohl schon seit einiger Zeit klar, dass es kein Zufall sein konnte, dass das Kind der besten Freunde dem eigenen Vater gewaltig ähnlich sah. Ein dunkelhaariges Kind von zwei blonden Elternteilen wäre ja noch zu erklären gewesen, aber nicht eine Miniaturausgabe des eigenen Vaters. Simon atmete tief durch, um sich zu beruhigen. Natürlich verstand er, warum Anna so zornig war. Sie dachte, ihr Vater hätte mit Emma ein Verhältnis gehabt, aus dem Jonas hervorgegangen war, und die beiden gehörnten Ehepartner hätten ihrem untreuen Gegenüber aus verschiedensten Gründen verziehen.

„Wie soll ich aus der Nummer wieder rauskommen, wie das alles erklären!", meinte Simon verzweifelt.

„Indem ich ihnen die Wahrheit erzähle", meinte Greta entschlossen und folgte den Mädchen ins Zimmer. Ihr Klopfen an der Tür und die Aufforderung, diese zu öffnen, wurde anfänglich von den beiden gänzlich ignoriert. Schlussendlich öffnete Rosa die Tür und Greta setzte sich auf die Couch, auf der Anna trotzig saß.

„Vieles ist nicht so, wie es den Anschein hat, und ihr habt beide das Recht, die volle Wahrheit zu erfahren", leitete Greta ihre Erzählung ein. Ihre Ausführungen waren unverblümt und die beiden Mädchen hörten gespannt zu, als ihre Mutter erzählte, dass Björn wegen einer Krankheit in seiner Jugend keine eigene Kinder zeugen konnte. Sie erzählte von der Belastung und der Traurigkeit, die sich zwischen Björn und Emma wegen der Kinderlosigkeit eingestellt hatte, auch dass deren Ehe deswegen bereits einmal auf der Kippe stand. Greta erklärte, warum für Emma jegliche künstlich herbeigeführte Schwangerschaft nicht in Frage kam und wie und wann Björn schließlich ihren Vater fragte, ob er ihnen aus tiefer Freundschaft heraus helfen würde.

„Du meinst, Björn selber hat Papa gefragt, ob er mit Emma schlafen würde?", fragte Rosa verdutzt.

„Ja! Und ich war es, der euren Vater ermutigt hat, mit Emma eine Nacht zu verbringen. Nur eine Nacht hatten wir vereinbart. Auf der Hütte, auf der wir immer wieder waren und welche wir seitdem nie wieder betreten haben."

Die beiden Töchter schauten sich mit großen Augen an, wussten nicht, wie und wo sie das gerade Gehörte einordnen sollten.

Greta verließ das Zimmer und gab den Mädchen die Möglichkeit, in Ruhe nachzudenken beziehungsweise untereinander zu diskutieren. Anna und Rosa mochten Björn und Emma, seitdem sie diese auf der Almhütte kennengelernt hatten, und Björn war noch immer jener Geschichtenerzähler und Spielkamerad, der sich in den Herzen der beiden wiederfand. Aber aus Freundschaft jemandem einen derartigen Wunsch zu erfüllen? Rosa und Anna beschlossen, die Sache einmal so stehen und sacken zu lassen. Es war genug an Informationen und Neuigkeiten, die es zu verdauen gab, auch wenn die beiden schon seit längerem geahnt hatten, dass Jonas ihr Halbbruder war. Bevor Anna abends wieder nach Salzburg fuhr, verabschiedete sie sich im Vorhaus von Greta. Als sie bereits ihre Jacke angezogen hatte, warf Anna noch einen Blick ins Wohnzimmer, wo Simon noch auf der Couch saß, und alibimäßig in einem Katalog blätterte. „Es tut mir leid, Paps!", sagte Anna entschuldigend.

„Es ist OK, Schatz!", antwortete Simon erleichtert. „Ich danke dir! Pass beim Fahren auf, ja?"

Obwohl Anna schon die Schuhe anhatte, ging sie nochmals ins Wohnzimmer auf Simon zu und umarmte ihren Vater. Rosa war erleichtert, dass ihre größere Schwester nicht in Groll das Haus verließ, und gesellte sich zu den beiden, worauf ihr ein paar Tränen über die Wangen kullerten. „Ich liebe euch und ich danke euch", war von Simon zu hören, dessen Gesicht von den langen Haaren der

Mädchen bedeckt war und dem ein Stein vom Herzen fiel,
dass seine Töchter nunmehr die ganze Wahrheit kannten.

Die Trennung

Björn saß abends noch auf der Terrasse. Es war schon kühl geworden. Er blickte in die finstere Nacht, in der der Mond vollständig fehlte, und der Blick auf die Sterne war wunderbar. Björn fühlte sich aber alles andere als in der Stimmung, romantisch die Sterne zu beobachten. Er war traurig und versank in Melancholie. Die Situation am Nachmittag in der Gaststube fühlte sich für ihn wie ein Dolchstoß an. Es wurde offensichtlich was sich eigentlich schon lange abzeichnete. Die frappierende Ähnlichkeit Jonas' zu Simon wurde in der Öffentlichkeit auch als solche wahrgenommen. Darüber hinaus hatte Björn das Gefühl, dass Jonas begann, sich wohl aus einem Instinkt heraus Simon anzunähern. Er malte sich in seinen Gedanken aus, wie sich die Situation entwickelt hätte, hätte Emma ein Mädchen geboren. Nun war es aber einmal nicht so und Björn sah sich „seinem" Sohn gegenüber, der aussah wie sein leiblicher Vater. Auch seine Bewegungen und sein Lachen entwickelten sich immer mehr zu Simons Abbild. Björn liebte Jonas über alles, deswegen gesellte sich nunmehr auch die Angst hinzu, er könne ihn verlieren. Als Emma Jonas zu Bett gebracht hatte, setzte sie sich zu Björn. Sie hüllte sich und Björn in eine Decke ein und schaute mit Björn gedankenverloren in den Himmel. „Liebst du ihn?", fragte Björn plötzlich.

„Natürlich liebe ich Jonas über alles, wie kommst du auf diese Frage?", antwortete Emma entsetzt. „Nein, ich meine nicht Jonas, ich meine Simon!", präzisierte Björn für Emma völlig unerwartet.

„Warum stellst du mir jetzt diese Frage. Wegen der Geschichte heute? Ja, ich fühle etwas für Simon. Ich hätte mich sonst nie auf diese Nacht mit ihm eingelassen. Das wusstest du. So wie du weißt, dass ich dich liebe. Er hat uns unseren Sohn geschenkt!", meinte Emma mit ernstem Ton.

„Ja, einen Sohn, der aussieht wie er und der lacht wie er. Menschen, die die beiden aus 100 Metern Entfernung sehen, wissen, dass Simon der Vater sein muss. Aber ich bin sein Vater, rund um die Uhr, seit dem Tag seiner Geburt. Ich bin für ihn da, Tag und Nacht, und ich fürchte mich, dass meinem Sohn, wenn er älter wird, die Ähnlichkeit zu Simon bewusst wird. Instinktiv hat er ja schon heute Nachmittag die Nähe zu seinem Vater gesucht. Ich hab Angst, ihn zu verlieren!", brach es aus Björn heraus.

„Das musst du nicht", versuchte Emma ihren Mann zu beruhigen. „Irgendwann, wenn Jonas größer ist, werden wir ihm ohnehin die Wahrheit erzählen müssen, und er wird das alles verstehen."

„Und was ist, wenn er dann bei seinem Vater leben möchte, das würde mir das Herz brechen", fuhr Björn mit seiner trübsinnigen Sichtweise fort.

„Warum fängst du jetzt an, alles kaputt zu reden, wo es keinen Grund dafür gibt. Hast du eigentlich schon mal daran gedacht, wie es Simon dabei geht? Wie und was er fühlt? Was er eigentlich für uns in Kauf nimmt?", meinte Emma, deren Ton immer schärfer wurde.

„Eh klar, dass du jetzt wieder nur an Simon denkst", schnappte Björn zurück. Emma reichte es. Sie stand wütend auf und ging ins Haus. Björns Atem raste vor Aufregung. Bislang hatte Liebe, Zuversicht und Glück sein Leben dominiert. Nun machte sich Angst in Björns Dasein breit. Sie nahm ihn zur Gänze ein. Sein ganzes Denken. Es war ein schlechter Tausch, den Björn für sich zuließ. Mit der Liebe zu seinem Sohn nahm auch die Angst Platz, alles, was ihm wichtig war, zu verlieren.

Als Björn auch in das Haus ging, war Emma bereits zu Bett gegangen. Beide schliefen so ein, wie sie das so noch nie in ihrem Leben getan hatten und keinesfalls wollten. Im Groll.

Und bei Simon und Greta? Die beiden gingen mit der Erleichterung, ihren Töchtern die Wahrheit gesagt zu haben, zu Bett. Für Greta hatte es auch den Anschein, dass wieder alles beim Alten war, und dass, nachdem Rosa und Anna die Wahrheit erfahren hatten, alle Hürden aus dem Weg geräumt waren. Als die beiden im Bett lagen und nur das leise Ticken der Schlafzimmeruhr zu hören war, sagte Simon plötzlich: „Ich vermisse ihn."

Greta drehte ihren Kopf ruckartig zu Simon. „Du meinst Jonas?"

„Ja", gab Simon kurz und bündig zur Antwort.

Greta wusste nicht, was sie in diesem Moment dazu sagen sollte. Wenn sie sich diesbezüglich bisher Gedanken gemacht hatte, dann eher darüber, wie Simons Gefühle zu Emma waren. So gesehen war Greta überrascht, dass Simon, der sich Jonas gegenüber meist sehr zurückhaltend verhielt, nun seine wahren Gefühle äußerte. Ohne weitere Worte darüber zu verlieren, schliefen die beiden ein. Der Traum, den Simon in dieser Nacht hatte, führte schlussendlich zu dem Ergebnis, dass er noch weitere Verunsicherung erfuhr. Er träumte, dass er mit Jonas auf jenen Berg ging, den er auch schon mit seinem Vater bestiegen hatte. Oben am Gipfelkreuz hob er Jonas hoch, gratulierte und liebkoste ihn. Als er sich umdrehte, küsste er innig jene Frau, die mit ihnen auf den Gipfel gestiegen war. Diese Frau war jedoch nicht Greta. Es war Emma. Simon fühlte sich wie erschlagen, als er am Morgen erwachte. Ohne ein Frühstück einzunehmen, fuhr er in die Firma, in der kurze Zeit später auch Björn zu einer vereinbarten Geschäftsbesprechung erschien. Björns Verhalten war mehr als befremdlich. Die Freundschaft der vergangenen Jahre war plötzlich, scheinbar über Nacht, einer kühlen Distanz gewichen. Anstatt Vertrauen herrschte Argwohn. Björn war nicht mehr wiederzuerkennen. Als er ging, schmetterte er Simon entgegen: „Ich kann leider auch nicht aus meiner Haut raus. Auch wenn ich an allem Schuld trage. Es tut mir leid!"

Simon dachte zunächst, dass sich Björn wieder beruhigen und über kurz oder lang die Freundschaft wieder zurückkehren würde. Aber aus Tagen wurden Wochen, aus Wochen Monate. Wenn Greta versuchte, mit Emma und Björn ein Treffen zu vereinbaren, wurden diese immer wieder abgeblockt. Eine Ausrede folgte auf die andere, sodass kein Zweifel darüber bestand, dass Björn übermannt von der Angst, seinen Sohn zu verlieren, alles Bisherige an Freundschaft und an gegenseitiger Sympathie über Bord warf. Einmal am Telefon meinte Björn lediglich: „Wir sollten uns alle an die Vereinbarung halten!"

Er sprach damit jene Vereinbarung an, welche die vier damals auf der Almhütte ausgeheckt hatten, danach von einem Anwalt aufsetzen ließen und unterfertigten. Dabei wurde vor allem vereinbart, dass alle Rechte und Pflichten bezüglich eines etwaig gezeugten Kindes, welches allein

Emma und Björn zugesprochen wird, verwirkt bleiben. Emma war zwischen den Fronten gefangen und wie gelähmt. Sie stürzte sich noch mehr auf ihre Rolle als Mutter. All ihre Bemühungen, Björn wieder einigermaßen zur Vernunft zu bringen, schlugen fehl. Sie konnte die Situation nur deeskalieren, indem sie Björns Entscheidung, auf Abstand zu gehen, mittrug. Einmal erhielt Greta eine SMS von Emma, die verständlich machte in welcher Situation sich Emma befand: „Es tut mir so leid! Ich vermisse euch so sehr!", schrieb sie.

Die Situation blieb so verhärtet, wie sie war. Björn beschränkte den geschäftlichen Kontakt auf E-Mails und wenige Telefonate. Einmal bei einem Markttag im Nachbarort trafen Simon und Greta auf Emma, Björn und Jonas. Es gab nur ein kurzes Hallo. Simon konnte seinen Blick lange von Jonas nicht abwenden. Irgendwie zerriss es ihm das Herz, als er die drei in der Menge wieder verschwinden sah. Am darauffolgenden Tag pochte es plötzlich an Simons Bürotür. Noch bevor Simon etwas sagte, ging die Tür auf. Emma stand tränenüberflutet vor ihm. Sie sagte zunächst kein Wort, umarmte Simon. Ihr ganzer Körper bebte. „Was soll ich nur machen? Ich vermisse dich. Ich vermisse euch!" schluchzte Emma.

„Es geht mir genauso. Die Situation zermürbt mich mit jedem Tag ein bisschen mehr", meinte Simon. Er drehte Emmas Gesicht sanft zu sich und wischte ihr die Tränen von den Wangen. Ihre Lippen zogen sich plötzlich, ganz langsam, aber wie von selbst an und Emma und Simon küssten sich leidenschaftlich. Plötzlich wandte sich Emma, als hätte sie der Schrecken erfasst, von Simon ab. „Ich muss gehen", sagte sie ihm, schloss rasch hinter sich die

Türe und ließ Simon alleine zurück. In diesem Moment fühlte Simon den Schmerz des Verlustes so intensiv wie nie zuvor. Es fühlte sich an, als hätte er in diesem Moment Emma, seinen Sohn, seinen besten Freund und Partner Björn für immer verloren. Selbst wenn die Freundschaft zurückkehren würde, selbst wenn es so sein würde wie früher, wie sollte er den Schein gegenüber Emma und Jonas wahren. Die echten Gefühle zu zeigen hieße hingegen, dass er nicht nur seine eigene, sondern auch Emmas Familie zerstören würde. Alles wäre sinnlos gewesen. Außerdem liebte Simon seine Frau Greta über alles. Das Gerede der Leute, dass sich inzwischen eingestellt hatte, war noch das berüchtigte „Pünktchen auf dem i".

Aber es sollte noch schlimmer kommen. Simons trübe Gedanken wurden in den darauffolgenden Tagen von einem Schicksalsschlag überrollt, dass es ihm gänzlich den Boden unter den Füßen wegriss. Seine Mutter, sein großer Halt in seinem Leben, klagte eines Abends über Übelkeit und starke Brustschmerzen. Simon, der ja mit ihr unter einem Dach wohnte, rief sofort die Rettung. Noch im Rettungswagen erlitt sie einen Herzstillstand und trotz sofortiger Wiederbelebungsversuche gab es für Simons Mutter keine Rettung mehr. Ihr Herz hatte für immer aufgehört zu schlagen.

Für Simon brach eine Welt zusammen. Der Schmerz, als seine Mutter neben seines Vaters Grab beerdigt wurde, ließ auch bei Simon lang unterdrückte Tränen frei und so sehr Simon für viele im Leben immer eine Stütze war, war es diesmal er selbst, der am Grab stehend gestützt werden musste.

Nach ein paar Wochen, als Simon sich wieder etwas gefangen hatte, sprach er Greta abends auf dem Sofa an. Er hatte zuvor immer wieder angekündigt, dass er mit ihr reden müsse. Greta hätte mit allem möglichen gerechnet, doch nicht im Entferntesten damit, was ihr Simon an jenem Abend zu sagen hatte: „Ich will nicht mehr. Ich will nicht mehr hier bleiben. Ich möchte woanders hin. Ich will ein neues Leben anfangen. Mit dir. Ich bitte dich, geh mit mir fort!"

Greta war nie leicht aus der Fassung zu bringen, doch diesmal verschlug es ihr förmlich die Sprache. „Was meinst du damit? Wie soll das gehen?", fragte sie Simon, der mit seiner prompten Antwort zeigte, dass er schon weitgehende Überlegungen angestellt hatte. „Ich kann hier nicht mehr glücklich werden. Es geht nicht. Rosa und Anna sind selbständig und ohnehin in Salzburg bei ihrem Studium. Es würden ihnen zudem Mutters und unsere Wohnung zur Verfügung stehen. Ich habe mit Albert im Geschäft geredet. Er hat bereits in der Vergangenheit mit mir gemeinsam das Sportgeschäft und den Onlineshop geführt. Er würde es liebend gerne pachten, er ist in einem guten Alter und bis in die Haarspitzen motiviert. Wir können uns mit den Pachteinnahmen ein wundervolles, neues Leben aufbauen, du könntest dir als Journalistin, ich als Bergführer etwas dazu verdienen!".

Worauf Greta, die noch immer verdutzt schaute, die berechtigte Frage stellte: „Und wo stellst du dir das bitte vor? Wo sollen wir hingehen?"

„Zu dir zurück. In die Schweiz", schoss es aus Simon heraus. Greta hatte ursprünglich vorgehabt Simon ein entschiedenes „Nein" entgegen zu schleudern, doch in Anbetracht dessen, dass ihr plötzlich Erinnerungen an die Heimat durch den Kopf schossen, meinte sie: „Du weißt, dass ich mit dir durch dick und dünn gehe, aber lass mich das gründlich überlegen, ich brauche Zeit!"

Simon meinte zu Greta, sie solle sich alle Zeit der Welt nehmen. Greta wusste aber, so wie sie Simon kannte, dass für ihn der Entschluss, neu anzufangen, feststand. Bei allem, was in der jüngeren Vergangenheit passiert war, war es auch mehr als nur nachvollziehbar. So versuchte Greta erst gar nicht mehr gegen sein Vorhaben anzukämpfen, sondern sich vielmehr mit dem Gedanken, zurück in die Schweiz zu gehen, anzufreunden. Was sollte sie schon verlieren? Eigentlich konnte es in der jetzigen Lage nur einen Zugewinn an Lebensqualität bedeuten. Ein neues Leben, neue Perspektiven, das, was war, hinter sich zu lassen, Emma und Björn ihr Leben mit Jonas leben zu lassen sowie auch das diesbezügliche Gerede der Leute im Ort hinter sich zu lassen.

Greta telefonierte in den kommenden Tagen oft mit ihren Eltern und ihrer Schwester. Viel öfter als sonst. Als Simon eines Abends nach einem gestressten Arbeitstag nach Hause kam, fiel Greta ihrem Mann schon an der Tür um den Hals und sagte: „Schatz! Wir fangen neu an. Wir gehen in die Schweiz. Wir hätten auch schon ein schönes Zuhause. Wir gehen. Wann immer du willst!"

Leiser Abschied

Simon verbrachte die kommenden Wochen mit einer Schaffenskraft und einer Energie, die er so schon lange nicht mehr verspürt hatte. In seinem Kopf drehte sich alles nur mehr um den Umzug in die Schweiz. Er war fest gewillt, alles Belastende an verletzten Gefühlen zurückzulassen und sich seiner ursprünglichen Wurzeln zu besinnen. Mit seinen mittlerweile etwas über 50 Jahren wollte Simon in der Schweiz wieder als Bergführer tätig werden. Nicht um Geld zu verdienen, sondern vor allem, um seinem dortigen Aufenthalt einen Sinn zu geben. Simon war in der glücklichen Lage, dass er sich über das Geld keine Sorgen machen musste. Mit dem, was er mittlerweile über die vielen Jahrzehnte gespart hatte bzw. mit den Erträgen aus der Verpachtung des Sport- und Onlinegeschäftes konnten sich er und Greta weiterhin ein beschauliches Leben leisten, in dem es an nichts mangeln sollte. Vielmehr noch, Simon und Greta hatten bis auf den jährlichen Sommerurlaub auf der Finca in Mallorca bisher sehr sparsam und zurückhaltend gelebt. Für Simon war es nun an der Zeit, das Leben bewusster wahrzunehmen, zumal auch die Kinder zwischenzeitlich selbstständig geworden waren, ihr eigenes Leben führten und ihre eigenen Interessen weiterverfolgten. Mittlerweile hatte auch Rosa ihr Studium in Salzburg begonnen, und offenbar war sie dort auch ihrer ersten großen Liebe begegnet. Rosa und Anna waren auch neben Albert, jenem Mitarbeiter, der Simons gesamte Geschäftstätigkeit übernahm, die einzigen, die über die „Auswanderungspläne" informiert wurden. Die beiden Töchter waren anfangs ziemlich überrascht, als ihre Eltern ihnen über ihr

Vorhaben, in die Schweiz zu gehen, erzählten. Angesichts der Beweggründe für diesen Schritt entwickelten Anna und Rosa jedoch bald ein gewisses Verständnis dafür, zumal Davos, wo die beiden oft schon von Kindesbeinen an bei den Großeltern zu Besuch waren, ein vertrauter Boden war. Und vor allem nicht weit weg. Etwas über viereinhalb Stunden und schon war man mit dem Auto in jener Bergstadt, die als Europas höchstgelegenste Stadt gilt. Und Davos war auch jener Ort, an den Simon und Greta gerade in den letzten Wochen mehrmals gereist waren, um mit Hilfe Gretas Schwester Margot ein Haus zu finden, das die neue Heimat von Simon und Greta werden sollte. Auch Gretas Eltern halfen, obwohl schon betagt, noch rüstig und agil, bei der Suche nach einem zukünftigen Domizil. Gretas Eltern, die über den Umstand, dass ihre Tochter mit ihrem Mann zurück in ihre Heimat kommen wollte, sehr glücklich waren, ließen all ihre Kontakte spielen, damit die beiden auch das Passende finden würden. Schlussendlich war das perfekte Haus ausgemacht. Es war etwas außerhalb von Davos im Ortsteil Wolfgang gelegen, ein Stück über dem Ufer des Davosersees. Eingebettet in eine atemberaubende Bergkulisse auf rund 1600 Metern Höhe war es ihr perfektes Traumhaus. Groß genug, damit auch Rosa und Anna im Falle eines Besuchs ein schönes Zuhause hatten, und überschaubar genug, dass es mit dem wunderschönen Holz im Innenraum eine Wohlfühlatmosphäre ausstrahlte, die seinesgleichen suchte. Als Simon und Greta das erste Mal bei der Besichtigung mit einer Maklerin das Wohnzimmer des Hauses betraten, sich das wohlige Feuer in dem großen Kamin ausmalten und über die große Glasfassade auf den wunderschönen Davosersee blickten, waren beiden hin und weg. Es war erst das dritte Haus, das sie sich anschauten, aber Simon streckte nach kurzer Beratung mit Greta und dem Satz „alle guten Dinge sind drei" der Maklerin die Hand entgegen und noch im Haus wurden die ersten Vorverträge unterzeichnet.

Für Simon und Greta war fix, noch im Laufe des bevorstehenden Sommers wollten die beiden ihre Übersiedlung nach Davos Wolfgang abgeschlossen haben. Davor galt es aber noch viele Dinge in der österreichischen Heimat zu regeln. Am meisten war Simon damit beschäftigt, Albert für die bevorstehende Übernahme des Sportgeschäfts all jene Bereiche näherzubringen, mit denen Albert bislang noch nicht vertraut war, wobei es anscheinend nichts gab, von dem Albert keine Ahnung hatte. Schlussendlich war er schon viele Jahre lang Simons rechte Hand gewesen. Er war außerordentlich gewissenhaft und vor allem hatte er den Ehrgeiz, das Auftreten und das Selbstvertrauen, den Betrieb des Sportgeschäfts erfolgreich weiterführen zu können. Zum anderen hatte Simons Sportgeschäft, das sein Vater aufgebaut hatte, über viele Jahrzehnte einen außerordentlich guten Ruf aufgebaut. Auf dieser Basis konnte Albert mit dem weiteren Erfolg mehr als nur rechnen, zumal er fest gewillt war, die hohe Qualität des Unternehmens fortzusetzen. Auch mit dem Online-Sporthandel war Albert schon in der Vergangenheit betraut gewesen. So lag bereits die gesamte Lagerhaltung mit Versand und Rücknahme seit Beginn der Geschäftstätigkeit in seiner Verantwortung.

Nun galt es auch, Alberts künftigen Partner, über Simons Pläne zu informieren. Björn. In den vergangenen Wochen war die befremdliche Situation zwischen Björn und Simon weiterhin angespannt gewesen. Mehr noch. Waren es früher persönliche Termine, die die beiden Geschäftspartner wahrnahmen, waren es mittlerweile vor allem E-Mails und notfalls Telefonate, in denen dringlich geschäftliche Belange abgehandelt wurden. Björn war nach wie vor in seiner Vorstellung gefangen, die Nähe zu Simon könne ihm seinen Sohn abspenstig machen. Die Angst, die Liebe Jonas' an seinen leiblichen Vater zu verlieren, hielt ihn nach wie vor fest, und es gab auch keine Anzeichen dafür, dass sich daran etwas ändern würde. Björn hatte so lange auf dieses Glück gewartet, dafür gekämpft und gelitten, dass er jetzt dieses Glück nicht mehr loslassen wollte. Sein ursprünglicher Plan machte ihn zum Architekten seines Glücks, doch nunmehr war er auch jener Zerstörer geworden, der schier rücksichtlos alles aus dem Weg räumte, was ihm sein erlangtes Glück kaputt machen könnte. Björn spürte wohl, dass er selbst in seiner Liebe zu Emma und Jonas nicht wirklich glücklich war, doch sah er das lediglich als ein Opfer, das er eben bringen musste, so wie wohl jeder in diesem Pakt sein Opfer bringen musste. Björn tauschte dabei sein Gefühl tiefer Freundschaft, Liebe und Brüderlichkeit gegen Angst, Eifersucht bis hin zum Hass.

Simon hatte indes den Schmerz des Vermissens gegenüber Jonas und auch Emma in einen ruhelosen Antrieb umgemünzt, auch in dem Wissen, dass er wohl zugrunde gehen würde, wenn er nicht mit Konsequenz einen Neustart in seinem Leben hinbekommen würde. Und der Neustart sollte in Davos sein. In der neuen, alten Heimat.

Simon rief eines Abends bei Björn an. Dieser war wie zuletzt ziemlich kurz gehalten. Als Simon ihn um eine dringliche persönliche Unterredung bat, meinte Björn zunächst, ob das nicht am Telefon zu besprechen sei. Simon verneinte Björns sturen Vorschlag und fuhr ihn schroff und laut an: „Es geht um deine und meine berufliche Zukunft. Wenn dir daran nichts liegt, dann können wir es gleich dabei belassen. Morgen gegen 09 Uhr bei mir im Büro!" Simon knallte den Hörer des Festnetztelefons in die Halterung und war über seinen eigenen Zorn fast ein wenig erschreckt. Für ihn war das neuerlich nur eine Bestätigung dafür, wie tief ihn die ganze Geschichte beschäftigte, und dass er so rasch wie möglich die Altlasten über Bord werfen musste.

Am nächsten Tag wartete Simon in seinem Büro auf seinen Partner, wobei er sich nach dem schroffen Anruf am Vorabend unsicher war, ob Björn seinem Auftrag Folge leisten würde. Doch um Punkt 09 Uhr, pünktlich wie eh und je, klopfte Björn an Simons Bürotür. „Du wolltest mich sprechen", sagte Björn in ruhigem Ton und war sichtlich bemüht, Simons Zornausbruch am Vortag zu entschärfen. Doch dazu bestand eigentlich kein Grund. Simon war zuvorkommend wie eh und je, bat Björn, sich zu setzen, und begann über den Grund des heutigen Treffens zu erzählen: „Es ist Zeit, wie zwei vernünftige Männer zu reden. Aber keine Angst. Ich will nicht über unsere Probleme reden oder darüber, wie du dich mir gegenüber benimmst, auch wenn ich es in Ansätzen verstehen kann, aber dafür ist es jetzt ohnehin zu spät!"

Spätestens bei den letzten Worten hob Björn seine Augenbrauen und schluckte kräftig, als Simon fortfuhr: „Greta und ich gehen in die Schweiz. Wenn du möchtest, kannst du den Online-Shop mit Albert weiterführen, er würde es gerne mit dir betreiben. Wir sind im Sommer weg und du, Emma und Jonas, ihr werdet uns nie mehr wiedersehen!"

Björn sprang von seinem Stuhl auf, steckte die Hände in die Hosentasche und zappelte nervös im Büro herum. „Du kannst jetzt doch nicht einfach gehen!", meinte er aufgebracht.

„Was heißt, ich kann jetzt nicht einfach gehen. Seit Monaten ignorierst du mich, als wäre dir unsere Freundschaft nie etwas wert gewesen, sagtest, ich wäre dein Bruder, zerstörst alles, was zwischen uns und unseren Familien war, obwohl wir für dich taten, was wohl niemand sonst getan hätte, und jetzt sagst du mir allen Ernstes, ich könne jetzt nicht einfach abhauen!", sagte Simon ziemlich aufgebracht, während Björn noch immer hastig im Büro auf und ab lief.

„Verstehst du nicht, ich habe Angst!", versuchte sich Björn zu verteidigen. „Du hast mir das größte Glück geschenkt, das ich je in meinem Leben hatte. Und nachdem ich mein ganzes Herz in dieses kleine Wesen namens Jonas gesteckt habe, habe ich Angst, es an den Mann zu verlieren, der mir und Emma dieses Glück geschenkt hat. Das bist du, Simon. Jonas schaut aus wie du. Seine ganze Mimik und Gestik, das bist alles nur du. Das geht so weit, dass ich mich in letzter Zeit immer öfters dabei ertappt habe, dass ich Hassgefühle dir gegenüber empfand, weil du deine Gene so rücksichtslos und offensichtlich weitergegeben hast. Ich habe mich auch beim Gedanken erwischt, dass alles vielleicht gut wäre, wenn es ein Mädchen geworden wäre. Als damals die Kellnerin in dem Gasthaus dich als Jonas' Vater ansprach, da wurde offensichtlich, was jeder Blinde wohl schon lange sehen konnte, über das sich wahrscheinlich auch schon die Leute immer wieder das Maul zerrissen haben. Jonas wird immer älter und es dauert wahrscheinlich nicht mehr lange, bis er das mitbekommt. Was ist dann, Simon? Dann verlier ich ihn an dich, wie eine Leihgabe von dir!"

Simon schaute bei Björns Worten aus dem Fenster und verschränkte seine Arme. „Hast du dir eigentlich schon einmal Gedanken darüber gemacht, wie es mir bei der ganzen Geschichte geht?", fuhr Simon Björn an. „Du redest die ganze Zeit nur von dir, dass du Angst hast, Angst hast, alles zu verlieren. Aber hast du in der ganzen Zeit ein einziges Mal daran gedacht, wie ich mich dabei fühle, welche Gedanken mich tagtäglich und auch in der Nacht heimsuchen?" Simon schaute Björn fragend an und fuhr fort: „Ja, ich vermisse Jonas, weil er mich auch an meine Kindheit mit meinem Vater erinnert, und, ja, ich vermisse Emma, weil es ein besonderes Band zwischen uns gibt, und ich vermisse dich, Björn. Du warst der beste Freund, den ich je hatte. Ich würde nie etwas tun, das euer Glück mit Jonas gefährden würde, aber ich möchte auch nicht daran zugrunde gehen. Als wir uns auf deine Idee eingelassen haben, haben wir vielleicht zu wenig all die Konsequenzen bedacht. Jetzt haben wir den Preis dafür zu zahlen. Es gibt nur einen Weg, das weiß ich und wenn du Computergenie deinen Rechner noch so intensiv laufen lässt, weißt du, dass es im Endeffekt nur einen Ausweg gibt, nämlich dass wir uns nie mehr wiedersehen. Ich möchte ein neues Leben beginnen, das steht für mich unweigerlich fest. Für uns heißt es heute und hier Lebewohl zu sagen!"

Björn konnte seine Gefühle spätestens jetzt nicht mehr im Zaum halten. Er rannte auf Simon zu, umarmte ihn und ließ seinen Tränen freien Lauf. Simon hatte noch nie jemanden so bitterlich weinen gesehen. Björns Körper bebte als Ganzes. „Simon, du bist mein Bruder, ich wollte das nicht. Es tut mir so leid!", waren Björns letzte Worte, die er fand, um anschließend aus dem Büro zu rennen, so, als wolle er flüchten.

Simon war selbst dermaßen von den Emotionen übermannt, dass er sich kraftlos in seinen Bürostuhl setzte, um schließlich auch seinen zurückgehaltenen Tränen endlich freien Lauf zu lassen. Alleine. Nach einiger Zeit atmete er tief durch und war erleichtert, als er feststellte, dass er nach der Unterredung mit Björn nicht einen Millimeter von seinem Entschluss, in die Schweiz zu gehen, abgekommen war. Im Gegenteil. Die Verfahrenheit der Situation bestärkte ihn in seinem Tun, ein neues Leben in Davos zu beginnen. Ein neues Leben mitten in den Schweizer Bergen, fernab des alltäglichen, wo seine Wunden die erhoffte Heilung erfahren würden. Sein Entschluss sollte auch Emma, Björn und Jonas ein glückliches, unbeschwertes Leben ermöglichen. Emma sah das in diesem Moment jedoch ganz anders. Als Björn ihr von der Unterredung mit Simon erzähltem schrieb sie eine SMS an ihn. „Wie kannst du mir das antun, wie nur!"

Ein schlichter kurzer Satz, der nicht im Geringsten das wahre Ausmaß darüber ausdrücken konnte, wie sehr Emma unter Simons Entscheidung litt. Vielmehr – sie war am Boden zerstört.

Neue alte Heimat

Der Umzugs-LKW stand vor Simons Haus bereit. Ganz konnte Simon seinen gewünschten Zeitplan nicht einhalten. Die Renovierung der beiden Wohneinheiten in Simons Haus, welche für Anna und Rosa bestimmt waren, dauerten etwas länger als gedacht. Dennoch war sich Simon nicht wirklich sicher, ob die beiden Töchter das Angebot, die beiden Wohneinheiten beziehen zu können, zumindest in naher Zukunft auch wirklich annehmen wollten. Viel lieber hielten sich Anna und Rosa in Salzburg auf, jener Stadt, die Lebensmittelpunkt der beiden geworden war. Aber auch daran hatte Simon gedacht und eine ehemalige Angestellte damit betraut, ab und an im Haus Nachschau zu halten. Vermieten bzw. verkaufen konnte Simon das Haus, welches sich nach der Renovierung in Top-Zustand befand, noch immer. In zwei Wochen wollten Anna und Rosa jedenfalls nach Davos nachkommen, um ihre Großeltern zu besuchen und ihren Eltern im neuen Heim zu helfen.

Der LKW fuhr los und Simon und Greta folgten diesem in ihrem Fahrzeug. Simon warf keinen Blick zurück. Es war ungewiss, wann er wiederkommen würde. Wahrscheinlich, wenn überhaupt, nur um seine Töchter besuchen zu kommen. Sein neues Leben lag etwas mehr als viereinhalb Fahrstunden Richtung Westen. Mit Emma hatte Simon in den letzten Wochen keinen Kontakt mehr gehabt. Auf ihre verzweifelte SMS hatte er nicht geantwortet und Jonas auch nicht mehr gesehen. Lediglich mit Björn hatte er sich noch zweimal getroffen, unter Beisein von Albert, um die letzten noch offenen Punkte der neuen Geschäftspartnerschaft zu besprechen. Björn machte bei den Treffen einen verzweifelten Eindruck und versuchte, den Blickkontakt mit Simon so gut wie möglich zu vermeiden. Simon konnte sich gut ausmalen, wie schwer auch die Situation für Björn und seine Familie war, doch er hielt strikt an seiner Überzeugung fest, dass ein getrenntes Leben der einzige Ausweg aus dem bestehenden Dilemma war. Es lag nun an Björn und Emma ganz allein, das Beste aus der Situation zu machen und sich gemeinsam mit Jonas ein glückliches Leben aufzubauen. Genauso wie es Simon mit seiner Familie vorhatte, gut 500 Kilometer entfernt, in einem anderen Land.

Greta war wie immer die große Stütze in Simons Leben. Sie hatte seine Entscheidung nicht nur mitgetragen, sondern ihn bei allen Vorbereitungen unterstützt. Jetzt freute sich Greta auf ihr neue, alte Heimat. Auf die Stadt, in der sie aufgewachsen war, wo ihre Wurzeln, alle Erinnerungen lagen. Es war für sie Heimkehr und Aufbruch zugleich.

Nachdem Emma von Simon keine Antworten auf ihre Nachrichten erhielt, rief sie öfters bei Greta an, die ihr nach wie vor eine Freundin war. Greta, die Emmas Anrufe nur entgegennahm, wenn Simon nicht in der Nähe war, versuchte Emma zu trösten, die neue Situation auch als Chance zu sehen, und gab ihr Hoffnung, dass es ja vielleicht irgendwann wieder einmal Kontakt geben würde, irgendwann wieder einmal so etwas wie Freundschaft möglich wäre. Was Greta dabei nicht erwähnte, war, dass Simon bislang, wenn er sich einmal für einen Weg entschieden hatte, diesen mit Nachdruck weiterverfolgte, ohne ihn auch nur annähernd zu verlassen. So gesehen hatte auch Greta wenig Hoffnung, dass es wieder zu einer neuerlichen Verbindung zwischen den beiden Familien kommen würde.

Dennoch versprach Greta, mit Emma in losem Kontakt zu bleiben, bat sie aber auch, ihr und ihrer Familie die Zeit und Chance für einen Neuanfang zu geben. Als Simon hinter dem LKW in Richtung Schweizer Grenze fuhr, dachte er nochmals an die vergangenen Jahre zurück. An das, was er alles erreicht hatte und was er nun aufgeben würde. Er dachte auch an Jonas, der bald in die zweite Volksschulklasse kam. Während des Fahrens kam ihm auch die Autofahrt, als er damals mit Emma zur Berghütte hinauffuhr, um zusammen mit ihr die Nacht zu verbringen, in den Sinn. Damals war die Schranke die Grenze gewesen, ab der es nur die beiden geben sollte. Nun sah Simon die Schweizer Grenze als jene Linie, ab der er sich mit all seinen Gedanken und seinem gesamten Tun nur mehr seinem und Gretas neuen Leben widmen wollte. Daran dachte er fortan besonders, sobald auch nur im Ansatz der Gedanke darüber aufkam, wie sehr er eigentlich Emma und Jonas vermisste. Bereits in der Schweiz angekommen, gab es an einer Raststelle eine kurze Pause, einen Kaffee und die Vereinbarung mit dem LKW-Fahrer, dass nunmehr Simon vorausfahren würde. Simon und Greta genossen den Ausblick und als es zum Schluss die Flüelapassstraße hinaufging, konnten es Simon und Greta gar nicht mehr erwarten, in ihrem neuen Heim anzukommen. Der Ausblick auf die Berge rundherum wirkte wie ein Balsam, der sich auf die Seelen der beiden legte. Als sie am Davosersee Richtung Ortsteil Wolfgang fuhren, stieg die Vorfreude ins Unermessliche. Gretas Eltern und ihre Schwester warteten schon mit Freunden, um die Neuankömmlinge zu begrüßen und den LKW, vollgepackt mit Möbeln und Schachteln, zu entladen. Nach getaner Arbeit saßen alle am Abend bereits auf ein Einstandsgläschen zusammen und einer der Helfer, er war Mitglied bei der Bergrettungs-Sektion Davos, sprach darüber, dass er sich sehr freuen würde, wenn Simon ihre Truppe unterstützen würde. „Wenn ich richtig angekommen bin, sehr gerne", meinte Simon, der sich bei allen für die Hilfe bedankte.

Als alle gegangen waren, entzündete Simon, obwohl die Temperaturen noch recht angenehm waren, den Holzkamin und Simon und Greta schauten über die große Glasfront hinaus Richtung Davosersee, in dem sich das Licht des Halbmonds spiegelte. „Wir sind hier richtig", meinte Simon, der Greta fest an sich drückte, die die intensiven Berührungen von Simon genoss. Noch in der ersten Nacht entbrannte in Simon und Greta eine Leidenschaft, die sie schon lange nicht mehr füreinander empfunden hatten. Daran konnten auch die Anstrengungen des vergangenen Tages nichts ändern. Am nächsten Morgen waren Simon und Greta wieder voller Elan und nach einem herrlichen Frühstück zwischen Schachteln und verschiedenen Möbelteilen gingen die beiden ans Ufer des Davosersee. Simon und Greta atmeten tief durch und hatten das gute Gefühl, schon wirklich angekommen zu sein.

Als nach zwei Wochen das Haus bereits wunderschön eingerichtet war, kamen auch Rosa und Anna zu Besuch. Die beiden hatten sich beim Fahren abgewechselt und waren so ohne Probleme nach Davos gekommen. Miteinander verbrachten sie wunderschöne Tage. Rosa und Anna halfen Greta im herbstlichen Garten und spätestens jetzt wusste Simon, dass seine Idee wirklich funktionierte, vielmehr ein voller Erfolg war. Das Familienleben war wieder mit einer Harmonie geflutet wie schon lange nicht mehr und lediglich als die Universität in Salzburg rief und Rosa und Anna sich verabschieden mussten, flossen die Tränen. Fortan waren die Töchter von Simon und Greta in zwei verschiedenen Welten zu Hause. Der nächste Besuch der beiden fand einige Monate später zu Weihnachten statt. Diesmal kamen Rosa und Anna nicht alleine, sondern in Begleitung ihrer jeweiligen Partner. Simon und Greta waren über die Familienerweiterung mehr als nur zufrieden. Die beiden Männer waren nicht nur höflich und hilfsbereit, sondern auch äußerst sportlich und so absolvierte Simon in den Tagen um Weihnachten seine Skitouren in Begleitung der „Schwiegersöhne in spe".

Für Simon war in den letzten Monaten ohnehin ein Traum in Erfüllung gegangen. Über die Bergrettung Davos, zu deren Mitglied sich Simon mittlerweile zählen durfte, lernte er nicht nur äußerst nette Menschen kennen, sondern auch Gleichgesinnte, die mit ihm immer wieder Berg- und Schitouren unternahmen. Auf Berge, die ihm mittlerweile auch gut bekannt waren, führte Simon auch bereits seine ersten Bergtouren für Gäste, die es in Davos während des gesamten Jahres zuhauf gab. Auch das kulturelle Angebot dieser Schweizer Bergstadt konnte sich mehr als sehen lassen.

Greta, die ihrem Mann immer wieder die schönsten Plätze der Stadt zeigte, genoss die Zeit dieses neuen Lebensabschnitts sichtlich. Sie fühlte sich, wie sich nur jemand fühlen konnte, der nach langer Zeit in der Fremde wieder zu seinen eigenen Wurzeln zurückkehrte. Überdies spürte sie, dass Simon sich wieder gefunden hatte, wenngleich er, wenn Greta das Thema Björn, Emma und Jonas anschnitt, sofort abblockte. So ließ es Greta künftig wohl oder übel bleiben, Simon weiterhin damit zu konfrontieren. Ginge es nach ihr, hätte sie gerne die drei zu sich nach Davos auf Besuch eingeladen. Doch dass sie überhaupt hier in der Schweiz waren, hatte ja damit zu tun, dass Simon dieser für ihn schwierigen Verbindung den Rücken kehrte. So gesehen wäre es Humbug gewesen, die Probleme bzw. den Grund der Probleme in Salzburg hierher nach Davos zu holen. So beließ es Greta bei einem losen Kontakt, den sie zu Emma hielt, ohne es Simon wissen zu lassen, genauso wenig wie sie ihren Mann wissen ließ, dass Emma auch noch nach Monaten sehr darunter litt, die Freundschaft zu Greta, Simon und den beiden Töchtern verloren zu haben. Insgeheim gab Greta die Hoffnung nicht auf, dass sich daran wieder etwas ändern würde. Im Laufe der Zeit schwanden aber auch diese Hoffnungen.

Greta und Simon waren in ihrer neuen Heimat nicht nur angekommen, die Natur, die Berge und die Ruhe gaben ihnen die Kraft und die Energie für einen wirklichen Neustart. Für Greta war auch in beruflicher Hinsicht ein Traum in Erfüllung gegangen. Für jenes Sportmagazin, für das sie vor mehr als 20 Jahren ihre ersten Artikel verfasst hatte, durfte sie wieder den einen oder anderen Artikel schreiben. Vielmehr war es eine Kolumne, bei der Greta immer wieder ihre Sichtweise zu verschiedenen Themen rund um das Thema Sport verfasste. Für Greta schloss sich somit auch beruflich ein Kreis. Und wenn ihr die Zeit blieb, half sie ab und an ihrer Schwester beim Betrieb der Pension in Davos. Aber auch Simon konnte es nicht lassen, seine Passion für Berge in ein erfolgreiches kleines Unternehmen zu verwandeln. Nachdem er die Arbeitsbewilligung erhalten hatte, gründete er mit drei angestellten Bergführern eine kleine Bergführer-Agentur, die nicht nur die Gäste auf den Gipfel ihrer Träume führte, sondern auch mit kleinen Pauschal-Reise-Angeboten lockte. Simon sah in dem kleinen Unternehmen keine wirkliche Arbeit, sondern vielmehr tat er das, was ihm immer schon wirklich Spaß machte, die Schönheit der Berge mit anderen zu teilen.

Das Leben von Greta und Simon war beschaulich und erfüllend. Ein Monat folgte dem nächsten. Und aus Monaten wurden Jahre. Der Kontakt zwischen Greta und Emma wurde spärlicher und letztendlich waren es nur mehr besondere Tage, an denen man sich kurze Nachrichten zukommen ließ. Alles, was Greta von Emma wusste, war, dass Jonas sich prächtig entwickelte, Björn jener Computerfreak geblieben war, der er schon immer war und Emma mittlerweile zur Direktorin jener Schule aufgestiegen war, an der sie schon immer tätig gewesen war. Nie schickte Emma ein Foto von ihnen bzw. Jonas. Wahrscheinlich wollte sie so Greta und Simon neugierig machen, in der Hoffnung, dass irgendwann eine Einladung von den beiden kam. Doch nach einigen Jahren verlor sich auch diese Hoffnung. Emma hatte viele Tränen geweint. In vielen Träumen war sie mit Simon wieder in den Bergen unterwegs. Es brauchte Jahre, bis sich Emma, aber auch Björn damit abgefunden hatten, jene Freunde verloren zu haben, denen sie ihr größtes Glück namens Jonas zu verdanken hatten. So war auch das einzige, was letztendlich übrigblieb, die Dankbarkeit jenem Mann gegenüber, der Emma und Björn dieses Glück schenkte. Mittlerweile waren acht Jahre vergangen. Besonders für Simon und Greta waren es acht Jahre der gelebten Selbsterfüllung.

Es wäre aber nicht das Leben selbst, mit all seinen Facetten, wenn alles so bliebe, wie es ist. Und manchmal sind es dunkle Wolken, die sich über den Menschen zusammenbrauen, so, als könnte man glauben, es hätte die Sonne nie gegeben. Für manch einen sollte sie auch tatsächlich nie wieder aufgehen.

Die Diagnose

Simon war wieder mit einer Gruppe am Berg unterwegs. Die Spätsommersonne brannte vom Himmel herunter und die Mitglieder der Bergsteigergruppe stiegen mit fliegendem Atem in Reih und Glied dem Gipfel entgegen. Simon führte die Truppe in gewohnter Manier an, bis er plötzlich wieder da war, dieser Schmerz im Rücken, der ihm förmlich die Luft abschnürte. „Ich werde alt", scherzte Simon zu seinem Hintermann, um ihm damit auch zu verstehen zu geben, dass er eine kurze Pause brauchte. Die Rückenschmerzen unter denen Simon schon seit geraumer Zeit litt, wurden immer heftiger. Doch Simon war alles andere als ein Jammerer. Jeden Abend legte er sich auf die Matte vor dem Fernseher und versuchte mit Rückenübungen gegen die aufkommenden Schmerzen anzukommen. Wegen der Rückenschmerzen wäre Simon wahrscheinlich auch nie zum Arzt gegangen. In den letzten Wochen hatte er sich seiner Meinung nach auch einen Virus eingefangen, zumindest deuteten Verdauungsprobleme und Übelkeit immer wieder darauf hin. Zwischenzeitlich war Simon der immer sportlich und trainiert war, noch mehr „ausgeronnen". Die Rückenschmerzen und die Übelkeit hatten ihm förmlich den Appetit genommen. Es musste schon ein Machtwort von Greta sein, damit Simon endlich einmal zum Arzt ging. Und auch da wartete der smarte Bergführer jenen Zeitpunkt ab, an dem es von den Schmerzen her nicht mehr auszuhalten war.

Simon versuchte die Situation mit Humor zu lösen. „Der Schweizer Käse scheint mir doch nicht zu bekommen", meinte er und versuchte ein schmerzverzerrtes Lächeln aus seinen Mundwinkeln zu pressen.

Nachdem Simon zum wiederholten Male erbrochen hatte, reichte es Greta gewissermaßen. Sie forderte Simon unter der Androhung, ansonsten einen Rettungswagen zu holen, mit Nachdruck auf, sich von ihr zur Untersuchung ins Spital nach Davos fahren zu lassen. Simon, von den Schmerzen gequält, brauchte gar nicht so viel an Überredung und schon saß er am Beifahrersitz auf dem Weg ins Spital. Die Erfahrung, die Simon, aber auch Greta im Umgang mit Ärzten und Spitälern hatten, war angesichts der Gesundheit, über die sie sich immer erfreuten, gegen Null. So gesehen machten sich die beiden auch keine großen Sorgen.

„Es kommt mit zunehmenden Alter halt auch mal etwas daher", meinten Greta und Simon einhellig, wohl um sich auch etwas die Sorge ob Simons Gesundheitszustand zu nehmen.

Im Spital musste Simon nicht lange warten. Er hatte in der Ambulanzaufnahme seine Beschwerden geschildert und schon kurze Zeit später lag er in der radiologischen Station auf einem Liegestuhl zur Ultraschalluntersuchung bereit. „Ein Ultraschallgerät habe ich das letzte Mal bei der Schwangerschaft meiner Frau gesehen", versuchte Simon zu scherzen. Doch dem Arzt, der bereits begonnen hatte, war mit seiner angestrengten Miene kein Lacher zu entlocken. „Bitte kommen Sie morgen früh nüchtern wieder in die Station. Am Ultraschallbild kann ich keine genaue Beurteilung vornehmen. Wir müssen das dringlich endosonographisch abklären. Wir führen Ihnen über den Mund einen Schlauch ein. Sie bekommen eine kleine Narkose. Es ist nicht schmerzhaft."

Der strenge Blick des Arztes vermittelte Simon eine gewisse Sorge, die ihn auch in der kommenden Nacht nicht losließ. Daran konnten auch Gretas aufbauende Wort nichts ändern.

Am nächsten Tag war Simon gemeinsam mit Greta wie bestellt nüchtern in der Station, auf der jener Arzt, der ihn bereits am Vortag untersucht hatte, bereits auf ihn wartete. Simon wurde sediert, schlief während der Untersuchung und kam erst wieder zu sich, als der Schlauch der in seinen Mund eingeführt wurde, wieder entfernt war. Noch eine Stunde lang blieb Simon in einem ruhigen Raum, wo sich die Krankenschwester um ihn kümmerte. Auch Greta durfte schon wieder bei ihm im Überwachungsraum sein. Am späteren Vormittag betrat der Facharzt mit ausgesprochen ernster Miene den Raum und bat Simon zur Befundbesprechung in sein Arztzimmer. „Wenn Sie das möchten, wäre ich sehr dafür, dass auch Ihre Frau dabei ist", meinte der Arzt und Simon und Greta folgten ihm angespannt in das Besprechungszimmer.

„Ich möchte keine langen Umschweife machen", sprach der Arzt, der Simons Ultraschall-Fotos vor sich auf dem Tisch hatte. „Es ist leider so, dass wir an ihrer Bauchspeicheldrüse fortgeschrittene karzinomatöse Veränderungen festgestellt haben."

„Sie meinen Krebs?", zischte es aus Greta heraus, die im gleichen Moment ihre Hand auf den offenen Mund legte.

„Ja, es ist Krebs", sagte der Arzt.

„Sie meinen Bauchspeicheldrüsenkrebs", war alles, was Simon, der sich fühlte, als wäre er im freien Fall, äußern konnte.

„Das ist alles, was ich zum jetzigen Zeitpunkt sagen kann", fuhr der Arzt fort. „Es sind weitere genauere und dringliche Untersuchungen notwendig. Ich würde Ihnen, wenn Sie das möchten, einen Spezialisten in einem Privatsanatorium in Zürich empfehlen. Wenn Sie möchten, rufe ich ihn heute noch an."

Der Arzt vereinbarte noch im Beisein von Simon und Greta einen Termin bei dem besagten Facharzt. Das alles ging an Simons Wahrnehmung spurlos vorbei. Tausende Gedanken schwirrten in seinem Kopf herum, eigentlich wusste er gar nicht mehr, wie ihm geschieht, und was das alles zu bedeuten hatte. Die aufbauenden Worte „Wir schaffen das. Wir werden das gemeinsam schaffen" konnten Simon das Gefühl der anhaltenden Hilflosigkeit und dunklen Bedrohung nicht nehmen. Auch nicht der Aufenthalt in der Privatklinik, in der sich Simons zahlreichen Untersuchungen unterziehen musste. Ganz im Gegenteil. Der bislang wenig bekannte Feind bekam nun seinen Namen: „Duktales Adenokarzinom des Pankreas, lokal fortgeschrittenes inoperables Stadium." Auch der medizinisch bewanderte Laie wusste, dass diese Diagnose einem Todesurteil gleich kam. In einem langen Arztgespräch wurde Simon dieser Umstand so behutsam wie möglich näher und näher gebracht. Simon, der sonst immer so stark gewesen war, musste bei den unmissverständlichen Worten des Facharztes in Zürich von seiner Frau Greta gestützt werden. „Wir können mittels einer modernen Chemotherapie Ihr Leben verlängern und Ihnen so gut wie möglich die Schmerzen nehmen. Ich muss Ihnen aber auch sagen, so schwer es mir fällt, dass Sie nach allen unseren vorliegenden, medizinischen Erfahrungswerten, nur mehr ein paar Monate zu leben haben. Es tut mir aufrichtig leid!"

Spätestens nach diesen Worten des Arztes war Simon ein gebrochener Mann. Mit diesem Todesurteil und einem chemotherapeutischen Plan für das Spital in Davos fuhren Greta und Simon nach Hause. Gretas positive Einstellung war durch die Angst, ihren Mann zu verlieren, vollkommen gelähmt. Dennoch blieb sie Simon gegenüber kampfbereit: „Es gibt immer wieder ein Wunder. Wenn einer das schafft, dann du."

Doch Simon glaubte daran schon längst nicht mehr. Er dachte an die Berichte, die er über den damaligen Apple Gründer Steve Jobs gelesen und gesehen hatte. Wie dieser trotz seines Reichtums und bestmöglicher Ärzte schlussendlich dem Bauchspeicheldrüsenkrebs leidvoll erlegen war. Gleichzeitig war Simon unabdingbar mit der Frage nach dem Warum beschäftigt. Er hatte ja gesund gelebt. Oder nicht? Klar, ab und an ein Gläschen auf einer Berghütte mit den Kameraden, aber nicht mehr als ein jeder andere Durchschnittsbürger!

„Ich werde meinen 60. Geburtstag nicht mehr erleben, warum!?", fragte Simon verbittert und schaute dabei unter Tränen Greta an. Greta, die eigentlich nie weinte, schossen ebenfalls die Tränen in die Augen. Sie weinte, wie sie noch nie in ihrem Leben geweint hatte. In diesem Moment wollten sie es zwar nicht, aber Simon und Greta mussten sich eingestehen, dass ihnen nur mehr wenig Zeit füreinander übrig blieb. Ein letzter Funken Hoffnung keimte in Simon auf, als er die Chemotherapie im Davoser Spital begann, zwischenzeitlich verspürte er sogar Erleichterung. Doch die weiteren Computertomografieuntersuchungen und auch

Simons ausgemergeltes Aussehen sprachen eine andere Sprache.

Greta versuchte in den folgenden Wochen mit einer speziellen Diät Simon wieder zu Kräften zu verhelfen, ihm Mut zuzusprechen und seinen psychischen Zustand mit langen Spaziergängen am Davosersee zu verbessern. Es war auch nicht so, dass sich Simon gänzlich aufgegeben hatte. Bei kurzfristigen Verbesserungen nahm er diese dankend an und er versuchte zumindest sein Lächeln wiederzufinden. Simons besorglicher Gesundheitszustand hatte mittlerweile auch im Ort die Runde gemacht. Simon war durch sein Engagement bei der Bergrettung, aber auch als Bergführer äußerst beliebt. Mit seinem kleinen, aber feinen Unternehmen hatte er es wie bereits mit seinem Sportgeschäft geschafft, erfolgreich zu sein und im Leben wie auch beruflich fühlte sich Simon richtig angekommen. Und jetzt das. Binnen weniger Wochen wendete sich alles Positive in einen wahren Albtraum, den Simon mit seinem Leben zu bezahlen hatte. Er verschlang förmlich Medizinbücher, welche seine Erkrankung zum Inhalt hatten. Sämtliche Literatur zu diesem Thema war aber alles andere als aufbauend. Im Gegenteil, jeder weitere Artikel, jedes weitere Buch, ließen bei Simon letztendlich nur einen Schluss zu. Das zu akzeptieren, was nicht mehr umkehrbar war. Zu akzeptieren, dass er für seine Familie, die Menschen, die er liebte, nur mehr eine gewisse Zeit zur Verfügung hatte. Die Wochen und Monate, die ihm nun blieben, das nahm sich Simon trotz schwindender Kräfte vor, wollte er intensiv mit seinen Lieben verbringen. Doch zuvor wartete auf Simon noch ein riesiger Brocken. Wie er dafür Worte finden sollte, wusste Simon im ersten Moment noch nicht, aber

feststand, er musste Anna und Rosa so schonend wie möglich beibringen, dass ihr Vater nicht mehr lange zu leben
hatte.

Dunkelheit und Licht

Greta hatte sich im Wohnzimmer zu Simon auf die Couch gelegt und sich ganz nahe an ihn gekuschelt. Er hatte deutlich an Gewicht verloren und eigentlich konnte man sich gar nicht vorstellen, wie ein schlanker, durchtrainierter Mann, wie Simon es gewesen war, noch weiter an Gewicht verlieren konnte. Simon fiel es nicht nur schwer, Appetit für das Essen zu finden, vor allem hatte er auch nach dem Essen mit Übelkeit zu kämpfen. Diesen Zustand musste er auch immer wieder unmittelbar nach der Chemotherapie bitterlich erfahren. Mittlerweile hatte er alle Bücher zum Thema Krebs beiseite geräumt. Er hatte viel gelesen. Über alles, was er wissen musste, wusste er wohl Bescheid. Vielleicht auch zu viel. Irgendwie hoffte er sämtliche Gedanken an diese Krankheit verbannen und die Zeit die noch übrig blieb, so gut wie möglich verbringen zu können, ohne zu viel an das Ende zu denken. In einem seiner letzten Bücher hatte Simon jedoch über ein Detail gelesen, das ihn immer wieder beschäftigte. In diesem Artikel zum Thema Bauchspeicheldrüsenkrebs beschäftigte sich der Autor mit den etwaigen psychologischen Ursachen dieser Erkrankung. So sah der Autor vor allem einen „seelischen Kampf, der im familiären Umfeld geführt wird" als eine der psychischen Ursachen, die zu dieser Erkrankung führen könne. Auch wenn dies nicht als bewiesen galt, brauchte Simon beim Lesen nicht lange zu überlegen, um diese Konfliktsituation auch bei ihm auszumachen. Ihm war sofort klar, um welchen Kampf es sich dabei in seinem Leben handelte. Vielmehr war es ein Kampf, den Simon vor mittlerweile mehr als acht Jahren elegant aus dem Weg zu räumen wusste. All seine Gefühle, die er zu Emma und Jonas hatte, hatte er mit einem Schlag weggewischt. An der Grenze zur Schweiz hatte er einen Teil seines Herzens abgegeben, in der Hoffnung seinen inneren Frieden und Ausgeglichenheit wiederzufinden, was ihm ja auch gelang, zumindest dem Anschein nach.

Nun lag Simon auf der Couch, blickte an diesem Nachmittag über die riesigen Fenster im Wohnzimmer auf den glänzenden Davosersee, neben ihm lag die Frau, die er über alles liebte, und trotzdem musste er sich die Frage stellen, ob er nicht alles falsch gemacht hatte. War diese innere Zerrissenheit Grund dafür, dass Simon sich jetzt anstatt mit der Zukunft mit dem Tod auseinandersetzen musste? Simon verwehrte sich zunächst eine Antwort auf diese Frage zu finden. Ein wirklich großer Brocken stand ihm noch bevor. Am Abend wollte er Rosa und Anna anrufen. Ihnen zumindest zum Teil die Wahrheit schonend näherbringen. Beide Töchter hatten ihr Studium schon lange abgeschlossen und konnten sich Spitzenpositionen in Salzburger Unternehmen sichern. Rosa war bereits verheiratet, es war ihre erste große Liebe, die sie nicht mehr losgelassen hatte und mit der sie den Rest ihres Lebens verbringen wollte. Anna hatte sich zuletzt von ihrem langjährigen Freund getrennt. Sie war vor der Entscheidung Karriere oder Familie gestanden, beides war zusammen nicht vereinbar. Nachdem sie für das Unternehmen auch zahlreiche Auslandstermine wahrnahm und sie sich diese Chance nicht nehmen lassen wollte, beendete sie die Beziehung, was ihr zwar alles andere als leicht fiel, aber ihre Entscheidung kam aus tiefster Überzeugung.

Simon hatte sich mehrere Wochen Zeit gelassen, die Töchter anzurufen. Er bestand auch darauf, dass Greta den beiden noch nichts sagte. Simon wollte zunächst einmal selbst die Tragweite seiner Erkrankung begreifen und zumindest halbwegs mit sich selbst ins Reine kommen, bevor er seine beiden Töchter mit der Wahrheit belasten wollte. Er wollte ihnen am Telefon zudem nicht alles erzählen, andererseits wollte er die beiden in gewisser Weise über die Schwere seiner Erkrankung informieren, zumal er befürchtete, dass der nächste Besuch der beiden erst wieder in ein paar Monaten zu Weihnachten anstand. Simon hatte die begründete Annahme, dass es da vielleicht schon zu spät sein könnte. Zuerst rief er Anna, seine Erstgeborene, an. Er erwischte sie abends telefonisch in einem Hotel in Deutschland, wo sie mit Kunden zusammengetroffen war. Simon fragte zunächst, ob sie Zeit hätte zu quatschen bzw. er nicht ein anderes Mal anrufen solle. Vielleicht wäre ihm in diesem Moment sogar lieber gewesen, Anna hätte gesagt, dass er erst anrufen soll, wenn sie wieder in Salzburg sei. Anna konnte aber sofort in Simons gebrochener Stimme hören, dass etwas nicht in Ordnung war. Ihr „Stimmt etwas nicht, Papa?" war so gesehen die unumgängliche Aufforderung an Simon, ihr zu sagen, was mit ihm los war.

„Ich muss dringend einmal mit dir und Rosa sprechen, Schatz, ich möchte euch nicht zu sehr belasten, dennoch ist es wichtig, dass ihr wisst, dass ... Simon schluckte und als Anna, die sofort bemerkte, dass Simon am anderen Ende der Leitung mit den Tränen kämpfte, sagte, „bitte Paps, sag mir, was los ist?", war es für Simon nur noch schwieriger weiterzureden. Er holte tief Luft und riss sich zusammen, so gut es ging: „Ich bin schwer erkrankt und ich bitte euch, dass ihr demnächst mal vorbeikommt. Ich hoffe, du kannst es einrichten und Rosa auch!"

Anna war intelligent genug, die Tragweite der Erkrankung ihres Vaters zu erahnen, wenngleich es für sie fast nicht begreifbar war, dass ihr sportlicher Vater plötzlich ernsthaft erkrankt sein sollte. „Papa, mein Flieger nach Salzburg geht morgen. Ich kann vielleicht schon übermorgen bei dir in Davos sein. Ich rufe Rosa an und sage ihr, es ist dringend!"

Simon war erleichtert, dass Anna nicht weiter nachfragte, den Ernst der Lage zu begreifen schien, und vor allem, dass er sich für den Anruf bei Rosa heute nicht mehr aufraffen musste. Nachdem er aufgelegt hatte, stand Greta bereits hinter ihm und umarmte ihren Mann. Sie sah ihm an, wie viel Kraft ihn dieser Anruf gekostet hatte.

Zwei Tage nach Simons Anruf waren die beiden Töchter tatsächlich schon auf dem Weg nach Davos. Anna hatte Rosa den Ernst der Lage vermittelt, obwohl Simon nur wenige Worte am Telefon verloren hatte. In der Stimme, mit der Simon am Telefon gesprochen hatte, konnte Anna aber jene Verbitterung ausmachen, die auch höchste Not signalisierte.

Mit betroffenen Mienen stiegen Anna und Rosa aus dem Auto. Greta nahm sie bei der Einfahrt bereits in Empfang. Sie hatten Simon noch nicht einmal gesehen, aber schon bei den ersten Tränen, die sie bei ihrer Mutter ausmachten, wussten sie im Grunde, worauf es hinauslief. Als Anna und Rosa ihren Vater im Wohnzimmer entgegentraten, sie sehen konnten, dass Simon nur mehr aus Haut und Knochen bestand, brachen die beiden in Tränen aus und umarmten ihren Vater so innig, wie sie ihn noch nie umarmt hatten.

Jetzt, wo seine Liebsten da waren, war Simon viel gefasster, als er das vor ein paar Tagen noch am Telefon gewesen war. Er bat Anna und Rosa auf einen Tee und fing zu erzählen an. Von den Schmerzen, die er schon lange Zeit hatte, dass er, als es nicht mehr ging, ins Spital gefahren war und schließlich von den Untersuchungen, die in der Diagnose Bauchspeicheldrüsenkrebs mündeten. Als die beiden das Wort Krebs hörten, zeichnete sich blankes Entsetzen in ihren Gesichtern ab, dennoch versuchte Simon, die Ruhe zu bewahren, und wie er es so oft bei den Bergtouren getan hatte, die Ruhe auf sein Gegenüber zu übertragen. „Kinder, ich will euch nichts vormachen, es ist, wie es ist, und es bleibt leider nicht mehr viel Zeit. Aber wenn ihr wollt, können wir einen Teil dieser Zeit noch miteinander verbringen!"

Rosa weinte hysterisch auf: „Was heißt das, Papa, wie lange noch?"

„Ein paar Wochen, ein paar Monate", sagte Simon und nahm seine beiden Töchter bei der Hand. Es flossen Tränen, wie sie in der Familie noch nie vergossen wurden. Bei Simon herrschte indes trotzdem so etwas wie Erleichterung. Er hatte den Moment gefunden, seinen Töchtern, die er über alles liebte, die Wahrheit zu sagen. Ein Moment, vor dem er sich schon so lange gefürchtet hatte und der jetzt, so schmerzhaft er auch war, hinter ihm lag.

Bis spät in die Nacht redeten Greta und Simon noch mit den beiden erwachsenen Kindern, diskutierten über die Ursache dieser Erkrankung genauso wie über etwaige Chancen weiterer Behandlungen. Letztendlich ließ Simon aber keinen Zweifel darüber, dass es für ihn dem Ende zuging. Er wollte auch keine falschen Hoffnungen bei Rosa und Anna schüren. Alle waren nach diesem Abend mental und körperlich dermaßen erschöpft, dass sie trotz großer Sorgen und Ängste in einen tiefen Schlaf fielen.

Am nächsten Morgen schon in aller Früh saßen die vier am Tisch im Wohnzimmer zum Frühstück und die ersten Sonnenstrahlen erhellten den Raum. Auch wenn Rosa und Anna alles andere als nach einem Frühstück zumute war, bereitete Greta dieses mit viel Liebe zu. Simon löffelte an einem Brei. „Die Zeiten von gebratenem Speck sind anscheinend vorbei", murmelte er und konnte sich dabei ein Lächeln nicht verkneifen. Auch bei den Kindern und Greta konnte er mit seinem unverhofften Satz ein Lächeln hervorzaubern. Zusammen mit den hellen Sonnenstrahlen war es dieser Moment, der für Simon seit langem der schönste war. Ein Moment, der zeigte, dass es auch in dieser Situation noch etwas zu lächeln gab, und ein Moment, der Simon wirklich motivierte, noch mehrere davon haben zu wollen. „Wenn ich mir etwas wünschen darf … lasst uns nicht mehr über meine Krankheit reden. Ich wünsch mir einfach, dass wir noch den einen oder anderen schönen Moment miteinander verbringen dürfen. Die Sonne, euer Lächeln, das ist alles, was ich mir wünsche!"

Greta musste schlucken, weil sie so wie die Kinder wieder mit den Tränen kämpfte, aber sie war voller Bewunderung für ihren Mann und seine scheinbare Stärke, zu der er gefunden hatte. Ihr wurde einmal mehr bewusst, dass Simon sich damit abgefunden hatte, zu sterben und dass er der Zeit, die ihm verblieb, noch einen Sinn geben wollte. Simon verbrachte noch zwei Tage mit seinen Töchtern. Die Tage bestanden aus Spazieren und Erzählen, auch darüber, was Simon alles erlebt hatte, als er als junger Mann auf den

Bergen unterwegs war. „Eure Mutter habe ich hier in der Schweiz kennengelernt, da war sie in eurem Alter", erzählte Simon. Er erzählte auch von den Abenteuern, die er mit Greta während ihres Kennenlernens erlebt hatte. Von seinen extremen Besteigungen und von den letzten Jahren hier in der Schweiz. Rosa und Anna saugten Simons Geschichten, auch wenn die eine oder andere bekannt erschien, wie ein Schwamm auf, so als wollten sie alle Erlebnisse ihres Vaters in ihrer Erinnerung konservieren – für immer. Den beiden war natürlich aufgefallen, dass ihr Vater kein Wort über Björn, Emma und Jonas verlor. Ihnen war bewusst, wie schwierig dieses Kapitel im Leben ihres Vaters sein musste, deswegen nahmen auch Rosa und Anna dieses Thema nicht in den Mund. Simons Töchter verabschiedeten sich am Morgen des Abreisetages. Sie versuchten sich emotional zurückzuhalten, weil es kein wirklicher Abschied werden sollte. Anna und Rosa wollten in zwei Wochen wiederkommen. Es musste in der Arbeit einiges erledigt werden, doch die beiden waren sich sicher, dass sie dann die Urlaubserlaubnis ihrer Unternehmen bekommen würden.

Simon hatte in den Tagen mit seinen Töchtern neue Kraft geschöpft. In den letzten Wochen hatte er das Gefühl, dass es seit der Diagnose nur bergab ging. Nun hatte er mit Rosa und Anna einige schöne Tage verleben können und alles, worauf er sich freute, war, dass er die beiden bald wieder in seine Arme schließen konnte. Inzwischen gab es Tage, wo es ihm mal schlechter, mal besser ging. Simon zwang sich zu den Mahlzeiten, trotz der Übelkeit, die sich vor allem wegen der starken Medikamente immer wieder einstellte. Die Medikamente selbst nahm er mit Akribie und jeden Tag ging er mit Greta zum Davosersee, um den Umständen entsprechend fit und beweglich zu bleiben. Mittlerweile war der Tag, an dem Rosa und Anna neuerlich zu Besuch kamen, gekommen. Per Handy hatten sie angekündigt, dass sie bereits in Davos waren. Simon und Greta erwarteten die beiden schon in der Einfahrt, die von herbstlich gefärbten Bäumen gesäumt war. Als Rosa und Anna zum Haus fuhren, hupten die beiden schon von Weitem. Als sie das Auto in der Einfahrt geparkt hatten, sprangen Anna und Rosa ihren Eltern in die Arme. Als Simon mit den Töchtern bereits ins Haus gehen wollte, bemerkte er beim Umdrehen einen Schatten, der sich noch im Inneren des Autos befand. Plötzlich öffnete sich die hintere Tür des Fahrzeuges und ein Junge stieg aus dem Fahrzeug aus. Mit großen Augen blickten alle auf den jungen Mann, der etwas schüchtern und sichtlich nervös auf Simon zuging. „Hallo, ich bin Jonas, dein Sohn, und ich würde mich freuen, wenn ich ein paar Tage hierbleiben darf!"

Der Brief

Simon wusste im ersten Moment weder, wie ihm geschehen war, noch, was er sagen sollte. Er schaute seine beiden Töchter an, auf deren Lippen sich ein leises Lächeln abzeichnete. Danach schüttelte er zunächst die Hand, die ihm Jonas artig entgegenstreckte. Simons Hirn versuchte so schnell wie möglich das zu verarbeiten, was in diesem Moment gerade ablief. Vor ihm stand Jonas, sein Sohn, den er eigentlich schon vermisste, seitdem er auf der Welt war. Und er stand hier, hier vor ihm, um seinen Vater kennenzulernen. Spätestens jetzt wurde Simon von seinen Gefühlen übermannt. Er drückte Jonas an sich, und fuhr ihm mit der Hand in seine dunklen lockigen Haare.

„Schön, dass du da bist!", meinte Simon, der damit kämpfte, die Tränen so gut wie möglich zu verbergen. Jonas umarmte ebenfalls den Mann, an den er sich nur mehr sehr vage erinnern konnte. Vielmehr stammte diese Erinnerung von einem gemeinsamen Foto, die Jonas mit Simon bei einer gemeinsamen Wanderung zeigte. Ironischerweise war das Foto bei jener Wanderung gemacht worden, nachdem der Kontakt mit Emma und Björn fast gänzlich abgerissen war. Simon schaute Jonas nochmals genau an und irgendwie war es, als würde er direkt in das Gesicht seines jugendlichen Ichs blicken.

„Ich kann es noch immer nicht glauben", meinte Simon nur, als er seinen Töchtern einen dankbaren Blick zuwarf. Greta wartete schon, bis auch sie Jonas in den Arm nehmen konnte. Der junge Mann stand im Mittelpunkt des gesamten Interesses und Jonas' Lächeln zeigte, dass er dieses sichtlich genoss. Greta und Simon zeigten ihm sein Zimmer und wollten ihm die Zeit geben, einmal anzukommen.

„Ich ruf mal meine Mutter an, dass ich gut angekommen bin", sagte Jonas.

Simon schloss die Tür zu Jonas' Zimmer, damit dieser in Ruhe telefonieren konnte. Wie gerne hätte er Emmas Stimme gehört und sei es nur durch das Telefon. Simon ertappte sich, wie er noch etwas an der Tür lauschte. Er hatte seit mehr als acht Jahren weder mit Emma noch mit Björn Kontakt gehabt. Er war in dieser Zeit auch nur einmal in seiner Heimat gewesen. Damals, vor drei Jahren, als seine Tochter Rosa in Salzburg geheiratet hatte. Am nächsten Tag, an einem Sonntag, hatte er sich auch noch mit Albert getroffen, der das Sportgeschäft mit Bravour weiterführte und auch das Online-Geschäft weiter ausgebaut hatte. Albert erzählte ihm, dass Björn wie eh und je ein verlässlicher Partner war und dass sie den Online-Shop durch den Zukauf eines weiteren Lagergebäudes erweitert hatten. Als Simon mit Albert durch das menschenleere Sportgeschäft ging, kamen in ihm viele, auch schöne, Erinnerungen hoch, doch das Leben in der Schweiz wollte Simon damals keinesfalls mehr aufgeben. Er liebte das Leben am Davosersee und sein kleines Bergführer-Unternehmen betrieb er aus purer Freude und innerstem Antrieb. Simon spürte, dass Greta, obwohl sie es nicht aussprach, zu jener Zeit gerne einen kurzen Besuch bei Emma und Björn gemacht hätte. Doch für Simon wäre das gleich bedeutend gewesen, sich alten Wunden, tiefen Verletzungen und Sehnsüchten zu stellen. So fuhren die beiden noch sonntagabends wieder direkt nach Davos Wolfgang.

Nunmehr, da Jonas zu ihm in die Schweiz gekommen war, wurde Simon mit seinen innigsten Sehnsüchten konfrontiert. Anna, die in das Wohnzimmer gekommen war, während Jonas noch in seinem Zimmer war, erzählte, dass sie und Rosa in der Vorwoche zu Emma und Björn gefahren waren und den beiden die volle Wahrheit über Simons Gesundheitszustand erzählt hatten. Emma und Björn waren tief betroffen, erzählte Anna. „Es war ein sehr berührender Abend. Emma hat immer wieder geweint", erzählte Anna weiter. „Und dann, zwei Tage später, hat mich Jonas, der an diesem Abend nicht zu Hause gewesen war, angerufen und gemeint, er würde gerne seinen Vater kennenlernen. Da haben wir ihm angeboten, heute mitzufahren. Wir haben uns die ganze Fahrt über unterhalten. Er ist so ein lieber Junge!", schwärmte Anna, die Simon erzählte, dass Jonas bis Sonntag bleiben und dass sie ihn dann wieder nach Salzburg fahren würde. Simon hatte also drei Tage Zeit, seinem Sohn zu vermitteln, wer er wirklich war.

„Was soll ich mit ihm alles unternehmen?", fragte er aufgeregt Greta.

„Ich glaube nicht, dass er ein Vergnügungsprogramm sucht, er ist einfach hier wegen dir", antwortete Greta in ihrer weisen Art. Nachdem Jonas telefoniert hatte, kam auch er in das Wohnzimmer und meinte, wie schön das Zimmer und die Aussicht auf den See sei. Simon packte die Gelegenheit beim Schopf und fragte Jonas, ob er mit ihm an den See hinunter gehen möchte. Jonas willigte dankbar ein. Als Simon auch seine Töchter fragte, ob sie ihn an den See begleiten würden, meinten sie mit einem Augenzwinkern, dass sie diesen ohnehin schon gut kennen würden und ihr Vater mit Jonas alleine gehen möge. So spazierten Simon und Jonas den Weg hinunter zum See. Greta und ihre beiden Töchter schauten den beiden lange hinterher und Greta meinte: „Dieser Augenblick gehört nur den beiden. Das ist eine jener wundervollen Geschichten, die das Leben schreibt." Rosa und Anna schmiegten sich an ihre Mutter und blickten weiter den beiden hinterher.

Simon wusste anfangs nicht, was er sagen sollte. Er erzählte Jonas etwas über den See und die Gegend, die besonders im Winter ein Traum war. Jonas hörte aufmerksam zu und lächelte Simon immer wieder ins Gesicht. Noch vor dem See blieb Simon stehen und sagte: „Jonas, das alles, wie es gekommen ist, das tut mir so leid, ich weiß nicht, wie ich dir das alles erklären soll."

„Du brauchst nichts erklären", meinte Jonas. „Ich weiß ja alles. Vor zwei Jahren hat mir meine Mama alles erzählt. Mein Papa meinte, es ist noch zu früh, aber ich habe ohnehin schon geahnt, dass du mein Vater bist. Schon auf dem Bild, das mir Mama gezeigt hat, naja, diese Ähnlichkeit. Auch haben mich dann in der Schule immer wieder die Kinder angesprochen. Eigentlich hab ich nur drauf gewartet, dass mir meine Eltern das erzählen. Jetzt weiß ich aber halt auch, warum alles so ist und dass du meinen Eltern wirklich helfen wolltest."

Simon war beeindruckt, wie natürlich Jonas mit seinen 16 Jahren über dieses Thema sprach.

„Ja, das wollte ich wirklich", sagte Simon, „aber ich habe all meine Gefühle, die sich entwickelt haben, unterschätzt. Auf der anderen Seite hatte dein Vater große Angst, dich zu verlieren, was ich auch verstanden habe, und irgendwann sah ich in dem ganzen Gefühlschaos nur diesen einen Ausweg!"

Simon und Jonas waren inzwischen am See auf einem Steg angekommen, setzten sich hin und ließen ihre Füße über dem Wasser baumeln. „Und meine Mama?", wollte Jonas wissen.

„Was meinst du?" fragte Simon überrascht.

„Ich hab natürlich irgendwann gemerkt, dass sie sehr darunter gelitten hat, ja vielleicht auch noch immer leidet", antwortete Jonas.

Simon blickte nachdenklich auf den See hinaus und sagte: „Glaub mir, Jonas, deine Mutter hat mir immer sehr viel bedeutet, und dein Vater war mein bester Freund. Dann kamst du auf die Welt. Irgendwann konnte ich mich gefühlsmäßig nicht mehr abkapseln. Wenn ich dich gesehen hab, hab ich an mich und meinen Vater gedacht. Andererseits wollte ich dem Glück deiner Eltern nicht im Wege stehen. Für mich war der einzige Ausweg fortzugehen. Dafür, dass ich meine Gefühle abgeschnitten habe, dafür hab ich jetzt die Rechnung präsentiert bekommen!"

„Mama hat gesagt, dass du sehr krank bist?", fragte Jonas nach, so, als ob er hoffte, sie hätte übertrieben.

„Ja, das bin ich, Jonas! Und ich habe nicht mehr lange zu leben. Nachdem ich das erfahren habe, habe ich wochenlang dagegen angekämpft, auch gegen meine Angst, irgendwo hatte ich auch noch Hoffnung, mittlerweile hab ich das akzeptiert, was nicht mehr zu ändern ist, und ich möchte die Zeit, die mir noch bleibt, mit den Menschen verbringen, die mir wichtig sind. Dass du hier bist, ist wie ein Geschenk des Himmels!"

Jonas fing in diesem Moment zu weinen an. Simon rückte näher an ihn heran und legte seinen Arm um Jonas.

„Weißt du", sagte Jonas mit schluchzender Stimme, „als ich vor zwei Jahren wirklich erfahren habe, wer mein Vater ist, wollt ich dich immer kennenlernen. Wahrscheinlich hätte ich das auch hinausgeschoben, bis ich selbst erwachsen bin. Als Mama dann erzählt hat, dass du sterbenskrank bist, hatte ich solche Angst, dass dieser Wunsch nicht mehr in Erfüllung geht. Nachdem ich von Mama und Papa die Erlaubnis bekommen hab, hab ich allen Mut zusammengenommen und Anna angerufen. Und jetzt sitz ich hier bei dir. Ich schau dir ins Gesicht und ich bin dir so ähnlich … und ich bin dankbar, aber auch so traurig!"

Simon drückte Jonas noch fester an sich. „Ich denke, es ist egal, ob ein paar Jahre, ein halbes Leben oder drei Tage, wichtig ist, dass wir die Chance bekommen haben und dafür danke ich dem lieben Gott von ganzem Herzen. Wenn er es nicht gut mit mir meinen würde, hätte er das nie zugelassen … und außerdem, ja, du siehst mir ziemlich ähnlich, nur sei froh, dass du nicht das klapprige Gestell hast, das ich mittlerweile habe", versuchte Simon seinen Sohn wieder etwas aufzuheitern.

Jonas zauberte auch ein Lächeln hervor, zwar etwas gequält, aber es war irgendwie auch dieses zauberhafte Lächeln zu erkennen, das Simon früher auch von Emma kannte. Als die Sonne hinter den Bergen unterging, machten sich Simon und Jonas auf den kurzen Weg nach Hause. Auf Nachfrage, erzählte Jonas von der Schule, von seinen Hobbies, dass er im Sport richtig gut war und dass er seit zwei Wochen seine erste Freundin hatte. Jonas erzählte mit Freude und Ausdauer. Man konnte es ihm ansehen und anhören, dass er seinem leiblichen Vater so viel wie möglich über sich und sein Leben erzählen wollte. Beim

Abendessen saßen alle am Tisch, das Feuer knisterte im Kaminofen. Bei einer Tasse Tee spielten die fünf ein Familienspiel und Rosa neckte Jonas immer wieder mit den Worten „Na mein Brüderchen!". Jonas gefiel das sichtlich, es gab ihm irgendwie auch das Gefühl, plötzlich zwei ältere Geschwister zu haben und kein Einzelkind mehr zu sein. Simon nahm Greta immer wieder bei der Hand und lächelte sie an. Er zeigte ihr damit, wie glücklich er gerade in diesem Moment war. Die ganze Familie saß da am Tisch, auch jener Teil, den Simons Herz bislang so sehr vermisst hatte. Die folgenden zwei Tage waren für Simon und für die ganze Familie von einer Harmonie geprägt, wie man sie auch bei bester Planung nicht herbeiführen konnte. Das Wetter, die Herbstsonne, der See, unendliche Gespräche und Erzählungen. Intensiver wie an diesen beiden Tagen konnte man förmlich nicht leben. Obwohl Simons Körper sichtlich geschwächt war, sein Geist sprühte vor Energie und für Jonas war es unschwer zu erkennen, was diesen Mann, den er bislang nur von Erzählungen kannte, wirklich ausmachte.

Am Sonntagmorgen, Jonas' Abreisetag, passten sich die grauen Wolken am Himmel der grauen Stimmung des Abschieds an. Rosa blieb zwar noch zwei Wochen und Anna sollte, nachdem sie an diesem Tag mit Jonas nach Hause fuhr, bereits in einer Woche wiederkommen. Was Jonas zu diesem Zeitpunkt aber noch nicht wusste, war, dass Simon aus dem heutigen Abschied einen Abschied für immer machen würde. Als er mit Jonas in der Einfahrt stand, bat er Greta und seine Töchter, ihn allein zu lassen. Er setzte sich mit Jonas auf eine Holzbank, die unter einem Baum stand, und versuchte, jene Worte zu finden, die er sich in den letzten Nächten wohl überlegt hatte: „Jonas, die Tage mit dir gehören trotz dieser schwierigen Zeit für mich zu den schönsten, die ich in meinem Leben erlebt habe. Dass du hier bist, zeigt auch, was für ein mutiger junger Mann du bist. Ich möchte, dass du weißt, dass ich dich immer in meinem Herzen tragen werde, auch wenn ich nicht mehr auf dieser Welt bin. In gewisser Weise werde ich immer für dich da sein."

Jonas blinzelte mit seinen dunklen Augen durch sein gelocktes Haar und folgte konzentriert jedem Wort, das Simon sorgfältig wählte: „Jonas, was mein großer Wunsch an dich wäre, ist, dass du mich so in Erinnerung behältst, wie du mich in dieser kurzen Zeit kennengelernt hast. Ich möchte nicht, dass du mich siehst, wenn ich noch schwächer bin, ich nicht mehr ich bin …".

„Du meinst wir sehen uns nie mehr wieder", unterbrach Jonas.

Simon drückte Jonas an sich und beide brachen in Tränen aus „Halte mich bitte so in Erinnerung, Jonas, darum bitte ich dich."

„Ja, das mache ich!", antwortete Jonas mit gebrochener Stimme.

„Und eine letzte große Bitte hab ich auch noch an dich!"

Jonas schaute Simon an und wischte sich mit der Hand seine Tränen aus dem Gesicht, als Simon weitersprach: „Ich habe lange nachgedacht, ob ich mit deiner Mutter und deinem Vater in Kontakt treten soll. Ich habe mir viele Gedanken dazu gemacht, aber es hat sich einfach nie richtig angefühlt. So bitte ich dich, Jonas, wenn ich nicht mehr da bin, bitte gib deinen Eltern diesen Brief." Simon drückte Jonas ein weißes Kuvert in die Hand und meinte nochmals eindringlich: „Aber bitte, Jonas, erst wenn ich nicht mehr auf dieser Welt bin, ja?"

Jonas nahm das Kuvert und versprach unter Tränen, Simons Wunsch zu erfüllen.

„So, und jetzt holen wir Anna, damit du nicht zu spät nach Hause kommst, mein Großer!", versuchte Simon, Jonas etwas von seiner Traurigkeit zu nehmen.

Anna stieg ins Auto, als sich Jonas zunächst von Greta und Rosa verabschiedete. Es waren liebevolle Worte, die die beiden Jonas entgegenbrachten. Als es daran war, sich von Simon zu verabschieden, konnte ihm Jonas zunächst gar nicht in die Augen schauen. Was folgte, war wohl die innigste Umarmung, die es zwischen zwei Menschen geben konnte. Anna im Fahrzeug, Rosa und Greta waren bei dem Anblick so gerührt, dass auch sie mit den Tränen kämpfen mussten. Sie wussten zwar nicht, dass Simon sich für immer von Jonas verabschieden würde, aber ihre Gesten sprachen Bände.

„Ich trag dich im Herzen, für immer", sagte Simon noch.

Jonas brachte vor Tränen kein Wort mehr aus sich heraus. Er setzte sich in das Fahrzeug und so schwer es für Anna war, sie fuhr einfach los, ohne nochmals anzuhalten. Im Rückspiegel sah Jonas die drei noch winken. Dieses Bild war das letzte, das er von Simon, seinem leiblichen Vater, sehen sollte. Jonas tat die anschließend lange Fahrt mit Anna gut. Zum einen konnte er sich bei seiner neu gefundenen, großen Schwester ausheulen, zum anderen tröstete Anna ihn gekonnt. Jonas war unendlich traurig, aber er war froh, dass er seinen Vater noch kennenlernen durfte und mit jedem weiteren Tag nahm anstatt der Traurigkeit immer mehr Dankbarkeit Raum ein.

Für Simon schloss sich indes mit dem Kennenlernen seines Sohnes ein Kreis. Er war dankbar, dass er das in dieser Intensität noch erleben durfte. Rosa und Anna waren in den kommenden Wochen noch zweimal zu Besuch. Es waren Tage voller Liebe und Traurigkeit. Simons Wunsch, nicht mehr ins Spital zu wollen, respektierte Greta in ihrer unendlichen Liebe zu Simon. Tag für Tag wurde Simon schwächer und schwächer und Greta wich nicht mehr von seiner Seite. In einer kalten Winternacht, noch vor Weihnachten, schlief Simon für immer ein. Friedlich.

Simons Leichnam wurde in seine Salzburger Heimat überführt. Er wollte dort begraben werden, wo auch seine Mutter und sein Vater begraben waren. Beim Begräbnis zeigte der Menschenandrang noch einmal, wie viele Menschen Simon in seinem Leben erreicht hatte. Und unter den vielen Menschen standen neben Greta, Anna und Rosa ein großer Mann, eine zierliche, blondgelockte Frau und ein kleiner, 16jähriger Junge.

Als Emma, Björn und Jonas nach dem Begräbnis zu Hause angekommen waren, ging Jonas in sein Zimmer. Ihm war wohl danach, jetzt alleine zu sein. Emmas und Björns Tränen waren noch nicht getrocknet, als sie einen weißen Briefumschlag auf dem Tisch in der Stube liegen sahen. Beide setzten sich, während Emma erwartungsvoll den Brief öffnete:

Liebe Emma, lieber Björn,

.... es gibt nichts zu bereuen .... ich bin unendlich dankbar .... wenngleich, euch aus meinem Leben zu verbannen, war ein Fehler.

Emma – ich liebe dich! Wahrscheinlich schon von jenem Tag an, an dem wir nach unserer Kletter-tour gemeinsam am Gipfel saßen .... doch ich habe es nie geschafft, mir das einzugestehen, weil es in meiner Vorstellung nicht sein durfte, zwei Frauen gleichzeitig zu lieben ....

Björn – ich habe es dir noch nie gesagt, aber ja, du bist mein Bruder! .... und ich habe dich jeden einzelnen Tag vermisst ....

Ich danke euch für alles, was ihr aus unserem Sohn gemacht habt! .... ich danke euch, dass ihr ihm die Möglichkeit gegeben habt, mich kennen zu lernen .... die wenigen Tage mit ihm zählten zu den schönsten in meinem Leben .... ich hätte nie euer oder sein Glück gefährdet .... er hat die Liebe von uns allen verdient.

Lebt wohl!

In Liebe

Simon